KB268331

한백림 新무협 판타지 소설

천잠비룡포

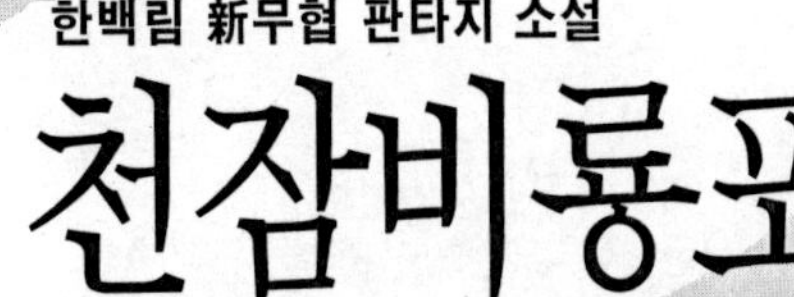

Fantastic Oriental Heroes

天蠶飛龍袍

천잠비룡포 5

한백림 新무협 판타지 소설

초판 1쇄 찍은 날 § 2006년 9월 26일
초판 1쇄 펴낸 날 § 2006년 9월 30일

지은이 § 한백림
펴낸이 § 서경석

편집장 § 문혜영
편집책임 § 유경화
편집 § 이재권

펴낸곳 § 도서출판 청어람
등록번호 § 제1081-1-89호
등록일자 § 1999. 5. 31
어람번호 § 제2-1015호

주소 § 경기도 부천시 원미구 심곡2동 163-2 서경빌딩 3층
전화 § 032-656-4452 팩스 § 032-656-4453
http://www.chungeoram.com
E-mail § chungeorambook@hanmail.net

ⓒ 한백림, 2006

ISBN 89-251-0328-1 04810
ISBN 89-251-0108-4 (세트)

한백림 新무협 판타지 소설
천잠비룡포
Fantastic Oriental Heroes
天蠶飛龍袍
5
■ 각성(覺性)
도서출판
청어람

목차

제14장 돌파(突破)

구주창왕의 비급이 얽혀 있었던 당시 불산에서의 전투에 대해, 의협비룡회 군사 양무의는 그의 저서인 봉효전서를 빌려 '취약하여 무지몽매했던 탐욕의 전장' 이라 표현했다.

하나, 남위 위원홍과 위왕호장 왕호저의 증언을 듣고서 내린 내 느낌은 그것과 조금 다르다. 그때의 전투는 탐욕에 의한 것이었으나 몽매할 정도로 우둔하진 않았고, 전략에 취약했지만 지모의 달인이 없었던 것은 아니었던 까닭이다.

물론, 저 양무의에겐 그 어떤 것이라도 우둔해 보일지 모른다. 하지만 그 자리에 그가 없었다라고 한다면, 그처럼 달관된 시선만은 보여주기가 힘들었으리라.

아니, 어쩌면 양무의는 그것마저도 자신의 천명인 양 가볍게 받아들였을 수도 있겠다. 가장 먼저 그에게 닿았던 것이 저 남위 위원홍이었다면, 지금쯤 그의 호칭은 남해모사나, 남해군사쯤이 되지 않았을까 의미없는 상상을 해보는 것도 그래서다.

결국 기억에 남는 것은 당시에 남위 위원홍이 말했다던 한줄기

감탄사다. 곁에 있던 불산 대불사 향화객 중 하나가 거인의 격정에 마음이 동하여, 그 자리에서 한자한자 놓치지 않고 받아 써두었다는 이야기였다.

'세간에 자신의 재주를 드러내고, 자신의 곁에 있는 무력을 보여주었다. 사람들의 주목을 끌고 실력을 입증하니, 마치 전란의 시대에 나타나는 군재(軍才)와도 같다. 자신이 모실 주군을 찾아가는 행보, 젊은 지략가의 의도는 과연 그런 것이었던가!'

거기에는 사람이 있었고, 무인들이 있었다.

불산의 전투는 그처럼 얽히고설킨 인연의 장이었음에.

양무의를 돌아보는 나의 눈은 언제고 흥미로움에 가득 차 있을 뿐이다…(중략)…….

한백무림서 인물편 제이십이장
주요강호인물, 양무의 中에서.

어스름한 운무 가운데 동쪽 하늘 태양 빛이 스머드니, 황금빛 아름다운 법광이라 불산을 둘러친 새벽 안개는 부처의 후광처럼 영험하기만 했다.

비룡이 올라 있는 곳은 신비롭게 보이는 불산 후광의 꼭대기였다.

빛나는 용안(龍眼)이 거기에 있다.

허리춤에 세 자루 검을 엮어 매고 불산 법수봉(法首峰)의 정상에서 산자락을 아우르는 신안(神眼)을 빛내고 있었다.

'남하해서 동쪽으로 선회, 화도(花都)로 빠질 수밖에 없겠어.'

산을 내려 훑는 눈빛이다.

비룡의 용안 속에 불산 산자락을 타는 한줄기 경로가 새겨졌다.

빠져나간다면 그 길밖에 없다. 험난한 협곡이 있고 깎아지른 절벽이 중첩되어 도무지 퇴로라 볼 수가 없는 경로였지만, 선택의 여지는 없다. 어차피 불산을 빠져나간다는 것은 그 자체만으로도 불가능에 가까운 일이니만큼 그 정도는 감수해야만 하는 것이다.

'산을 내려가는 것, 문제는 그 다음이다.'

시야를 불산에 한정시켜서는 안 되는 일이다.

눈빛이 이른 곳은 불산의 남쪽, 그리고 산지를 벗어난 평야였다. 안개에 묻혀 버린 넓은 들판에는 뚜렷하게 보이는 길이 없었다.

'보이지 않으면 직접 가볼 수밖에.'

밤을 새워 한참 만에 내린 결론이다. 그렇다 해도 염주암 약속까지는 하루가 넘게 남았다.

하루면 충분하다.

법수봉 정상, 똬리를 틀고 있던 비룡이 불산의 운무 속으로 빨려 들어갔다. 산의 경계를 넘어 세상 전체를 넘겨보는 움직임이었다.

"흉수는 대체 어디에 있는 것인가!"

“좌수곡을 봉쇄해! 어떤 놈도 들어오지 못하게 해라!”

“함구령을 내려라! 무슨 일이 생겼는지 함부로 떠들고 다니는 문인들은 중벌을 면치 못할 것이다!”

불산 좌수곡.

이 산 전체를 통틀어서도 어떤 집단 못지않은 위세를 자랑하던 칠성검문에는 지금 그야말로 난데없는 비상이 걸려 있었다.

검문의 검호 세 명이 중상을 입고 쓰러졌다. 어깨가 박살난 삼성검호와 머리를 다쳐 의식불명인 칠성검호는 발견과 동시에 산 아래쪽으로 실려 내려갔다. 좌수곡 한쪽 숲에서 꼼짝 못하고 운기조식을 취하고 있는 사성검호는 행여 주화입마에 들까 운반조차 하지 못했다.

칠성검문 전체에 난리가 나지 않고서는 못 배길 일이었다.

다른 두 검호가 전투 불능 상태에 빠진 것도 물론 보통 문제가 아니었지만, 가장 큰 타격은 사성검호의 지낭을 잃은 것이라 할 수 있었다. 말하자면 지낭(智囊)을 잃어버린 것, 칠성검문이 꾸미고 있었던, 그리고 꾸밀 수 있었던 모략의 대부분이 일순간에 날아갔다 해도 과언이 아니라는 것이었다.

“대체 어떤 놈이 넷째를 이 모양으로…….”

이성검호는 냉랭한 외모와 어울리지 않는 거친 음색을 지녔다. 찡그린 매부리코와 날카로운 눈매에는 감출 수 없는 분노가 엿보이고 있었다.

"셋째 형님의 말에 따르면, 상당히 젊은 놈이었다고 합니다. 관옥 같은 얼굴에 머리엔 영웅건도 안 매었고 헐렁한 녹색 유삼을 입고 있었다 하니… 겉멋이 든 강호유협의 모습 그대로라 했습니다. 아, 얼굴에는 이렇게 흉터도 있었다고 했었지요."

"녹색 유삼이라……. 혹시 그놈… 퇴협에 나타났었다는 그놈 아닙니까?"

"퇴협에?"

"해남 장문인이 처음으로 출현했을 때의 이야깁니다. 통나무를 날려서 협곡을 건넌 놈이 있었다고 했었지요."

"기억이 나는군! 젊은 놈이었다고 그랬던가."

"예. 들도 보도 못한 수공과 각법을 쓴다고 했습니다. 방심했던 이유도 있었지만, 그것을 깨달았을 때는 이미 늦은 상태였다더군요. 엄청나게 빨라서 대응할 방도가 없었다고……."

육성검호의 목소리는 침중했다. 유일하게 정신이 멀쩡했던 셋째 삼성검호의 증언을 직접 들었기 때문이다.

"고수는 고수겠지. 셋째, 넷째 형님이 그렇게 당했으니."

고개를 끄덕이는 이는 오성검호. 쓰러진 세 명을 제외한 검호 네 명이 모두 다 모여 있는 자리였다.

분노와 놀라움이 함께 할 때다. 그때까지 침묵을 지키고 있던 일성검호가 굵은 눈썹을 꿈틀거리며 마침내 그 입을 열었다.

"놈이 어떤 무공을 쓰는지 얼마나 강한지는 중요한 것이 아니다. 놈은 세 아우의 검을 가져갔다. 이런 치욕은 칠성검문의 역사에 없었던 일이야."

그의 말에 다른 세 검호의 얼굴이 가볍게 굳어졌다. 내뱉는 일성검호의 목소리에 전에 없이 진득한 살기가 실려 있었던 까닭이다.

일성검호.

일성검호는 이름만 첫째가 아니다. 칠성검문 일곱 검호 중에서도 발군의 실력을 지닌 검객이었다. 쓰러진 삼성검호와 사성검호, 칠성검호 세 명의 무공을 합친다 해도 일성검호의 강력함에는 견주지 못할 정도였다. 그런 그다. 그가 발하는 목소리는 그 무게부터가 나머지 세 검호들과는 다를 수밖에 없었던 것이다.

"목표의 우선순위를 바꾸겠다. 흉수를 찾는 것이 최우선이다. 녹색 유삼 비슷한 놈은 모조리 잡아와라!"

일성검호의 명령은 절대적이었다.

칠성검문에는 일곱 검수들의 사부인 칠성검문주가 따로 있었지만, 실질적으로 칠성검문을 움직이는 이는 이제 일성검호라 해도 과언이 아니었다. 그 무공에 있어 사부를 능가한 지가 오래였을 뿐 아니라, 존재감과 지배력에 있어서도 문주에 버금가는 위치에 올라 있는 자였던 것이다.

"철운거는 어떻게 할까요?"

“어차피 이제껏 잡지 못한 철운거다. 하루 이틀 늦어진다
해도 관계없다!”
“전원, 흉수를 잡는 데 나서는 겁니까?”
“그렇다.”
“하지만… 형님들이 당했을 정도의 고수인데 그렇게 잡아
오는 것이 가능하겠습니까?”
“잡아오지 못할 만큼 강한 놈이 있다면 그놈이 흉수 아니겠
는가!”
“과연! 그도 그렇겠군요.”
“잡아서 죽이겠다. 감히 본 문에 덤비다니. 칠성검문의 무
서움을 가르쳐 주리라!”
다짐과도 같은 목소리.
더욱더 짙어진 살기가 좌수곡 바깥으로 흘러나가고 있다.
불산에 몰아치기 시작한 격변의 물결이었다. 산을 깎아내는
그 힘겨운 물살은 그렇게 여러 곳에서부터 뿜어져 나오고 있
었던 것이다.

똑. 똑. 똑……!
물방울 떨어지는 소리가 울려 퍼진다. 짙은 어둠에 가벼운
파랑을 만드는 소리였다.
두런두런, 들려오는 음성은 물소리뿐이 아니다.
사람의 목소리도 있었다. 횃불을 들고 폐광 어둠 속을 헤쳐

나아가는 사람들의 발길 앞에 퍼덕거리는 박쥐들의 날갯짓 소리가 섞여들었다.

"엄청 복잡한데……?"

"원 시절, 오랑캐 놈들이 제멋대로 뚫어놓아서 이 모양이랍니다."

"그 녀석들. 이런 곳을 잘도 돌아다니는군."

"그러게 말이오."

일렁이는 그림자는 네 개다. 하나같이 크고 단단해 보이는 그림자들이다. 앞에서 두 번째 나아가는 그림자가 선두의 그림자에게 퉁명스런 질문을 던졌다.

"이쪽이 맞긴 맞는 거냐?"

"맞을 거요."

"맞을 거요? 무슨 대답이 그래? 한밤중에 들어와서 이게 몇 시진째야. 바깥은 벌써 해가 뜬 지 한참이라고."

"나도 처음 들어와 보는 곳이외다. 자꾸 보채지 좀 마시오. 방주라는 간판을 떡하니 걸어놓은 이상, 형님도 좀 진중해져야 할 거 아뇨?"

"똑똑하다 치켜 올려줬더니 아주 머리 꼭대기까지 기어오르는구만!"

"달리 군사(軍師)겠소? 대저 군사라 함은 일군의 스승이니, 일군의 수장은 그 가르침에 따르는 것이 도리인 게요."

"이것 보라고, 우리는 군대(軍隊)가 아니야."

“이름만 참룡방이지, 군대와 다를 게 뭐요? 어차피 전쟁을 하려고 모인 거 아뇨?”

역정을 내는 흑산군사 선찬이다.

그 뒤에 있는 불패신룡. 불패라는 이름도 그 아우들에게는 통하지 않는 모양이었다. 오기룡이 패배를 선언하듯 손사래를 치면서 대답했다.

“알았다. 네놈 말이 다 맞으니까 길이나 제대로 찾아라.”

“무책임한 것 좀 보소. 도대체가 방주라는 인간이……! 후우우! 내 전생에 무슨 악연이 있어 이런 고생을 하고 앉았는지 참으로 개탄스러울 지경이외다!”

그렇게 핀잔을 주면서도 흑산군사 선찬의 눈과 발은 멈추지 않고 있었다. 어둠에 가려진 폐광과 손에 든 지도를 오가면서 꺼지지 않는 광채를 뿜어내고 있는 중이었다.

“갈림길인가…….”

“십중팔구 이쪽이오.”

확신이 깃들어 있는 어조다.

몇 갈래 뒤섞이는 길 앞에서도 선찬의 발길은 거침이 없었다. 성큼성큼 앞장서며 내딛는 발끝에는 조금의 망설임도 엿보이질 않았다.

“구불구불, 구절양장(九折羊腸)이 따로 없군. 하기야 부처님 뱃속에 들어왔으니 구부러진 창자라는 것도 틀린 말은 아니겠어.”

"농담할 때가 아니외다, 형님. 이제부터가 문제요."

"뭐냐? 막힌 거냐?"

선찬은 느려지는 발걸음으로 대답을 대신했다. 백주 대낮, 동네 길을 활보하듯 시원스레 움직이던 선찬이 한순간 걸음을 멈추며 중얼중얼 무언가를 골똘히 고민하기 시작한 것이다.

"왼쪽, 왼쪽. 평상의 퇴로를 상상하자면 왼쪽이 틀림없겠지만 이쯤에서는 예외가 나올 거다. 허(虛)와 실(實), 이 앞의 갈림길이 승부처인데……."

그림이 그려지는 곳은 선찬의 머리 속이다.

양무의가 이제껏 보여준 행동 양식과 얼기설기 펼쳐진 폐광 암로(暗路)가 무한정 뒤섞이며 복잡한 도면들을 만들었다.

물 위에 기름이 떠오르듯.

그 복잡다단한 도면들 한가운데, 뚜렷한 두 줄기 활로(活路)가 떠오른다. 어두운 광도를 나서서 숲 속으로 몸을 감추기에 가장 좋은 두 길이었다.

"어느 쪽이냐. 어느 쪽으로 갔지?"

어둠을 향하여 말을 거는 선찬이나 대답 따위 되돌아올 리가 만무한 일이다.

다시 발을 움직여 나아가는 일행의 앞쪽에 바로 그 두 방향의 갈림길이 나타난다. 선찬의 바로 뒤에 따라오던 오기륭이 한 발 앞으로 나서며 입을 열었다.

"여기서 선택인가?"

"그렇게 되었소이다. 여기까지는 확실하지만 결국 두 쪽으로 갈리는군요."

못마땅한 기색이 역력한 목소리다.

자존심이 상한 것 같기도 하고, 기분이 나쁜 것 같기도 하다. 눈앞에서 사냥감을 놓친 사냥꾼의 표정이 선찬의 만면에 가득했다.

"안타까워할 것 없어. 길을 찾는 것은 네 녀석 혼자만이 아니니까."

오기륭의 대답이다. 그가 손을 들어 선찬의 어깨를 한 번 두드리고는 뒤에 늘어선 그의 일행을 돌아보았다.

"숭, 자네가 선찬과 함께 움직여. 호저, 너는 나와 함께 간다."

오기륭의 말에 관승이 고개를 끄덕이며 선찬의 옆에 선다.

그리고 왕호저.

커다랗다 못해 거대한 체구를 지닌 장한이 방울만 한 호안(虎眼)을 빛내며 오기륭의 옆으로 걸어온다. 고대 삼국의 영웅 허저(許)의 환생이라 불린다더니, 과연 그럴듯하다 절로 고개를 끄덕일 만한 외양을 갖춘 남자였다.

"무턱대고 갈라졌다가는 낭패를 볼지도 모릅니다만."

"그렇다고 확실하지도 않은 곳에 전부를 걸 수는 없지. 사람도 넷이나 되는 마당에."

"그도 그렇지요. 다만 여기서 분산되는 건 그다지 좋은 생각이 아닌 거 같아서 말이외다."

"왜?"

"딱히 이유는 없소이다. 뭐, 말하자면 군사로서의 감(感)이랄까……."

"불안하냐?"

"위험도로 따지자면 중상(中上). 예감이 좋진 않소. 도강이 들고 온 소식도 마음에 걸리고……."

"강씨금상 이야기?"

선찬이 기다렸다는 듯 고개를 끄덕였다.

폐광 지도를 가르쳐 준 광 노인이 정체를 감춘 고수였다는 사실, 말 못할 고수들이 나타나서 광 노인을 데려간 일, 그리고 그 고수들이 강씨금상의 인물들이었다는 것, 그것도 한 명은 소상주라는 선성천녀 강설영이었다는 이야기가 어둠 속 네 사람의 머리 속을 스쳐 지나갔다.

선찬을 직시하는 오기륭.

오기륭이 이내 밝은 표정을 지으며 말을 이었다.

"강씨금상은 걱정 안 해도 돼. 그쪽에다가 위험도를 중상까지 잡는다면 그거야말로 기우(杞憂)다."

"형님은 매사에 낙관적이라 문제요. 도강 그 녀석 말대로라면, 그 선성천녀 하나 상대하기만도 쉬운 일은 아닐 게 아니오?"

"괜찮아. 강씨금상과는 이전에도 인연이 있지. 그 선성천

녀라는 녀석이 그때의 그 꼬맹이가 맞다면 우리와는 결코 부
딪칠 일이 없을 거다."

"이보소, 형님. 사람은 언제고 변하는 법이외다."

"어떤 것은 변하지 않는 것도 있어. 그런 소릴랑 말고 어느
쪽으로 갈지나 정해. 갈림길 중 병법의 이치와 법도에 더 맞
는 길이 어느 쪽이야?"

오기룡은 막무가내였다.

이렇게 된 이상, 말릴 수 없다는 것. 선찬도 잘 알고 있다.
선찬이 얼굴을 찌푸리며 왼쪽 길을 가리켰다.

"이쪽이 조금 더 가능성이 있긴 있소."

"그럼 그쪽으로 둘이 움직여. 우린 오른쪽으로 가지."

"출구는 찾을 수 있겠소?"

"그거야 어떻게든 되겠지."

"여하튼 골치 아픈 인간이오. 자, 여기 폐광도를 좀 보시오."

"본다고 아나?"

"안 보는 것보다는 백배 나을 거요. 일 한판 제대로 벌여보
지도 못하고 부처님 뱃속에서 방주를 잃을 수는 없는 것 아니
겠소. 자, 대충 이쯤이 우리가 있는 곳이오. 여기서 오른쪽으
로, 다시 왼쪽으로 간 후에 쭉 올라가면 이쪽으로 해서 흥각
사 숲길 쪽으로 출구가 있다고 하외다."

"우, 좌, 중, 우상이라……."

"그 다음 그쪽으로 움직인 게 맞다면 반드시 그 흔적이 있

을 게요.”

“행여 뭔가 발견하면 연혼전을 쏘도록 하지. 그때까지도 폐광 안쪽이라면 못 볼 수 있으니, 연혼전을 쓰는 것은 두 시 진 후로 정하는 것이 좋겠군.”

“방주가 아주 바보는 아니라서 다행이외다. 두 시진 후 연 혼전이오. 발견하면 길게 한 발, 아무것도 없으면 짧게 두 발 로 쏘겠소.”

“좋아. 우, 좌, 중, 우상… 다른 갈림길은 없겠지?”

“없을 거요.”

고개를 끄덕이며 다시 한 번 방위를 기억하는 오기륭이다. 이내 참룡방의 네 고수는 둘씩 갈라져 갈림길 양쪽의 어둠 속 으로 향했다.

챙! 채챙!

햇빛이 줄기줄기 비쳐드는 새벽녘 계곡.

제아무리 많이 몰려들었을지라도 사람의 발자국이 모든 산을 다 가릴 수는 없는 법이다. 불산 전체에 무림인이 깔려 있다고는 하지만 인적이 드문 곳은 있기 마련이란 말이었다.

채앵! 쩌정!

병장기가 부딪치는 소리들은 바로 그런, 누구도 들어오지 않을 것 같은 깊은 계곡 숲으로부터 들려오고 있었다.

“조심해!”

“걱정 말아요!!”

채애애앵! 스가각!

철혈신녀 백가화의 창날은 매섭기 그지없었다. 상대방의 협도(狹刀)를 올려 치고 돌아들어 순식간에 어깨 한쪽을 갈라 놓는다.

“커허헉!”

어깨를 움켜쥐며 물러난 습격자의 비명 소리는 텁텁하게 억눌려 있었다.

한 겹 걸러서 들리는 소리.

그렇다. 무언가로 틀어막힌 소리다.

그것은 백색의 가면.

입, 아니, 얼굴 전체를 가리고 있는 가면이다. 가면을 쓰고 있기 때문에 지르는 비명 소리도 한 겹 막혀서 들릴 수밖에 없었던 것이다.

“오른쪽으로 또 접근한다! 둘, 아니, 셋이야!”

“확인했어요!”

그리고 보면 양무의의 경호성 역시도 한 겹 막혀서 들리는 외침이라 할 수 있다. 철운거 뚜껑 속에서 예민한 감각으로 경고를 발하는 양무의의 목소리 앞에 철혈신녀가 펼치는 격한 창풍(槍風)이 사위를 휩쓸고 있었다.

퍼억! 채채챙!

백색 가면을 쓴 자들의 병장기는 다양했다. 맨손으로 달려드는 자들부터 협도를 든 자, 장검을 든 자들까지 여러 가지 병기를 갖추었다.

하지만 병장기는 다양할지언정, 그 모습은 똑같다 해도 과언이 아니었다. 코와 입조차 그려지지 않은 희끄무레한 가면에 무인들의 무복도 아니요, 백의의 문사 차림을 했다. 우르르 몰려들어 달려드는 모습을 보고 있자면, 서로를 구분할 수 없는 인형들이 무리 지어 움직이는 것 같다. 묘한 광경이었다.

"돌파할 수 있겠어?"

"어려워도 해야죠!"

드르르륵!

굴곡진 비탈길을 따라 철운거 철제 바퀴가 요동을 친다. 짓쳐드는 백면괴인들의 눈앞에 백가화의 창날이 철벽의 방패를 만들었다.

챙! 채채채챙!

모습은 인형처럼 괴이쩍어도 그 실력만큼은 방심할 수가 없었다.

백룡창 육중한 연환격을 펼쳐 내는데 길쭉하니 볼품없는 장검으로 몰아치는 창날들을 용케 막아내고 있었다.

스각!

그저 막아낼 뿐만이 아니다. 급기야는 좁은 빈틈을 노리고 들어와 기어이 백가화의 팔뚝에 얇은 검흔을 남겨놓고 말았다.

"큭!"

불에 덴 듯한 아픔에 두 눈을 치뜨면서도 백가화는 물러나지 않았다. 도리어 한 발 앞으로 나가며 격렬하게 백룡창을 내친다. 백면괴인의 장검이 백룡창을 막기 위해 움직였지만, 백가화의 백룡창에 담긴 힘을 막을 수는 없었다. 단숨에 장검의 예봉을 물리치고 백면괴인의 가슴팍을 꿰뚫는다. 가면에 가려진 백면괴인의 입에서 억눌린 신음 소리가 터져 나왔다.

"끄으윽!"

손속의 잔인함을 의식할 겨를이 없었다. 재빨리 창날을 뽑아내고 달려드는 두 번째 적을 맞이한다. 철운거의 뒤를 따르며 한 발 한 발 유려하게 밟아가는 투로였다.

챙! 채챙!

'쉽지 않아!'

강철같이 강인한 무공을 지닌 그녀다. 올려 쳤다 휘둘러 찔러가는 창날 끝에는 그 어떤 주저의 빛도 엿보이질 않았다.

그러나 그런 강력한 무공에도 불구하고, 적들을 물리치기는 쉬운 일이 아니었다. 백면괴인들은 강하고 집요하다. 하나를 쓰러뜨리는 데에도 상당한 위험을 감수해야 했다.

또 한 번 피가 튀고 백면괴인이 쓰러졌다.

퍼억!

또 한 명.

이제 하나 남았다. 그때였다.

워우우우우!

멀리서 들려오는 소리가 있었다. 짐승의 울음소리다. 늑대의 울음소리에 가까운 음성이다.

난데없는 소리. 그 소리가 들린 직후였다. 마지막 남아 있던 백면괴인이 멈칫 공격을 중단하더니 재빨리 몸을 돌려 뒤쪽으로 물러나기 시작했다. 철운거 안에서 양무의의 목소리가 터져 나왔다.

"쫓지 마!"

쫓으려고 해도 쉽지는 않았을 것이다.

백면괴인의 움직임은 빨랐다. 순식간에 어둠 속으로 스며들어 그 모습을 감춰 버린다. 백가화가 그 자리에 선 채 소맷자락으로 팔뚝에 난 상처를 동여매며 말했다.

"들었어요, 그 소리?"

"그래, 들었어."

"대체 뭘까요?"

"추적용 사냥개나, 다른 무언가겠지."

"저쪽 숲과 이쪽 숲. 적들은 더 있었어요. 그런데도 퇴각하는군요. 어떻게 된 거죠?"

"졸개들 같은데도 행동이 빨라. 게다가 그 소리. 지휘자도 있다는 뜻이다. 만만치 않은 놈들이야."

느낄 수 있다. 숲에서 사라지는 기척은 여러 개였다. 백가화와 양무의는 도망친 백면괴인이 한 명이 아님을 알 수가 있었다.

"아무래도 이상하네요. 단순히 비급을 노리는 것만은 아닌 것 같아요."

"맞아. 내 느낌도 그래."

"진짜 목적이 뭘까요."

"아무래도 이놈들은… 우리와 비슷한 것 같아."

"우리와 비슷하다고요?"

"실전 경험."

"실전(實戰)……?"

"그래. 틀림없어. 이놈들, 준비 단계야. 실전에 투입하기 위한 전의."

뒤쪽을 돌아보는 그녀의 두 눈에 방금 전 격렬했던 싸움터의 전경이 비쳐들었다. 가면을 쓴 괴인들의 시체 십여 구가 두터운 침엽수림 사이에 즐비했다. 그녀가 백룡창을 등에 지고 철운거를 끌기 시작한다. 수림을 벗어나는 비탈길, 팔뚝의 상처가 쓰린 듯 눈살을 한번 찌푸린 백가화가 침중한 목소리로 말을 이었다.

"그리고 보면… 처음보다 강해진 느낌이 있어요. 더 조직적으로 변하기도 했고요."

"그뿐만이 아냐. 대체 무슨 수를 썼는지는 모르겠지만, 이놈들은 이 산에 있는 그 어떤 놈들보다도 우리를 가깝게 추적하고 있다. 그러면서도 덤벼오는 것을 보자면, 그 양상이 다분히 소모적이기까지 하지. 실전 투입을 위한 전초전으로밖에 생각할 수 없단 말이야.”

“전초전이라면…….”

“그래. 조만간 본격적으로 시작한다는 이야기겠지. 기회를 잘못 내줬다가는 총공세를 취해올 거라는 뜻이다. 자칫하면 당할 수 있어.”

“갈수록 태산이네요.”

“첩첩산중이 따로 없지. 하지만 실전 투입이라면 이쪽도 뒤지지는 않아. 가화도 이젠 철심무혼창을 어느 정도 몸에 붙였으니까.”

“아직 멀었어요. 제 위력을 발휘하려면 이 정도로는 안 돼요.”

“정면으로 싸우지만 않는다면 그 정도로도 충분해. 그놈들… 어떤 놈들인지 알아야 되는데……. 이렇게 정보가 없어서는 대책을 세우기가 마땅치 않다. 이래서는 차라리 해남 위원홍 쪽이 상대하기가 편하겠어.”

“설마 남위만 하려고요.”

“아니야. 정말로 감이 안 좋아. 실전 투입을 준비한다고는 하나, 신생문파는 아닐 거다. 가면 쓴 놈들이라면 전에 읽은 기억도 있으니까. 어떤 놈들인지 알아야 해. 최대한 빨리.”

“하지만 여기서 어떻게 알아볼 수 있겠어요? 방법이 없잖아요.”

“운 노인 알지? 광 노사와 같은 연배의. 그라면 뭔가 알 수 있을지 몰라."

"광 노사가 아니고 운 노인요?"

"그래, 운 노인. 운 노인도 강호인이었어. 박학하고, 어지간
해서는 모르는 것이 없지. 그 시절 이야기라면 광 노사보다
훨씬 많이 알고 있을 거야."

"왜 운 노인이죠? 광 노사는……?"

"광 노사와는 더 이상 접촉하지 않는다. 슬슬 그분도 노출
될 때가 되었어."

"하지만 운 노인을 만나려면 어차피 합장촌으로 내려가야
해요. 이제 와서는 그것도 어렵단 말에요."

"염주암 근처에는 병(丙) 십오번 광도가 있어. 그걸 쓰면 돼."

"병 십오번요? 십이번으로 갈 것 아니었어요?"

"처음에는 그러려 했지. 하지만 상황이 바뀌었잖아."

"하지만 거긴……! 십오번 광도로는 철운거가 진입할 수 없
잖아요!"

"어쩔 수 없어. 지금부터는 시간 싸움이니까."

"아무리 시간 싸움이라도 그렇죠. 들어갈 수조차 없는 길
인데 어쩌려고요?"

"뭘 어떻게 해. 가화 혼자서 갔다 와야지."

"혼자요? 말도 안 되는 소리 하지 마요."

"그 방법밖에 없어. 어차피 불산 바깥으로 나가고자 한다
면 광 노사의 도움을 받지 않고서는 힘들어."

"어떻게 의랑을 혼자 두고 가요? 갈수록 위험해지는 마당에."

"괜찮다니까. 걱정할 것 없어. 정말이다."

"그자들이 어떤 자들인지 꼭 지금 당장 알아봐야 하는 것도 아니잖아요!"

"말했잖아. 감이 안 좋다고. 게다가 이건, 이곳 불산에 국한된 문제가 아냐. 우리가 불산을 떠난 이후까지도 생각해야 해. 이놈들은 칠성암이나 형산파와는 달라. 잘못 얽혔다가는 지금까지의 고생을 배로 해야 할 거야. 그런 느낌이 들어."

"그, 그래도……!"

"여기서 끝내야지, 더 이상은 안 돼. 가화에게 그런 고생을 더 시킬 수는 없으니까."

더 이상 고생하게 만들 수는 없다는 말.

그보다 진심 어린 말도 없다. 양무의는 결정을 내렸고, 그에겐 그것을 바꿀 생각이 추호도 없었다.

"절대로 그럴 수는 없어. 더 이상은."

독백과도 같은 마지막 목소리가 철운거 안쪽에서 무겁게 맴돌고 있었다.

"불산에서만 두 달째라 들었다. 호광의 천자산에서 여기까지. 철혈신녀, 그녀가 그리도 강했나?"

"철혈신녀가 강했다기보다는 운거모사의 머리가 좋았기

때문이라 봐야겠지."

운장대도 관승과 흑산군사 선찬.

어두운 광도를 걸어가는 두 사람이다. 같은 연배, 형제의 예를 취하지 않은 채 친우(親友)로서 행동을 함께한다. 운장 대도 관승이 두 눈을 빛내며 재차 입을 열었다.

"머리로만 되는 것은 아닐 것이다. 몇 달째, 그만큼의 적들을 상대해 왔다는 것은."

"하! 지력보다는 무력이라는 건가? 운장대도의 가슴속에 있는 것은 오직 무(武), 한 글자란 말이로군!"

선찬의 핀잔 섞인 대꾸에도 관승의 무표정한 얼굴은 조금도 변하질 않았다. 관우의 그것처럼 붉은 얼굴을 지닌 관승이 흑단 같은 수염을 쓸어내리며 말을 이었다.

"마주칠 상대의 무공이 어느 정도일까 궁금해하는 것은 한 사람 무인으로서의 당연한 도리일 터. 군사에겐 그런 것이 없는가?"

"무공으로 호승심을 느끼기엔 과하지. 철혈신녀는 그 연배로 볼 때 우리보다 한참 아랫줄이야."

"무재(武才)에 있어 연배는 불문(不問)인 법. 철혈신녀는 강해지고 있다. 그 정도 실전 경험, 가볍게 무시할 수 있는 무공이 아닐 것이다."

관승의 어조는 단호했다.

관승은 오기륭과 다른 남자다. 과묵함을 깨고서 이어지는 그의 목소리는 그저 시간을 때우자고 하는 이야기가 아니었다.

관승의 붉은 얼굴을 한 번 돌아본 선찬은 더 이상 핀잔 어린 대꾸를 하지 않았다. 선찬이 이내 고개를 끄덕이며 입을 열었다.

"강해지고 있다라… 확실히 그럴 수도 있겠군."

선찬이 한 손을 들어 자신의 턱 선을 매만졌다.

철혈신녀의 무력.

분명히 인정하건대, 확실히 선찬은 지금껏 그녀의 무공을 간과하고 있었다 할 것이다. 모든 주의가 양무의 일인에게 맞추어져 있었기 때문이다.

"형산파의 앞마당을 벗어나 여기까지 오는 것. 그때까지 알려졌던 철혈신녀의 무공으로는 불가능한 일이었겠지. 제아무리 양무의가 있다지만 세간에 알려진 것 이상의 무공이 없어서는 쉬운 일이 아니었겠어."

무언가를 깨달은 선찬이었다.

선찬이 한순간 걸음을 멈추고 다시 관승을 돌아보았다.

양무의에 편중되지 않은 무인의 시각.

무표정한 관승의 얼굴은 여전히 변함이 없다. 자신의 의견을 던져 놓은 채, 그 부리부리한 두 눈으로 흔들림없는 무인의 기질을 담고 있을 뿐이었다.

거기서 스스로 놓친 바를 깨닫는 것은 선찬의 몫이다. 선찬이 관승을 응시한 채 침중한 목소리로 입을 열었다.

"생각보다 큰 것을 빼놓고 있었군! 철혈신녀의 병장기는 한 자루의 백룡창이라고 했었다. 그렇지 않나?"

"분명 그랬었지."

관승이 고개를 끄덕이며 대답했다. 선찬의 두 눈에 기광이 번뜩였다.

창. 창술. 강해진 철혈신녀.

충분하고도 남을 단서들이다. 하나로 귀결되는 결론은 다른 것이 아니었다. 선찬의 입에서 결정적인 한마디가 흘러나왔다.

"창왕비전! 그걸 익혔군!"

그렇다.

모르긴 몰라도 철혈신녀는 본래부터 그렇게 강하지는 않았을 것이다. 그녀의 나이는 고작 이십대였다. 적어도 형산파 무인들을 그렇게 쉽게 패퇴시킬 무력은 지니지 못했을 것이 틀림없었다.

"기억에… 철혈신녀의 본신무공은 웅성 지역의 백가창(白家槍)이라 했다. 백가창은 훌륭한 무공이지만 개세의 위력을 지닌 절세무공은 아니었지. 천재적인 무재를 지니고 있다 하더라도 익힌 바 무공과 투로에는 한계가 있는 법일 터, 백가창으로 이만큼을 버텼다고 하기엔 확실히 무리가 있다. 하지만 그것이 구주창왕의 무공이라 한다면 이야기가 달라지지!"

선찬의 추측은 거기서 멈추지 않았다.

한 발 더 나아가 양무의의 의도까지 읽어낸다. 이렇게나 노출된 행보, 몰려드는 무인들… 이것은 처음부터 계획된 바다. 섣부른 짐작일 수 있으나 선찬이 보기엔 그랬다.

"창왕비전. 비급을 보고 익히는 무공이란 그리 쉽게 연성되는 것이 아니다. 입수한 직후부터 실전에 쓴다는 것은 더더욱 말이 되지 않아. 비급을 익힌 시점은 아마도 알려진 것보다 훨씬 전일 것이다. 이미 예전부터 연마하고 있었던 것이 틀림없다."

독백으로 생각을 정리한다.

혼잣말처럼 이어지는 목소리가 불산에서의 싸움, 그 진실에 가까워지고 있었다.

"무공을 익힌 것이 먼저. 비급의 존재를 알린 것은 그 다음이다. 모사(謀士)라는 족속들의 움직임엔 반드시 그에 상응하는 목적이 있기 마련. 운거모사 양무의. 설마하니… 적들을 끌어들여 철혈신녀의 무공을 단련시키고 있었던 것인가……!"

선찬이 고개를 돌려 어두운 광도 저편을 바라보았다.

어디까지나 추측일 뿐이다. 양무의의 진의란 그 어두운 광도와 같아서 직접 들어가 보기 전엔 그 안에 뭐가 있는지 알 수가 없는 법이었다.

결코 좋을 수 없는 기분이었다. 선찬의 입에서 투박한 한마디가 뱉어져 나왔다.

"운거모사. 그 심산, 마음에 들지 않는군!"

뛰어난 지략을 칭할 때 세인들은 신산귀계(神算鬼計)를 말한다. 하나 이것은 신산귀계라기보다는 암중음모(暗中陰謀)에 가깝다. 발걸음을 빨리하며 앞장서는 선찬이 뒤도 돌아보지 않은 채 불평 섞인 어투로 말했다.

"창왕비전, 구주창왕의 무공이 얼마나 강한지는 모르겠지만 맞서 싸워야 할 일이 생길 수도 있겠어!"

흑산군사 뒤쪽으로.

어둠 속에서도 강렬하게 빛나는 관승의 눈빛이다. 그 눈에 담긴 의지란 다른 것이 아니다.

'바라던 바다.'

그 생각 그대로의 마음가짐이 운장대도 관승의 전신에 서려 있었다.

'어째서 염주암인가……..'

단운룡은 생각했다.

불산의 지세와 산길을 잘 알고 있는 그다. 산속에서 움직일 수 있는 경로에 대해 거의 완벽하게 알아놓았다 해도 과언이 아니었다.

'염주암은 애매하다. 도망치기에도, 지키기에도 좋은 곳은 아니다. 그런데도 그들은 염주암을 택했다. 뭔가 이유가 없고서야 그럴 리가 없겠지.'

단운룡이 고개를 돌렸다. 우뚝 솟은 새벽 불산의 정경이 두 눈 가득 비쳐들고 있었다.

'해답은 나왔다. 철혈신녀의 무공은… 백가창이 아니다. 그들은… 이미 예전에 창왕비전을 얻은 상태였어.'

고민 끝에 내린 결론이다.

불산과 같은 산속에서 두 달 이상.

양무의와 백가화는 농성전이나 다름없는 싸움을 오래도 버텨왔다. 오직 둘이서. 그토록 오랫동안 쫓기고 있었음에도 불구하고.

'그게 아니지. 둘이서? 그것도 틀렸다. 그들에겐 조력자가 있다. 식량 조달, 전황 탐색, 광도 이용, 어느 하나도 간단한 일이 없다. 조력자가 없이는 불가능한 일이다.'

단운룡의 눈에서는 범접치 못할 광채가 끊임없이 발해지고 있었다. 지혜의 눈빛, 모든 것을 꿰뚫은 비룡의 안광이었다.

'창왕비전을 얻고 도망치다가 불산에 이르러 빠져나가지도 못한 채 좌충우돌 싸움을 벌인다……. 그게 세상 사람들의 눈에 비쳐진 그들의 모습이다. 하지만… 실상은 그런 게 아니다. 이들은 이미 이 불산에 모든 것을 준비해 놓고 있었다. 싸움의 양상, 도주 방법의 기발함, 폐광의 활용… 그런 것은 일시에 되는 일이 아니다. 미리 준비하고 생각해 놓지 않고서는 될 수 있는 일이 아니란 뜻이다.'

가장 먼저 머리 속을 스치는 것은 퇴협에서의 일전이다.

　꽉 막힌 절벽길에서 철운거의 기기묘묘한 장치를 이용해 협곡을 건너 도망쳤던 백가화.

　남위 위원홍의 출현.

　폐광의 어둠을 통해 이동하던 두 사람. 그리고 두 사람과의 만남까지.

　단운룡의 눈이 불산의 한쪽 끝 자락에서 반대쪽 끝 자락까지 훑어내듯 가볍게 움직였다.

　'창왕비전의 존재 유무를 의심했다. 잘못된 생각이다. 창왕의 비전은 백가화로 이어졌다. 그들이 이만큼이나 할 수 있었던 이유에서는 창왕의 무공을 빼놓을 수 없을 것이다. 거기에 양무의의 지략과 철저한 준비가 더해졌으니……'

　단운룡의 눈이 남쪽으로 돌아갔다.

　남쪽에서 동쪽, 보이지 않는 바다 끝과 오양선성 광주를 한눈에 둘러보았다.

　'그러나 이 불산도 그들에겐 불멸의 요새가 될 수 없다. 양무의는 그것도 알고 있었다. 폐광로는 영원한 도주로가 되지 못하며, 불산에는 천하의 강자들이 너도나도 몰려들고 있다. 특히나 위원홍, 그자는 간단히 뿌리칠 수 있는 상대가 아닐 것이다. 난공불락의 성과 같던 불산도 이젠 그들에게 안전한 곳이 못 된다.'

　단운룡은 모든 것을 보고 있었다.

　손 안에 있는 것을 보듯. 불산 바깥에 있음에도 불산 안의 상황을 그 누구보다 완전하게 꿰뚫어 보고 있는 것이다.

양무의와 백가화.

이들이 불산에 이른 것이 처음부터 계획했던 일이라고 해도, 이제는 그것도 한계에 이르렀다. 이제는 그들을 내보내야 한다. 단운룡이 손에 들고 있던 종이 한 장을 접어 품속에 갈무리했다. 옷자락 아래, 검대에 매달린 세 자루의 검이 흔들리고 있었다.

'이쪽도 준비는 끝났다. 이제는 이곳도 지겹겠지. 내가 이곳을 벗어나게 해주마.'

새벽에서 정오까지는 아직 멀다. 불산을 향해 발을 내딛는 단운룡이다.

나아가는 비룡의 행보.

그의 뒤편에는 화도(花都)로 향하는 관도가 끝도 없이 긴 모습으로 그저 멀리멀리 뻗어 있을 뿐이었다.

어둠을 뚫고, 광도를 벗어난다.

정오가 가까워지는 시간이다. 선찬과 관승은 갑작스레 두 눈을 찌르는 햇빛 때문에 얼굴을 찌푸릴 수밖에 없었다.

'이것은……!'

햇빛 다음으로 선찬이 발견한 것은 두 줄기의 수레바퀴 자국이었다. 나무로 가려진 광도 입구를 따라 희미하게 새겨져 있는 흔적이 보였다. 운거모사의 흔적을 찾아낸 것이다.

"이쪽이 맞았군. 그렇게 오래되지 않았어."

광도 속, 오기류과 갈라선 갈림길에서.

옳은 길을 찾은 것은 선찬 쪽이었다는 말이다. 선찬이 득의에 찬 눈빛을 떠올리며 숲길을 헤쳐 나갔다.

"묘한 지형인데……?"

두 사람의 앞길에 나타난 것은 깊은 계곡이다.

사람의 발길이 미치기 어려운 곳이었다. 지형 자체가 그렇다. 광도를 거치지 않고서는 들어오는 것 자체가 어려울 것 같은 계곡이었다.

"게다가 싸움의 흔적까지 있다."

관승이 말했다.

관승의 말마따나 계곡 안쪽으로는 격렬했던 싸움의 흔적이 남아 있었다. 부러진 나뭇가지들과 붉디붉은 핏자국이 눈앞을 어지럽힌다.

행여나 싸움이 계속되고 있을까.

선찬과 관승이 청각을 돋우며 주변을 둘러보았다. 하나 그 어디에서도 병장기 소리는 들리지 않는다. 이따금씩 들려오는 산새 소리만이 지나간 싸움터의 정적을 방해하고 있을 뿐이었다.

"철운거다. 상대는 누구였지?"

축축한 땅 위에는 누구라도 알아볼 수 있을 만큼 뚜렷한 바퀴자국이 남겨져 있었다.

철운거가 지나간 길이었다. 싸움의 발자취가 그 길을 따라 하나 가득 이어지는 중이었다.

"강한 놈들이로군."

관승은 아름드리 나무 한 켠에 새겨진 한줄기 검흔을 바라보고 있었다. 튼튼한 나무줄기를 제대로 깎아 들어간 검흔이었다. 보통 실력이 아니었다.

"이쪽은 장력이야. 나무 하나를 통째로 분질렀어. 처음 보는 장법이다."

얼마나 더 걸었을까.

바큇자국을 따라가던 선찬이 고개를 갸웃하며 관승을 돌아보았다. 굳어진 표정의 선찬이다. 그가 의아함에 가득 찬 목소리로 입을 열었다.

"기이한 일이다. 시체가 한 구도 없어."

말 그대로였다.

싸움이 있었던 것은 분명하나 쓰러져 있는 시체가 하나도 없었다. 선찬이 미간을 좁히며 한쪽의 나무 밑동을 가리키며 말을 이었다.

"저 핏자국……! 저 정도 출혈이면 누구라도 살 수가 없을 것이다. 죽은 사람이 없어서가 아니야. 곧바로 시체를 수습해 갔다. 지나치게 빨라. 대체 어디지?"

진득하게 고여 있는 핏물은 아직 다 굳지도 않았다. 싸움이 일어난 지 얼마 안 되었다는 이야기다. 핏물은 웅덩이를 이루고 있으되, 시체는 없다. 뒷수습이 굉장히 빠른 문파라 할 수 있었다.

싸움터에서 죽은 시체들이란 명문의 정통있는 문파들이 아닌 바에야 그 근처에 봉분을 만들어주는 것으로 처리하는 것이 일반적이다. 시체를 한 구도 빠뜨리지 않고 회수해 갔다는 것은 그만큼 그 집단이 조직적이고 철저하다는 뜻이다. 선찬의 머리 속에 이 불산에 찾아든 몇 개 문파들의 이름이 스쳐 지나갔다.

"최소 열 구. 순식간에 사라졌다. 형산파엔 그만큼의 인원 수가 없어."

선찬의 발걸음이 느려졌다.

아무리 생각해도 이상했다. 시체만 없는 것이 아니다. 병장기 하나 없고, 옷자락 하나도 없다. 심지어 일부러 발자국까지 지워놓은 곳도 있을 정도다. 오직 남은 것이란 땅과 초목을 수놓은 핏자국밖에 없었다.

'대체 어떤 놈들이기에?'

최대한 흔적을 없앤 것이다.

보통은 이렇게까지 하지 않는다. 스스로의 정체를 감추고 싶어하는 것 같지 않은가. 어떤 문파인지 알 만한 단서는 하나도 남겨두질 않은 것이다.

"지금은 다른 곳에 신경 쓸 때가 아니지 않나?"

선찬의 상념을 깬 것은 관승의 목소리였다. 관승의 말에 선찬이 고개를 내저으며 심각한 어조로 입을 열었다.

"맞는 말이다. 지체할 때가 아니라는 것은 틀림없는 일이야. 다만, 이것은 이상하다. 우리가 모르는 놈들이 있는 것 같아."

적지 않은 경계심을 품고서 주변을 둘러보는 선찬이다.

이미 사라지고 없다는 것은 알고 있지만 아무래도 기분이 좋지 않았다. 움직이던 선찬의 시선이 멀리 있는 능선에서 멈추었다. 선찬이 얼굴을 굳힌 채 관승을 돌아보며 나직한 목소리로 말했다.

"저기… 저쪽에 저거 보이나?"

한쪽 능선. 수풀 사이로 커다란 그림자 하나가 보이고 있었다. 둥그런 바위처럼 생긴 그림자였다. 가운데에 기이한 빛을 발하는 두 개의 눈동자가 있었다.

"늑대… 인가?"

"보통 늑대로는 보이지 않는데."

그것은 그곳에 웅크리고 앉은 한 마리의 짐승이었다. 개, 또는 늑대의 형상이었다. 어느 쪽이 되었든 평범한 종은 아니었다. 그러기엔 너무나도 컸고, 그러기엔 이쪽을 보고 있는 두 개의 안광이 심상치 않았다. 마치 관승과 선찬을 감시하고 있는 듯 짐승의 눈빛이 아니라 사람의 눈빛 같았다.

"움직인다."

선찬이 나직한 목소리로 입을 열었다. 선찬의 말마따나, 그 커다란 덩치의 그림자가 천천히 일어나더니 옆에 있는 숲 그

늘로 사라져 버린다. 산이라면 어디에나 있기 마련인 야생동
물과는 분명히 다른 무언가가 있었다.

"기이하기 짝이 없군. 저 짐승도 그냥 넘길 만한 일이 아니
야."

곧바로 사라져 버린 짐승이지만, 이 싸움터와 아무런 관련
이 없다고 하기엔 너무나도 공교로운 일이었다. 주변에 남아
있는 핏자국처럼 이상하기 짝이 없는 짐승의 시선처럼, 진득
한 무언가가 주변을 둘러치고 있는 느낌이었다.

"어떤 놈들이 있든 관계없다."

그 느낌에 대한 관승의 말은 그와 같았다.

그야말로 그답기 짝이 없는 말에 선찬이 다시 한 번 관승을
돌아보았다.

얼굴은 무인 그 자체.

양무의가 어떤 진실을 숨기고 있다 해도.

정체 모를 적들이 불길한 냄새를 풍기고 있다 해도.

운장대도 관승은 전혀 개의치 않는다. 언제나 여러 가지 생
각으로 머리 속이 복잡한 선찬과는 정반대의 무인이었다.

"세인들이 말하길, 운장대도는 적토마를 탄 듯 거침이 없다
고 하지. 나도 그와 같았으면 좋겠군."

선찬은 싸움터를 뒤로하고 신형을 빨리했다.

미지의 적들이 마음에 걸리나 그보다는 철운거가 먼저다.

철운거의 바큇자국은 뚜렷했고, 그들은 그 바큇자국 위에

있는 것이다. 그 누구보다 먼저 모두가 뒤를 쫓던 운거모사의
지척까지 따라붙어 있는 것이었다.

　"여기에 있을 것이라 생각했는데 상황이 또 변한 모양일세.
이 산에서 벌어지는 움직임은 이 늙은이의 상상보다 훨씬 더 빠
르군. 아무래도 한 번 모습을 드러낼 때까지 기다려야 하겠어."
　광염공이 그녀를 이끈 곳은 깊디깊은 광도 속에서도 은밀
하게 감춰져 있는 한 석굴이었다. 동굴 한쪽으로 지하수가 흐
르니, 석굴 전체에는 땅속 특유의 서늘함이 가득했다.
　석굴 안쪽 깊이 패어진 구덩이는 서늘함이 더하다. 서늘한
정도가 아니라 숨을 쉬면 하얀 김이 서려 나올 정도로 냉기가
짙은 곳이었다.
　"굉장한 냉지(冷地)로군요. 어쩐지……."
　드넓은 자연의 조화 속에는 그처럼 특별한 장소가 있기 마
련이다.
　한여름에도 얼음이 녹지 않는 곳.
　땅속을 흐르는 지맥(地脈)에서도 한기가 특히 강한 곳이 있
다. 한겨울처럼 냉한 공기가 사시사철 피어오르니, 빙고(氷庫)
로 쓰였던 장소가 그와 같다. 몇 날 며칠 음식을 보관해 둔다
해도 상하지 않을 만큼 냉한 곳이었다.
　"식량을 어찌 조달하나 궁금했는데, 머리를 잘 썼네요."
　그녀는 소녀 특유의 호기심을 감추려 들지 않았다.

하얀 서리가 내려앉은 식량 더미를 보며 냉랭한 구덩이 안쪽으로 머리를 들이민다. 곧바로 몸을 일으켜 석굴 구석구석을 돌아보는 그녀의 모습은 아직 다 성장하지 않은 소녀 그대로다. 달빛 아래 그토록 놀라웠던 무공을 떠올리기가 쉽지 않을 정도였다.

"이런 곳을 찾은 것은 행운이었다네. 게다가 이쪽으로 조금만 올라가면 바람이 잘 빠지는 곳까지 있지. 불을 피워도 문제될 것이 없는 곳이야."

찾기 힘든 곳인 데다가 충분한 식량까지 있다.

아래쪽으로는 물이 흐르고 위쪽으로는 바람이 통한다.

완벽한 조건의 은신처였다. 숨어 있고자 마음만 먹는다면 두 달이 아니라 몇 달이라도 버틸 수 있을 것 같았다.

"상당한 준비가 있을 것이라고는 생각했지만, 이렇게까지 철저할 줄은 몰랐네요. 더군다나 여기 이 발자국들……! 창왕비전을 연마한 장소도 여기였겠어요."

그녀의 말.

광염공의 늙은 두 눈에 한줄기 기광이 스쳐 지나갔다.

그 빛은 놀라움의 빛이다.

흥미로만 이곳저곳을 기웃거렸던 것이 아니라는 뜻이다. 그저 그렇게 보였을 뿐, 그녀는 많은 것을 꿰뚫어 보고 있다. 철혈신녀가 창왕비전을 익혔다는 사실까지. 눈으로 볼 수 없는 것까지 간파하고 있었던 것이다.

"보통 안목이 아니로군! 뛰어난 것은 무재(武才)만이 아니었던 모양이네."

"대단할 것은 없어요. 백가창만으로는 형산파의 무공을 그만큼 제압하기 힘들죠. 게다가… 구주창왕은 호광의 천자산과는 아무런 관련이 없으니까요."

두 번째로 스쳐 가는 기광이다.

더 뚜렷해진 놀라움으로. 광염공이 되물었다.

"천자산과는 관련이 없다고? 그게 무슨 말인감?"

"말 그대로예요. 구주창왕의 출신지는 광동이었죠. 호광이 아니라."

"……!!"

"틀렸나요? 그럴 리가 없을 텐데요."

"어, 어찌 알았지? 알고 있는 사람은 극히 드물 텐데!"

"드물다는 말과 없다는 말이 같은 뜻은 아니죠. 결국 모든 것의 시작은 천자산이 아니라 불산이었다는 뜻이에요. 철운거가 굳이 호광까지 올라갔던 것은… 글쎄요, 무당이라도 염두에 두었던 것이 아니었나 해요. 하지만 애석하게도 무당파는 움직이지 않았죠. 차선책으로 형산파까지 가늠해 봤었지만, 형산파는 무당파에 비해 한참 격이 떨어지는 문파였어요. 남악(南岳)이라는 이름값에도 불구하고 실망스러운 점이 많았겠죠."

양무의의 행보를 눈으로 본 것처럼 말하고 있다.

애초부터 그렇다.

호광의 천자산에서 시작된 것이 아니라 광동의 불산이 시발점이다. 그녀가 잠시 말을 멈추었다가 광염공의 두 눈을 직시하며 마지막 질문을 던졌다.

"창왕비전을 발견한 곳은 천자산이 아니라 불산이에요. 그렇죠?"

크게 흔들리는 광염공의 눈빛은 그것만으로 하나의 대답이라 할 수 있었다.

그녀의 말은 틀리지 않았다.

광염공이 한숨을 내쉬며 입을 열었다.

"후우… 자네는 이 늙은이를 정말로 여러 번 놀라게 만드는구먼!"

"그렇게 놀라실 것 없어요. 다시 말하지만 그다지 대단할 것도 없구요. 무엇보다 이것은 온전히 저 혼자 한 추측이 아니에요."

그녀는 솔직했다.

칭찬에 대한 겸손함이라기보다는 있는 그대로의 사실을 말하고 있을 뿐이다. 광염공이 늙은 얼굴에 궁금함을 떠올리며 물었다.

"자네만의 추측이 아니라면, 또 누가 그런 것을 생각해 낸 게지?"

"여러 사람이 있었죠. 구주창왕의 출신에 대해 가르쳐 준 사람도 있었고, 백가창의 위력에 대해 말해준 사람도 있었어요. 제가 한 일이라곤 고작 그 이야기들을 가져다 끼워 맞춘 것이 전부예요."

"허허허! 빌려 쓰는 지혜라고 지혜가 아닌감? 그런 것이 오히려 더 무서운 것이네. 진실로 지혜로운 사람은 자신의 재지를 뽐내는 사람이 아니라 남의 재능을 거리낌없이 가져다 쓸 줄 아는 사람이야. 자네야말로 봉효 녀석이 찾고 있었던 자인지 모르겠군!"

광염공이 너털웃음을 터뜨린다.

그 앞에는 그저 어둠 속에서도 별빛 같은 안광을 뿜고 있는 작은 소녀 하나만이 서 있을 따름이었다.

"염주암으로 가는 길이다. 방금 전에 이곳을 지났어."

확실했다.

땅에 새겨진 두 줄기 바큇자국을 보자면, 그것이 굴러가는 소리마저 들려올 것 같다.

선찬과 관승은 빠르게 움직였다. 경공을 펼쳐 산비탈을 올라가니, 아니나 다를까, 저 멀리로 움직이는 그림자 두 개가 보인다. 호리호리한 인영, 그 앞으로 보이는 검은 물체, 철혈신녀와 철운거였다.

"먼저 간다."

굵고도 짧은 한마디.

먼저 치고 나간 것은 관승이었다.

순식간에 선찬을 앞지르며 엄청난 속도로 질주하는 그다. 육안으로 보이는 거리임에 들키는 것 따위 개의치 않는다는 기세였다.

파아아아아!

'알아챘군!'

관승의 성정이란 본래부터 그러했다.

은밀함이란 그에게 어울리지 않는 단어다. 지닌바 무력을 있는 대로 발산하는 그 기파에는 그 누구라도 뒤를 돌아볼 수밖에 없을 것이다. 설령 그것이 그에게 쫓기는 자가 아니라도 말이다.

그런 그일진대, 철혈신녀 정도의 고수가 그 쇄도를 감지하지 못할 리 없다. 숲길로 나아가던 그녀가 뒤쪽을 한 번 돌아보고는 움직임을 빨리하기 시작했다.

'허! 저것 보게……!'

그녀의 반응은 즉각적이었으나 허둥대는 기색이라고는 눈을 씻고 찾아도 없었다. 그대로 몸을 숙이는가 싶더니, 그 커다란 철운거를 통째로 들어 어깨 위에 올린다. 크지도 않은 골격 위에 어찌 그런 것이 가능한지 뒤에서 보는 이마저도 위태롭게 느껴질 정도다.

텅! 파사사삭!

철운거를 짊어지고 달려나가는 그녀의 모습은 볼 것 다 보고 산전수전 다 겪어보았다는 선찬에게 있어서도 경이로움

그 자체였다. 기우뚱 기울어진 몸으로 바퀴 달린 수레를 버텨
내면서 기쾌무비한 경공술을 자랑하고 있었다.

'대단한걸……!'

사람의 몸, 사람의 힘, 사람의 신체 구조에는 한계가 있기
마련이다. 그리고 그 한계를 극복하게 해주는 것이 내공이다.

철혈신녀 백가화는 정심한 내공을 지녔다. 철운거를 둘러
메고 달리는 모습 그것만으로도 그 내공의 깊이를 짐작하게
해준다. 젊은, 선찬의 입장에서는 어리다고 해야 할 그녀의
연배에서 어찌 저런 조화를 보이는지 눈으로 보고도 믿기 어
려울 지경이었다.

'하지만 그렇다 해도…….'

그녀는 빨랐다. 하나 그녀의 내공이 제아무리 깊다 한들 운
장대도와 같을 수는 없는 일이다. 철운거를 짊어진 그녀이기
에 더욱더 그렇다. 운장대도는 그녀보다 훨씬 더 강대한 내공
을 지니고 있었고, 그 내공의 깊이만큼 빠르기도 빨랐기 때문
이다.

"멈추거라!"

관승의 호통 소리는 컸다. 전쟁터 대장군의 고함 소리처럼
위엄이 넘친다. 순식간에 거리를 좁히고 있음은 물론이다.

"……!!"

서두르지 않고 서서히 속도를 올려가던 선찬이다. 그의 얼
굴이 크게 굳어진 것은 관승이 그녀의 뒤를 지척까지 따라붙

었을 때였다.

선찬이 한쪽으로 고개를 돌린다.

그답지 않게 질린 표정이다. 그의 시선이 한쪽 능선에 이르렀다.

"이 기도! 이 기세! 설마……!!"

그것을 느낀 것은 선찬 혼자만이 아니었다.

철혈신녀의 고개가 그쪽으로 돌아갔다. 쇄도하던 관승의 부리부리한 안광도 그쪽으로 돌려진다.

그럴 수밖에 없다.

그쪽을 볼 수밖에 없음은 반드시 그래야만 한다는 일종의 강요와도 같았다. 그 존재감만으로 사방 모든 인간들을 경직되게 만드는 압도적인 능력이 거기에 있었다.

"저자는……!"

숲에서 걸어나오는 이는 쪽빛 무복을 입었다. 철혈신녀 백가화의 입에서 신음처럼 흘러나온 한마디가 그의 이름을 알렸다.

"남위… 위원홍!!"

구파일방의 일익, 대해남파 장문인의 출현이다. 숲길을 빠져나오는 그의 움직임엔 제왕의 기도가 서려 있었다.

'최악이다! 여기서 최대의 강적이라……!'

선찬의 손은 벌써부터 방편산 자루 끝에 닿아 있었다.

조금도 예측할 수 없었던 사태.

병장기부터 꺼낼 수밖에 없다. 흑색 날 방편산을 오른쪽으로 비껴들고 관승의 옆을 향해 몸을 날린다. 움직임을 멈춘 관승, 그리고 철혈신녀가 그의 앞에 있었다.

"도망칠 수 없음을 잘 알고 있군. 그대가 백가화인가?"

남위 위원홍의 경신술은 신기(神技)에 다름이 아니었다.

마치 옛 전설 속 축지(縮地)의 도술을 보는 듯하다. 순식간에 거리를 좁혀오니, 어느새 철혈신녀의 지척이다.

"해남파 장문인을 뵙겠어요. 소녀가 바로 백가화랍니다."

도망칠 수 없음을 안다?

그렇다. 위원홍의 말대로다.

그녀는 알고 있다. 도망칠 수 없음을.

그래서 멈춘 것이다. 관승이나 선찬, 다른 자들은 몰라도 이 사람에겐 안 된다는 것을 알기 때문이다. 철운거를 짊어지고 달려봤자 따돌릴 수 있는 상대가 아니라는 뜻이었다.

"재주가 대단해. 이 내가, 고작 젊은이 두 명을 잡는 데 이렇게나 헤맬 줄은 몰랐어."

위원홍의 말투엔 자신감이 넘쳤다. 하지만 결코 거북하게 들리지는 않는다. 오히려 딱 맞는 옷처럼 어울리기만 할 뿐이었다.

"그 말씀. 영광이네요. 칭찬으로 듣겠어요."

백가화의 말투는 당돌함과 공손함의 경계를 아슬아슬하게 넘나들고 있었다.

그러고 보면 그녀도 대단하다 할 것이다. 숨도 쉬지 못할

만큼 무지막지한 기파를 뿜어오는 해남파 장문인을 앞에 두
고도 전혀 위축되어 보이질 않는다.

　물론 그것은 그저 그렇게 보일 뿐이겠지만, 그만큼 태연한
척할 수 있다는 것만으로도 대단하다는 말을 들을 자격이 있
었다.

　"칭찬만으로 들어서는 곤란하지. 내 친히 여기까지 온 것
은 단지 그런 말을 해주기 위해서가 아니야."

　"칭찬이 있으면 질책도 있다는 것인가요? 아니면, 달리 원
하는 것이라도 있나요?"

　심리적인 압박이 심했기 때문인가.

　공손함과 당돌함의 경계에서 결국 선을 넘고 마는 그녀다.

　건방지다는 표현으로는 부족하다. 구파일방, 장문인 앞에
서 그런 언사라면 이미 그런 표현의 범주를 벗어난 것이라 해
도 과언이 아니었다.

　"원하는 것이라… 물론 있지. 나는 말이야. 이 소란이 이쯤
에서 끝나기를 원한다네."

　손녀딸을 타이르는 듯한 어투다. 그러나 곧이어 내뿜는 압
력은 결코 그 차분한 말투 같지 않았다. 무서운 힘이었다. 백
가화의 뺨 한쪽으로 땀방울이 맺혀 흘렀다. 그 자리에 서서
버티는 것마저도 어려울 지경에 이른 것이었다.

　"소란을 끝낸다 함은 정확하게 무슨 뜻이죠?"

　"그대가 나와 함께 어딘가로 가야 한다는 뜻이겠지."

“당장 죽이지는 않는단 말씀이시군요.”

“물론이다. 지금은 아니야.”

“당장이 아니라면, 언제든 될 수 있겠어요.”

“그것은 해남도에 가서 결정하도록 하지.”

그녀의 얼굴은 이제 창백하게 질려 있었다.

해남도에서 결정하겠다는 것.

그것은 달리 말해, 그녀를 해남도로 끌고 간다는 의미였다.
꿰뚫는 듯한 시선 한가득 위원홍의 의지가 담겼다.

불복은 허용되지 않는다.

명령을 내리는 제왕처럼 그녀를 바라볼 뿐이다.

그때였다. 한줄기 굵은 음성이 끼어든 것은.

“그렇게는 안 되겠소.”

목소리의 무게를 잴 수 있다고 한다면, 그 무게는 육중함이
라 할 것이다.

위원홍의 고개가 목소리의 주인을 향해 돌아갔다. 관제묘
관성대제처럼 붉은 얼굴, 늘어뜨린 미염은 짙고도 짙은 흑색
이다. 운장대도 관승이 청룡언월도를 비껴들고 있었다.

“그렇게는 안 되겠다?”

위원홍의 입에서 나온 것은 흥미롭다는 어조의 반문이었다.
시선이 움직임과 동시에 무시무시한 압력이 닥쳐들었다. 관승
이 숨을 한 번 들이키고는 당당하게 앞으로 나서며 말했다.

“그녀를 해남도로 데려가도록 좌시하지 않겠다는 이야

기요.”

‘최악이로군······!’

굳어지는 것은 선찬의 얼굴이었다.

이럴 줄 알았다. 관승이 여기에 있어서는 안 되었다. 선찬이라면 이런 식으로 나서지는 않았을 것이다.

하지만 이미 상황은 엎질러진 물일지니.

관승과 위원홍.

그것은 그야말로 선찬이 생각할 수 있는 최악의 조합이라 할 수 있다. 호승심이 그 누구보다 강한 무인 관승. 그 앞에 해남파 장문인 남위 위원홍이 나타났으니, 그 결과가 어찌 되든 부딪치게 되는 것은 필연이란 뜻이었다.

“좌시하지 않는다라······. 자네, 내가 누군지는 알고 하는 말인가?”

“해남 장문인, 남위 위원홍이라 알고 있소.”

“제대로 알고 있었군. 그런데도 지금 내가 하는 일을 막겠다고 나선 겐가?”

쏴아아아아아아!

환청처럼 들리는 소리다. 해일이 닥쳐온다고 느낀 것도 실제로 벌어지지 않는 하나의 환상과 같다. 압력에 압력을 더하는 위원홍의 기파였다.

성난 바다의 기운, 위원홍이 내뿜는 기도의 본질은 그와 같았다.

"선택의 여지가 없었소. 운거모사와 철혈신녀에 볼일이 있
는 사람은 장문인 혼자만이 아니니 말이오."

"포기하는 것이 좋을 텐데."

"그것은… 불가하오."

"자네, 이름이 무엇이지?"

"관승이오. 강호에서는 운장대도라 불리고 있소."

"과연. 자네가 그 유명한 운장대도였군. 하나 그 정도 명성
으로 실력을 과신해서야 안 될 일이야."

"실력을 과신해서가 아니오. 나서야만 할 일이니 나섰을
뿐."

"그런가? 그렇다면 그 선택, 후회하게 될 것이네."

놀라울 따름이었다.

해남파라는 문파가 세상에 널린 소규모 문파도 아니요, 구
파라는 거대 문파의 일익이다. 그 정도 대문파의 장문인은 쉽
사리 움직이지 않는다. 문파의 무게가 그 두 손에 고스란히
담겨 있는 까닭이었다.

하지만 위원홍은 그런 통념과 전혀 다른 인물이었다. 구파
일방 장문인들 중 가장 공격적인 성향을 지녔다고 했지만 설
마하니 이 정도일 줄이야.

상식을 벗어난 자다. 손쓰기를 꺼려하기는커녕, 거리낌없
이 그의 애병 해왕검을 허리춤에서 풀어내고 있었던 것이다.

"잠깐!"

당장이라도 부딪칠 것 같은 그 순간. 손을 들고 외친 자는 다름 아닌 선찬이었다. 선찬이 발을 옮겨 관승의 바로 옆에 섰다.

싸움을 말리려는 것인가.

아니다. 말릴 생각은 없다.

선찬의 옆에 있는 이가 다른 사람이었으면 모르되, 물러설 줄 모르는 관승이 된 이상 이 싸움은 어차피 피할 수 없는 것이다.

피할 수 없는 싸움이라면.

이길 방도를 찾아야 한다.

그것이 흑산군사가 지닌 마음가짐이다. 상대가 누가 되었든 싸움을 하면 이겨야 하는 것이다. 더욱이 그 상대가 부딪쳐 보는 상상만으로도 가슴이 벅찰 구파의 장문인인 바에야 말할 것도 없다. 그의 본성은 틀림없는 지략가의 그것이나, 또한 확고한 무인의 모습이 그의 안에 있었던 것이었다.

"해남파, 구파의 장문인이란 드넓은 강호에 더 이상 비할 바가 없는 초인이라 알고 있소. 사람의 능력을 뛰어넘은 상승 고수, 그것은 곧 범인들은 미치지 못할 영역에 도달했다는 뜻일 것이외다."

"쓸데없는 이야기다. 하고 싶은 말을 분명하게 하라."

"그야말로 일대종사, 구파 장문인의 영역이라면 두 사람의 연수합격이라도 눈감아줄 수 있을 것이라 믿는 바요."

"연수합격이라…… 그 말인즉슨, 둘이서 함께 도전하겠다는 뜻인가?"

되묻는 위원홍의 얼굴에는 엷은 미소가 떠올라 있었다. 선찬과 관승 두 사람이 동시에 대답했다.

"그렇소."

"아니오. 그럴 수는 없소."

선찬과 관승. 두 사람의 목소리는 똑같이 단호했다.

전혀 다른 대답을 한 두 사람이었다. 합격을 제안한 것은 선찬이었으나, 관승 같은 이가 그것을 받아들일 리 없었다. 설령 위원홍이 승낙을 한다 해도 관승으로서는 도리어 그것을 용납할 수가 없었던 것이다.

"홀로 상대하는 것은 자살 행위다. 자네의 무(武)는 이미 자네 혼자만의 것이 아니야."

"그렇다 해도 연수합격이라니, 그것이야말로 무인의 수치일 터."

"다른 자가 상대였다면 모르되, 상대는 해남의 검제(劍帝)다. 남위의 앞에서는 그 어떤 것도 수치일 수 없다."

선찬은 당당했다.

그 얼굴에서는 조금의 비굴함도 엿볼 수 없다. 두 사람이 함께 싸우는 것이 당연하다 보기 때문이다. 위원홍 정도로 강력한 상대라면 합격도 수치스러운 일이 아니었다. 전략적인 면에서는 더 더욱 지당한 선택이라 할 수 있었다.

"상대가 누구라도 달라지지 않는 것이 있다. 이것이 바로 그런 것이다.”

“자네의 무혼(武魂)은 내 너무도 잘 알고 있다. 그러나 지금은 그런 고집을 피울 때가 아니야. 육 척 장한에게 삼척동자 두 명이 덤빈다고 하여, 동자 두 명을 비겁하다 말할 수는 없다. 스스로의 능력을 정확히 알지 못하는 무인이란 일시의 수치심을 감내하는 무인보다 훨씬 더 추한 법이다!”

관승의 굵은 눈썹이 꿈틀 치켜 올라갔다.

불굴의 투지를 지닌 그다. 그런 그에게 있어 선찬의 말을 수긍하기란 쉬운 일이 아니었다.

관승의 의지는 강하다. 하지만 또한 관승은 고집불통의 바보가 아니었다.

두 사람의 눈빛이 얽혀들며 불꽃을 튀었지만 결국 관승이 먼저 고개를 끄덕이고 만다.

“어쩔 수 없군.”

선찬의 말은 옳다. 관승 혼자서 싸웠다가는 필패다. 위원홍을 마주하고 있는 것 자체가 위태로운 모험이라 할 수 있었다.

“언제까지 그러고 있을 셈인가? 난 그다지 인내심이 많은 사람이 아니야.”

관승과 선찬을 한 번씩 돌아보는 위원홍이다.

그의 시선이 그 둘을 지나, 한쪽 옆에 선 백가화에게까지 이르렀다. 관승이 끼어든 후부터 지금까지, 그녀는 잠자코 그 자리에 선 채 함부로 움직이질 못하고 있었다.

　사방에 올가미를 쳐놓은 느낌 때문이었다. 호시탐탐 도망칠 기회를 노리고 있으나 경동할 수는 없다. 위원홍의 기파는 삼엄하고도 광대하기 그지없어 도무지 벗어날 수 있을 것 같지가 않았다.

　"시간을 끌어서 죄송하외다. 해남 장문인이시라면, 그 정도 관대함은 보여주실 수 있으리라 생각했소."

　"말솜씨가 만만치 않군. 자네 이름은 뭔가?"

　"선찬이오."

　"흑산군사?"

　"허명일 뿐이오. 알고 계셨다니 영광일 따름이오."

　"허명이라기엔 이름을 들을 기회가 제법 많았지. 최근에는 참룡방이라던가. 묘한 도당에 소속되어 있다 하지 않았나?"

　"그렇소."

　"숫자가 적은 것으로 알고 있는데. 진심으로 나와 싸워볼 생각인가?"

　"관승의 말대로요. 우리는 선택의 여지가 없소."

　"재미있는 친구들이로군."

　그렇다.

　위원홍의 눈에는 이제 뚜렷한 흥미가 떠올라 있었다.

　상식을 벗어난 장문인, 위원홍.

　통념 밖의 인물이다?

　그것은 이 관승과 선찬도 마찬가지다.

보통의 강호인들이라면 이렇게 나오지 않는다. 위원홍을 보고 깍듯한 예의를 보였던 형산파의 형동, 그것이 일반적인 강호인의 반응일 것이다. 제아무리 선택의 여지가 없다 해도, 구파 일방의 장문인에게 덤비는 일은 상상하기 어렵다는 뜻이었다.

"각오는 되어 있겠지."

하지만 이들은 정말, 진심으로 위원홍과 싸우고자 한다.

위원홍 입장에서는 실로 오랜만에 있는 일이라고 할까.

스르르룽!

서늘한 검명음과 함께 해왕검이 검집에서 뽑혀 나왔다.

선공이라도 취할 기세였다.

보통 위협적인 것이 아니다. 해왕을 뽑는 것만으로 또 그 힘이 달라진다.

'이거야……!'

선찬은 한순간 망망대해에 홀로 던져진 조각배와 같은 느낌을 받았다.

방편산을 앞으로 겨누고 자세를 가다듬으며 그 측량 못할 기파의 예봉을 막았다. 가슴을 편 채 버티고 섰던 관승조차도 청룡언월도를 치켜들지 않고서는 배기지 못할 정도였다.

'자칫하다가는 여기서 뼈를 묻을 수도 있겠군!'

연수합격을 통해 어떻게든 이겨볼 생각이었지만, 막상 해왕검을 마주 대하고 보니 도무지 부딪칠 엄두가 안 난다.

이것은 더 이상 승패의 문제가 아니다.

생사(生死)의 문제였다. 살아남을 수나 있을까. 죽음을 걱정해야 할 마당이었다.

엄두가 나지 않을 정도로 위축된 상황.

그런데도 이렇게 방편산을 고쳐 쥐고 있는 것을 보면, 순수한 지략가는 못 되는 모양이다. 이토록 미련한 짓, 방주의 영향을 받았기 때문인지도 모른다.

"합!"

먼저 나선 것은 관승이었다.

관승은 위축되지 않았다. 오히려 세상을 떨쳐 울릴 듯한 강렬한 기합성을 내뱉고 있다. 땅을 박차고 청룡언월도를 휘두르며 나아가는 모습이 마치 전설 속 관운장의 그것과 같았다.

찌어엉!

무서운 충돌음이었다.

정신이 번쩍 난다. 그 형상이 제아무리 관운장과 흡사하다고 한들, 상대는 그 이상이다. 육 척을 훌쩍 넘어가는 거대한 체구, 꿈틀거리는 두 팔로 힘껏 내친 청룡언월도가 해왕검 얇은 검날에 거짓말처럼 막혀 있었다.

'무, 무슨……!'

보고도 믿기 어려운 광경이다.

위원홍이 한 일이라고는 그저 손목을 한 번 비튼 것밖에 없었다. 가볍게 돌려 친 해왕검으로 관승의 괴력을 아무렇지도 않게 받아낸 것이었다.

"타고난 신력(神力)이 상당하군!"

위원홍의 목소리엔 여유가 넘쳐흘렀다.

그저 받아냈을 뿐이 아니다.

그대로 짓눌러 보려는 듯 굵직한 팔 근육을 부들부들 떨고 있었으나, 해왕검은 비스듬히 가로놓인 채로 미동도 하지 않았다.

힘에서도 상대가 안 된다는 뜻이다.

"하지만 그 정도로는 안 되지."

위원홍이 짧게 말하며 다시 한 번 검을 움직였다. 앞으로 가볍게 밀어내는 동작에 관승의 팔과 몸이 그대로 튕겨 나온다.

"큭!"

휘리릭!

밀려난 관승이 헛바람을 들이키며 균형을 잡았다. 짓누르려던 것이 도리어 반대로 된 것이다. 그야말로 납득이 되지 않는 힘이었다.

'저럴 수도 있나……!'

선찬으로서는 관승의 그런 모습을 이제껏 본 적이 없었다.

위원홍은 서 있는 그 자리에서 한 발도 떼질 않았다. 관승만 해도 무의 화신이라 하기에 부족함이 없었지만, 이 위원홍은 그보다도 한참 윗길에 있다. 청룡언월도를 막아낸 단 한 수로 구파 장문인의 진가를 여지없이 보여준 것이다.

'하나… 포기할 관승이 아니지.'

무서운 상대다.

정말 죽을 각오로 덤비거나, 아니면 이쯤 해서 물러나야 한다.

관승의 선택은 무엇인가.

선찬은 자신의 동료를 잘 알고 있었다. 여기서 물러나는 것을 바란다면, 그것은 관승이란 인물을 잘못 알고 있는 것밖에 되지 않는다.

'할 수 없다.'

함께 싸우는 수밖에 없다.

하지만 선찬은 곧바로 몸을 날리지 않았다.

그전에 해야 할 일이 있었던 까닭이다. 선찬이 재빠르게 품속으로 손을 넣었다 뺐다. 빠져나온 손에는 죽통처럼 생긴 길쭉한 물체가 잡혀 있었다.

치이익!

선찬은 지체없이 그 원통형의 물체를 하늘 위로 올렸다. 타들어가는 소리, 이어지는 것은 폭음과도 같은 괴성이었다.

퍼어어엉!

조그만 화살 하나가 희뿌연 연기를 꼬리에 달고 하늘 위로 솟구쳐 올랐다. 오기룡에게 보내는 신호다. 언젠가 오원에서 쓴 적이 있었던 물건인 연혼전이었다.

"연혼전인가? 그건 마음에 안 드는데."

연혼전이 남긴 연기의 궤적을 본 위원홍이 미간을 좁히며 말했다.

마음에 안 든다.

그 한순간의 심동(心動)이 위원홍의 기파에 출렁거리는 파동을 더하고 있었다. 더 이상 부드럽게 끝내지는 못하겠다는 의지가 저절로 전해져 온다. 이전까지도 무서운 인물이었지만, 이제 더욱더 위협적으로 변했다는 뜻이었다.

'올 데까지 왔다. 어디 한번 제대로 해보자. 해남파 장문인과 손속을 나눌 기회, 언제 또 있겠는가!'

결심이다.

선찬은 흔들리던 마음을 다잡고 땅을 박찼다. 흑색 날 방편산이 허공을 갈랐다.

위잉! 쐐애애액!

동시에 뒤쪽에 처져 있던 관승도 청룡언월도를 휘두르며 몸을 날린다.

한꺼번에 내치는 두 사람의 일격은 그 기세가 실로 엄청났다. 그 무엇이라도 부숴내며 전진할 수 있을 듯했다.

그러나.

이번에는 상대가 나빴다.

상대는 남위다.

대해남파 장문인, 남해의 무적자 위원홍이었던 것이다.

쩡!

일격.

선찬의 방편산은 단 일격도 버티질 못했다. 단 한 번 부딪
침으로 방편산 넓은 날이 두 쪽으로 쪼개지고 말았다.

'허어……!'

쪼개진 것은 방편산뿐이 아니었다.

방편산을 박살 내며 이어진 검격은 찰나간에 관승의 어깨
까지 이르고 있었다. 피슉! 하는 파륙음이 들리고 핏줄기가
치솟는다. 어깨를 꿰뚫린 관승이 덜컥 뒤쪽으로 튕겨 나왔다.

'한꺼번에……!'

위원홍의 진신무공은 조금 전과 또 달랐다. 선찬이 마음을
굳힌 것처럼 위원홍도 제대로 싸울 마음을 일으킨 것이다.

'역시나 엄청나다. 하지만!!'

방편산이 쪼개져 버렸으니 이미 승부는 난 것이라 봐도 무
방하다. 말하자면 일초도 버티지 못한 것이라 할 수 있다.

하지만 선찬은 그리 생각하지 않았다.

이 정도는 당연한 일이다. 남위 위원홍의 일격을 멀쩡하게
받아내는 자가 어디 흔하겠는가. 피를 쏟고 쓰러지기 전까지
는 진 것이라 볼 수 없었다.

위이잉!

선찬이 방편산 자루를 휘돌리며 한 발 더 앞쪽으로 몸을 날
렸다. 방편산 날은 쪼개져 버렸지만 그래도 남아 있는 반쪽의
방편이 있다. 깨져서 더 살벌하게 보이는 흑산의 칼날이 위원
홍의 정면으로 짓쳐들었다.

쩡! 콰직!

위원홍의 반격은 즉각적이었다.

방어 따윈 없다. 사선으로 올려 치는 해왕검이다.

강렬한 일격이었다. 거침없이 움직여 남아 있는 칼날을 완전히 파괴해 버렸다.

쐐액!

또 온다. 칼날을 부순 것으로 모자라 방편산 자루까지 베어 내고 있었다.

'이럴 수가……!'

성명병기였던 흑산이 완벽하게 박살나는 순간이었다. 해남파 검술이 신비롭다는 것이야 익히 알고 있었던 사실이었지만, 이것은 진실로 굉장했다. 당하는 입장임에도 불구하고 경이로움을 느낄 수밖에 없는 검술이었다.

'막을 수가 없어……!'

방편산 칼날은 흔적도 없이 날아가 버렸고, 방편산 철봉 자루마저도 두 쪽이 난 상태다. 막아낼 병장기가 없다면 피해야 할 텐데, 그것도 여의치 않다. 해왕검은 그저 일적선으로 들어올 뿐이었지만, 그러면서도 그 안에 무한한 변화를 담고 있어 벗어날 길이 없어 보였다.

"타합!"

절체절명의 위기에서 해왕검을 막아준 것은 관승의 청룡언월도였다.

언월도 장쾌한 칼날이 해왕검을 비껴 막았다. 부딪친 두 병장기에서 강렬한 금속성이 터져 나왔다.

까아앙!

있는 힘을 다해 휘두른 청룡언월도였건만, 관승은 해왕검을 완전히 물리칠 수가 없었다. 궤도만을 살짝 바꿔놓았을 뿐이다. 옆으로 비껴서 들어온 해왕검이 선찬의 위쪽 팔뚝에 한 줄기 깊은 검흔을 새겨놓았다. 관승이 막아주지 않았더라면 가슴이 꿰뚫려 버렸을 일격이었다.

"크합!!"

거친 기합성과 함께 관승의 공격이 이어졌다. 한쪽 어깨로 붉은 선혈이 철철 흐르고 있었지만, 한 팔로 내려치는 청룡언월도의 기세는 조금도 줄어 있지 않았다.

깡!

그 기세가 아무리 대단하다 해도.

기세만으로는 이길 수 없는 것이 있는 법이다. 별반 힘도 들이지 않고 가볍게 휘두르는 해왕검에 무거운 청룡언월도가 속절없이 튕겨 나갔다.

'이런!!'

언월도를 되돌리기엔 이미 늦었다.

관승의 가슴이 활짝 열렸다. 완벽한 무방비 상태다. 찔러 넣기만 하면 어디라도 꿰뚫을 수 있을 만큼 완전한 기회였다.

"……!!"

그러나 위원홍은 해왕검을 내쳐 오지 않았다.

검을 멈춘 채 한쪽으로 고개를 돌린 위원홍이다. 다급하게 청룡언월도를 회수하며 정면을 방어했다. 그때까지도 위원홍은 공격을 가하지 않았다. 아니, 관승에게 검을 휘두르긴커녕, 발길까지 바꿀 기세였다.

'어찌하여……!'

의문이 풀린 것은 금방이었다. 관승의 눈이 위원홍의 시선을 쫓았다. 그리고 보았다. 땅을 박차며 몸을 날리는 한 여인의 뒷모습을 말이다.

'철혈신녀!'

백가화였다.

철운거를 들쳐 멘 그녀가 무서운 속도로 멀어지고 있었다. 관승과 선찬이 위원홍과 부딪치는 사이에 도주를 감행한 것이다.

'그래. 그래야지!'

차라리 좋다. 선찬은 홀로 도망가는 그녀를 조금도 비겁하다 생각지 않았다.

그녀로서는 다시없을 만한 기회이기 때문이다.

그 누가 있어 그녀 대신에 해남 장문인 위원홍을 막아주겠는가.

'방패 역할도 나쁘지 않다. 도망쳐라. 우리가 막아주마.'

잠시나마 시간을 벌고 그녀가 무사히 도망치기만 한다면

그것으로 족하다. 위원홍은 한 사람이지만 관승과 선찬은 그 둘만이 아닌 까닭이다.

'대신, 그걸 기억하고 방주에겐 잡혀주거라.'

관승과 선찬이 그녀를 잡지 못해도 오기륭이 있는 것이다. 연흔전을 본 오기륭은 아마 있을 수 있는 최대한의 속도로 이쪽을 향해 달려오고 있을 터였다. 이 근처까지 온 그가 먼저 철운거와 접촉할 수만 있다면, 그것으로 목표는 달성된다는 뜻이었다.

마지막에 미소 짓기 위한 일보 후퇴다.

백가화가 도주에 성공하여 오기륭과 만날 수 있다면.

이 싸움이 여기에 한정된 것이 아니라 전체를 아우르는 큰 그림의 일부라고 했을 때, 궁극적인 승자는 위원홍이 아닌 관승과 선찬이 되는 것이었다.

"도주라… 그것이 가능할 것 같은가."

위원홍의 독백이 관승과 선찬의 귀를 파고들었다.

그럴 것이다.

당연한 일이겠지만, 위원홍은 그녀를 두고 볼 생각이 없는 듯했다.

위원홍이 관승을 내버려 두고 그녀가 달려간 쪽을 향해 발을 돌렸다. 하지만 그는 거기서 멈출 수밖에 없었다. 위원홍이 그녀를 도망치게 둘 생각이 없었던 것처럼, 관승과 선찬은 위원홍이 그녀를 쫓아가게 둘 생각이 없었던 것이다.

"그녀를 잡으러 갈 생각이오?"

"물론이다."

"죄송하지만 그렇게는 안 되겠소."

위원홍의 앞을 가로막은 것은 방편산도 없는 선찬이었다.

그렇게는 안 되겠다는 말.

처음 관승이 했던 말과 똑같은 한마디다. 미간을 좁힌 위원홍이 한 발 나선다. 관승의 청룡언월도가 위원홍의 측면을 향해 겨누어졌다.

관승과 선찬 대 위원홍.

상대가 안 된다는 것을 잘 알고 있는 두 사람이다.

그렇다 해도 싸운다.

절정고수들의 부딪침. 그 두 번째 막이 오른 것이다.

하늘로 치솟았던 연흔전.

그 연기는 불산 꼭대기까지 이어질 듯 아직도 흩어지지 않은 채 길고 긴 백선(白線)을 남겨놓고 있었다.

오기룡과의 약속이었던 연흔전이었으나. 그것을 본 사람은 오기룡 한 사람이 아니었다.

하늘을 올려볼 수 있었던 이, 그 어떤 자라도 그 연기를 볼 수 있었고, 그것을 본 자는 그 누구라도 그 연기가 올라온 곳이 염주암 근처임을 알 수 있었던 것이다.

산 전체가 술렁이기 시작했음은 물론이다.

　이런 연기가 올라왔음은 곧 철운거와 철혈신녀의 출현을 의미하는 것이었으니, 가까이 있는 자들부터 멀리 있는 자들 그 모두가 염주암을 향해 움직임을 시작했던 것이다.

　‘그들은 얼마나 버틸 수 있을까.’

　염주암을 향해 몸을 날리던 철혈신녀가 뒤쪽을 돌아보며 생각했다. 이미 상당한 거리를 달려온 그녀다. 그들의 모습이 까마득하게도 안 보일 만큼 와버린 상태였다.

　‘남위 위원홍이라니……!’

　관승과 선찬이 나타난 것이야 얼마든지 있을 수 있었던 일이다. 우연이든, 아니면 어떤 다른 방법을 썼든, 그녀가 추격자들에게 노출된 것은 이번이 처음이 아니었기 때문이다.

　관승과 선찬, 두 사람도 상대하긴 쉽지 않았겠지만, 정말 예상치 못했던 것은 위원홍의 출현이라 할 것이다. 사실 그것 역시도 충분히 가능성이 있는 일이라 하겠지만, 그렇다 해도 거기서 위원홍이 나타날 줄은 정말 몰랐던 까닭이었다.

　‘더구나 그 위원홍을 막겠다고 나설 사람이 있을 줄이야……!’

　그러나 가장 놀라웠던 것은 그 다음이라 할 수 있었다. 관승과 선찬이 위원홍을 막아준 것을 뜻함이었다.

　그것이야말로 상상할 수 있는 범위를 뛰어넘은 일이었다. 그녀가 아닌 그 누구라도 그것만큼은 상상할 수가 없었던 일이리라.

　‘참룡방……!’

위원홍의 강함은 구파 중 하나인 해남파 장문인답게 압도적인 것이었지만, 그보다 더 인상적이었던 것은 관승이 보여주었던 불굴의 투지와 선찬이 구사하던 대담한 언변이었다.

두 사람의 기상도 그랬지만, 그들이 휘둘렀던 청룡언월도와 방편산 역시도 기억에 남기는 매한가지였다.

위원홍.

다른 사람도 아닌 남위 위원홍에게 두려움도 없이 짓쳐들었던 두 사람이다. 그녀 입장에서는 머리 속에 새겨놓지 않고서야 배기지 못할 장면들이라 할 수 있었다.

'무사하길 바랄 수밖에……'

안위를 비는 것. 그 외에 그녀가 할 수 있는 일이 또 있는 것도 아니었다. 내딛는 발에 속도를 더할 뿐이다.

상념을 털어낸 그녀의 눈앞에 계곡 저편으로 둥글게 솟아 있는 거대한 바위들이 비쳐들었다. 목적지, 염주암의 전경이었다.

'멀지 않다. 저기까지만 가면……!'

그녀의 눈이 이번에는 하늘로 향했다.

중천에 올라 있는 태양이다. 이제 정오가 가까워오고 있다. 이쯤이면 괜찮다. 약속 시간도 약속 시간이지만, 적들을 끌어들이기에도 나쁘지 않은 시간이었다.

사사삭! 사삭!

있는 힘을 다해 달리는 그녀의 귓가에 땅을 박차는 발소리

가 새어들었다. 황급히 뒤를 돌아보았지만 다행히도 위원홍
은 아니었다. 소리가 들려온 곳은 정후방이 아니라 측후방이
다. 제법 빠르게 따라오고 있었으나, 대단치는 않은 자들 같
다. 위원홍에 비하자면 미약하기 짝이 없는 수준이었다.

'이 근처에 진을 치고 있었던 자들이겠지.'

위원홍을 접한 직후라서일까.

그 어떤 적들도 위협적으로 느껴지질 않았다. 측후방, 뒤쪽
만이 아니라 정면과 측면, 여러 곳에서 적들의 기척이 전해져
오는데도 전혀 두렵게 생각되질 않는다. 그저 마음에 걸리는
것은 위원홍 하나다. 언제 쫓아올지 모르는, 그 무지가 그 두
려움을 더욱더 크게 만들고 있었다.

'자칫하면 막히겠는데……!'

위원홍만 신경 쓸 것이 아니었다. 몰려드는 속도가 상당했
다.

아까 올라갔던 연혼전 때문이리라.

염주암 일대는 지세가 험한 편이다. 그럼에도 이만큼 몰려
들고 있다는 것은 이 일대가 아닌 다른 곳에서 달려온 자들이
많다는 뜻이다. 이 지역에 진을 치고 있던 자들만으로 이 정
도 숫자는 불가능한 일이었다.

"저기다!"

발각되는 것도 생각보다 빨랐다.

오른쪽 측면이다. 커다란 고함 소리가 이어졌다.

"철혈신녀가 저쪽에 있다!"

"이쪽이다! 이쪽으로 불러 모아라!"

"철운거도 함께다! 염주암 쪽으로 간다!"

익숙하기 짝이 없는 소란이었다.

풀숲을 헤치는 소리부터 서로를 부르는 소리, 날카로운 호각 소리까지 좀처럼 다른 것이 없다. 같은 일을 너무나 여러 번 겪어서 지긋지긋할 정도다.

쐐애액!

백가화는 더욱더 서둘렀다.

시시각각 좁혀오는 적들이 있다. 최대한 빨리 염주암에 당도해야 했다.

달리는 그녀 앞에 몇 줄기 갈래길이 나타났다. 여러 개 합쳐지는 길 중에서 정면으로만 곧장 내달렸다. 최단거리, 머리 속에 담아두었던 가장 빠른 길이었다.

사사삭!

순식간에 숲길을 빠져나와 암석 지대에 이르렀다. 험한 길을 달려 앞으로 더 나아가자, 곧이어 사람 키의 열 배가 넘는 거대한 바위들이 둥글게 늘어선 채 그녀를 맞이한다. 이름 그대로 염주암이었다. 목적지에 당도한 것이다.

"저기다! 염주암으로 올라간다!"

염주암은 그 전경만으로도 불자 승려들과 향화객들을 끌어 모으는 명지였다. 매끄러운 바위들 사이사이로는 오랜 세

월에 걸쳐 만들어진 돌계단들까지 뻗어 올라 있다. 백가화는
염주암 중간으로 쭉 들어가 깎여 있는 바위를 뛰어넘고 가파
른 돌계단을 타 올랐다. 처음부터 계획했던 움직임인 듯 그야
말로 거침이 없는 행보였다.

"비켜라!"

"이놈들!"

"우리가 먼저다!"

백가화가 올라간 돌계단은 좁디좁은 외길이었다.

몰려든 무인들이 거친 목소리를 쏟아내기 시작한 것은 순
식간이었다. 돌계단으로 올라가는 길에 차례차례 순서를 지
킬 리도 만무한 일, 급기야 달려온 자들 사이에서 병장기를
뽑는 이들까지 생겨난다. 그녀의 노림수가 단숨에 드러나는
순간이었다.

챙! 채앵!

"뚫고 올라가라!"

"싸울 때가 아니다! 일단 뛰어넘어라!"

"어딜!!"

이미 그 밑은 아수라장에 다름이 아니었다. 항상 비슷한 방
식으로 충돌이 있어왔음에도 또다시 같은 일의 반복이었다.

그사이 백가화는 돌계단을 끝까지 올라 염주암 바위 꼭대
기에 이르고 있었다. 사방 십여 장이나 될까, 바위 위쪽은 제
법 평탄했다. 자칫 미끄러지는 향화객이 있을까 가파르게 깎

여진 한쪽으로는 밧줄 난간까지 가로놓여 있었다.

쿵!

사방 십여 장, 아니, 그보다도 좁을 것이다. 그녀가 그 가운데로 달려가 철운거를 내려놓았다. 바퀴 한쪽의 기관을 조작하자 끼릭, 하고 걸쇠 걸리는 소리가 났다. 경사면에서도 철운거가 굴러가지 않도록 바퀴를 고정시킨 모양이었다.

"찾았군!"

"잡았다! 이년!"

뒤돌아선 그녀의 두 눈에 가장 먼저 돌계단을 타 오른 무인들이 비쳐들었다. 두 명, 사납게 생긴 낭아추와 두껍게 날이 선 대감도를 들었다. 제멋대로인 복장, 아무리 봐도 낭인들이 틀림없었다.

"도망칠 곳이 없군!"

"네년도 이제 끝이다!"

흉악한 외모에 잘도 어울리는 목소리였다. 여지없이 거칠게 쇄도하며 병장기를 내쳐 온다. 한 발 앞으로 나서는 백가화, 그녀의 손에서 백룡창 창날이 백색의 광채를 뿜었다.

쩡! 채챙!

좌우로 한번씩 끊어 치는 연환창이었다. 낭아추와 대감도가 한꺼번에 팅겨 나갔다. 가장 먼저 돌계단을 올라오긴 했지만 실력은 그 재빠름에 못 미치는 것 같다. 제놈들 분수조차 모르고 날뛰는 자들이었다.

"도망칠 곳이 없는 것은 당신들이야."

앞으로 깊게 일보를 밟는 그녀다.

창을 던져 버리기라도 할 듯 커다란 동작으로 백룡창을 뺄어낸다. 동작만큼 무시무시한 경풍이 일어났음은 물론이다.

콰아아아!

대감도를 든 낭인이 다급하게 칼을 돌려 막았지만 백룡창에 담긴 힘은 임기응변으로 막을 만한 수준이 아니었다. 꽝! 하는 무지막지한 소리와 함께 낭인의 몸 전체가 뒤쪽으로 튕겨 나가더니 결국 그가 올라왔던 돌계단 밑으로 굴러 떨어진다. 아래쪽으로 다른 무인들의 경호성과 고함 소리가 섞여서 들려왔다.

"합!"

백가화의 백룡창은 그것으로 멈추지 않았다. 날카로운 기합성과 함께 오른쪽 발을 한 번 더 깊게 내딛고 먼저 내쳤던 힘을 빌려 빠르게 상체를 휘돌린다. 팔을 따라 회전하는 백룡창 창날이 중천의 태양광을 받아 눈부신 광채를 띠었다.

콰직! 스가각!

"크악!"

낭아추를 통째로 분지르고도 모자라 가슴팍까지 깊게 베어낸다. 기세등등하던 낭인의 얼굴이 고통으로 일그러졌다. 피분수를 뿜으며 뒤로 넘어가는데, 다시 일어날 수 있을 것 같지가 않았다.

두 명을 간단히 쓰러뜨렸지만 적들은 아직 많다. 돌계단을 따라 끝도 없이 올라오는 중이다. 백가화는 재빨리 몸을 날려 돌계단의 바로 앞에 버텨 섰다.

지형을 이용한 싸움이다.

비좁은 계단을 따라 올라오려면 한꺼번에 올라와 봐야 두세 명이 전부일 터.

백가화는 그 앞에서 백룡창을 겨누고 올라오는 족족 거침없이 창날을 찔러 넣었다. 앞 다투어 올라오던 무인 세 명이 순식간에 굴러 떨어진다. 바로 밑에서 당황한 적들이 멈칫하며 몸을 세웠으나, 그들은 그곳에 오래 서 있을 수 없었다. 또 그 아래쪽에서 밀고서 올라오는 무인들 때문이었다.

"비켜라!"

"왜 멈추는 것이냐!"

채앵! 콰직!

억지로 밀려서 올라온 자들이다. 위쪽으로는 철혈신녀의 창날이 기다리고 있고, 아래쪽으로는 탐욕에 물든 칼날이 세워져 있었다.

두 명의 무인이 삽시간에 피를 쏟으며 계단을 굴렀다. 제대로 싸울 수 있는 상황이 아니다. 진퇴양난으로 무작정 달려든 자들이 제 기량을 보여줄 수 있을 리가 만무했다.

"올라갈 수가 없다!"

"크앗!"

설사 제 기량을 발휘할 수 있다 해도, 쓰러져 굴러 떨어지는 것은 매한가지였다.

그녀의 무공은 놀라웠다.

이제 와서는 그 누구라도 그녀의 창술이 백가창이 아니라는 것을 알 수 있을 정도였다. 백가창은 본래부터 정교하고 세밀한 창술이었음에, 그녀가 구사하는 창술은 정교하다기보다는 웅혼했고, 세밀하다기보다는 장중한 면모를 지니고 있었던 까닭이다.

철심.

그리고 무혼.

그녀가 보여주는 무공의 이름이었다.

번쩍이는 백룡창을 휘두르는 그녀였으니.

바위 위, 누구도 그 위로 올라올 수 없다.

대단한 광경이다. 날개 달린 새의 눈으로 하늘에서 내려다보자면 그만큼의 장관도 없을 것 같다.

바위 꼭대기와 돌계단, 바위 아래쪽까지 까마득하게 몰려든 무인들 중심에서 오직 그녀 혼자만이 지닌바 무공의 강인함을, 구주창왕의 절기를 마음껏 뽐내고 있었던 것이다.

산 전체의 시선이 염주암 바위 하나로 집중되고 있을 때다.

몰려든 군웅들 사이로.

여유롭게 걸어오는 두 남자가 있었다.

앞에 선 남자가 염주암을 응시하며 감탄 어린 목소리로 입을 열었다.

"벌써부터 한판 벌이고 있구만!"

이토록 치열할 수 있는가.

인간의 욕심.

탐욕이란 것이 빚어낸 일대 작품이다.

돌계단을 올라가려는 자, 매끄러운 바위 표면을 타고 오르는 자. 병장기를 휘두르며 싸움을 벌이는 자. 수없이 많은 무인들이 그 밑에서 아수라장을 만들고 있다. 철운거, 운거모사가 지니고 있다는 구주창왕의 비급, 창왕비전을 향한 욕망의 싸움터가 거기에 있었다.

"선찬과 관승이 보이질 않아. 벌써 저 위로 올라갔나?"

"그런 것 같지는 않습니다만."

두 사람의 시선이 바위 꼭대기에 이르렀다.

계단을 오르다가 비명을 지르고 떨어지는 자들이 보였다. 달리다가 뒤질세라 서로를 밀치며 올라가고 있으니, 뻗어 오른 계단 곳곳에서도 싸움이 벌어지고 있다. 다들 힘을 합쳐 올라가도 모자랄 판에, 미련하기 짝이 없는 행태다. 게다가 어찌어찌 계단을 뚫고 끝까지 올라간다 해도, 그 위에 기다리고 있는 것은 철혈신녀의 백룡창이다. 당장 보기엔 아직까지는 그 누구도 그녀를 지나쳐 바위 꼭대기까지 올라간 자가 없는 것 같았다.

"설마하니 철혈신녀에게 당한 것은 아닐 테고……."

"그럴 리 없지요. 관승 형님이 계셨는데요."

관승과 선찬에 대해 이야기하는 그들.

다름 아닌 오기륭과 왕호저다.

관승이 있었다는 왕호저의 말에 오기륭이 고개를 끄덕이며 수긍의 뜻을 표했다.

관승. 그리고 선찬.

그 두 사람이 철혈신녀에게 당했다?

말도 안 된다. 오기륭으로서는 상상조차 할 수 없는 일이었다. 두 사람은 절정에 이른 고수였다. 선찬 하나만 해도 철혈신녀에게 당할 리 없다. 더욱이 관승이 함께 하고 있었음에야 말할 것도 없었다.

"뭔가 이유가 있겠지."

말은 그렇게 해보지만, 아무래도 예감이 안 좋다. 선찬이 뭔가를 꾸미고 있다면 모르되, 철혈신녀가 여기에 있는 이상, 그들도 이곳에 있어야 정상이기 때문이었다.

오기륭이 미간을 좁히며 주변을 둘러볼 때다.

왕호저가 염주암 저편을 가리키며 느릿느릿한 말투로 물었다.

"저쪽은… 형산파입니까?"

"형산파?"

"저기, 흑색 무복 무인들 말입니다."

염주암 동쪽 길을 따라 달려오는 무인들이 보였다. 흑색과

회색 무복, 완벽한 대형을 갖춘 삼십여 무인들이 빠른 속도로 달려오고 있었다.

"형산파가 맞군."

그래도 정통있는 문파라.

중구난방으로 몰려들어 난전을 벌이고 있는 군웅들과는 품고 있는 기세부터가 달랐다. 난마로 얽혀 있는 무인들 사이를 단숨에 파고들더니, 순식간에 염주암 밑에까지 이르고 있다. 진용을 갖추고 길을 여는 무인들은 그야말로 흑회색 물결과 같았다.

"상당해. 저 정도라면 막아내기도 쉽지 않겠어."

소속도 다르고 문파도 다른, 오합지졸 무인들과는 차이가 있을 수밖에 없다. 가장 많은 무인들이 겹쳐 있었던 돌계단 앞에 이르러 잠시 주춤하는가 싶더니, 이내 그 앞을 모조리 정리하고 진입로를 확보한다. 형산파 무인들 개개인의 무공도 무공이지만, 그 무엇보다 조직적인 움직임이 돋보인 순간이었다.

"올라가라! 이번에는 절대로 놓칠 수 없다!"

돌계단 입구를 차지한 형산파다.

웅혼한 내력이 담긴 목소리.

형산파를 진두지휘하는 것은 저번에도 그녀를 쫓다가 낭패를 본 월성신장 형동이었다. 갑작스레 나타나 계단 입구를 가로막은 형산파임에, 둘러선 무인들 사이에서 욕지거리가 튀어나왔지만 직접 덤벼드는 이들은 많지 않았다. 실력 행사라면 이 계단 입구를 확보하면서 충분히 보여준 까닭이었다.

"슬슬……."

멀리서 그들을 지켜보고 있던 오기륭이다. 그가 군웅들을 향해 천천히 발을 옮기며 말했다.

"우리도 가야지."

왕호저가 고개를 끄덕이며 그의 뒤를 따랐다.

몇 명이나 쓰러뜨렸을까.

휘두른 횟수를 셀 수 없다. 버티고 선 시간을 가늠하기가 어려웠다.

힘이 든다. 무혼의 창, 철심의 무공을 펼치고 있던 백가화도 결국 끊임없이 이어지는 싸움에 두 팔이 무거워짐을 느낄 수밖에 없었던 것이다.

'아직이야……!'

그녀의 마음속을 스쳐 가는 것은 참을 인(忍), 한 글자였다. 마침 아래쪽으로는 잡다한 무인들이 정리되고 형산파 무인들이 올라오는 중이었다.

'형산파로 족해.'

칠성검문까지 끌어들일 수 있었으면 좋았을 테지만, 칠성검문의 무인들은 아직 보이질 않는다. 형산파 무인들로 만족해야 한다. 계획대로만 된다면, 형산파 무인들뿐 아니라 이 밑에 모여든 대부분의 무인들까지 일거에 끊어낼 수 있을 것이다.

‘문제는… 거기까지 버틸 수 있냐는 거겠지.’

구주창왕의 철심무혼창을 익혔지만, 그렇다고 그녀의 무공이 무한정 강한 것은 아니다. 그녀의 내공은 정심하나, 창왕의 비전심법 창왕진기(槍王眞氣)로도 극복할 수 없는 한계가 있다. 계속된 싸움이 남겨놓은 피로가 그것이었다.

‘벌써 몇 달째……’

불산에서만도 두 달째다.

호광성까지 올라갔다 내려온 것을 생각하면 그 시간은 한참 더 길어진다.

쉴 새 없이 이동해 왔고, 수없이 많은 실전들을 치러냈다. 양무의 앞에서는 내색하지 않았지만, 보이는 곳에서 보이지 않는 곳까지 꽤나 많은 상처를 입었고 그 상처들은 대부분 완치되지 않은 상태다. 겉보기엔 멀쩡해 보여도 내부에서부터 약해질 수밖에 없었다는 뜻이었다.

‘가면 쓴 괴인들. 그들만 만나지 않았어도……!’

장기적인 피로도 문제였지만, 당장 직면한 단기적인 내공 소모야말로 싸움을 어렵게 만드는 가장 큰 요인이라 할 수 있었다.

흰 가면을 쓰고 달려들던 괴인들. 새벽에 있었던 전투를 뜻함이었다.

그들과 싸우면서 입었던 타격을 채 회복하지 못한 상황이었다. 그들이 불시에 습격해 오지 않았더라면, 아니, 참룡방의 두 사람과 위원홍을 마주치지만 않았더라면 어느 정도나마 싸울 준비를 마무리할 수 있었을 것이다. 적어도 이렇게 백룡창이 무겁게 느껴지는 일은 없었을 것이었다.

"살업을 일으킨 악녀여! 막다른 길에 몰렸구나!"

고풍스러운 말투, 이제부터가 진짜다.

고함 소리와 함께 뛰어오르는 자들은 다름 아닌 형산파 무인들이었다. 이번만큼은 낭패를 보지 않겠다는 듯, 뛰어드는 무인들의 얼굴 전체마다 굳은 의지가 가득 전해져 오고 있었다.

파팡! 따아앙!

부딪쳐 온다. 바로 전의 잡졸들과는 확실히 달랐다.

흑색 무복 무인이 내뻗은 손바닥엔 형산파 장법절기 구배장(九拜掌)의 공부가 담겨 있었다. 백룡창 날카로운 창날을 전혀 겁내지 않고 장법을 내쳐 온다. 과감한 공격이었다.

"핫!"

백가화가 짧은 기합성을 내지르며 창봉을 종횡으로 휘둘렀다.

쳐들어오는 장력을 대번에 무산시키고는 손목을 당겨 강맹하게 후려친다. 내려치는 창봉에 형산 무인의 어깻죽지가 어김없이 걸려들었다.

빠악!

형산파 무인이 어깨를 부여잡고 계단을 나뒹굴었다. 뒤따라 올라오던 형산파 무인이 계단 옆으로 떨어지던 무인을 아슬아슬하게 붙잡고는 분노의 외침을 토해냈다.

"악독한! 용서하지 않겠다!"

내쳐 오는 것은 또 하나 형산파의 성명절기 오향신전수(五向伸轉手)였다. 다섯 가지 기기묘묘한 손동작으로 백룡창의 전면을 어지럽힌다. 백룡창을 여섯 번 짧게 찔러내며 수법의 변화를 봉쇄한 백가화의 앞으로, 계단을 올라온 두 명의 무인이 한꺼번에 달려들었다.

"차륜전에 합공까지!"

명문정파답지 않은 행동이다.

무려 세 명의 무인이 함께 달려들어 백가화를 공격하고 있다. 그녀로서도 그 셋을 단숨에 물리칠 수는 없었으니, 결국 뒤쪽으로 한 발 물러나게 된다. 그녀가 백룡창을 크게 휘둘러 그들의 예봉을 막아내고는 날카로운 어조로 외쳤다.

"형산파도 어쩔 수 없군요! 그러고도 명문이라 칭할 텐가요?!"

계단 밑으로 계속하여 올라오는 무인들이다. 그들의 얼굴이 크게 굳어졌다. 정곡을 찌른 그녀의 말 때문이었다.

수치심을 느끼는 그들이었지만, 그들은 올라오는 발길을 멈추지 않았다.

어차피 형산파의 체면은 구겨질 대로 구겨진 상태다. 더 이상 구겨질 구석도 남지 않았다. 나중에 어떤 비난을 듣게 되더라도 일단 그녀를 제압하는 것이 먼저다. 올 데까지 와버린 형산파였다.

"입을 함부로 놀리지 말아라! 형산 문인들의 원한은 이미 하늘에 닿아 있다!"

한참 아래쪽 계단에서 들려온 목소리의 주인은 월성신장 형동이었다.

그의 말이 끝나기가 무섭게 앞에 있던 세 명의 형산파 무인이 공격을 재개해 온다.

한 명이 계단을 박차고 올라 백가화의 머리 위까지 뛰어오르고, 두 명의 무인들은 양쪽 측면에서 중단을 노려왔다.

세 줄기 장력이다.

백가화는 세 개의 장력을 감히 다 맞받지 못하고, 한 발 더 물러설 수밖에 없었다. 옆으로 몸을 틀어 위쪽에서 내려치는 장력을 피하고, 뒤쪽 왼발을 축으로 몸 전체를 회전시켰다. 내뻗는 손, 백룡창의 창날이 양옆에서 찔러오는 두 줄기 장력을 향해 휘어져 나갔다.

따앙! 따당!

연이어 부딪친 창봉으로 가볍지 않은 충격이 전해졌다. 그래도 그녀의 손은 느려지지 않았다. 굳건하게 땅을 밟고 백룡창을 찔러내며 사슬처럼 이어지는 연환창을 선보인다. 세 명을 상대하면서도 좀처럼 밀리지 않는 무공이었다.

"바위를 타고 올라가라!"

문제는 그 셋이 아니다. 그들보다 밑에 있는 다른 무인들이었다. 월성신장의 명령에 따라 올라오는 무인들이 돌계단 측면을 타고 바위 위까지 올라오고 있었던 것이다.

"움직일 공간을 주지 마라! 사방을 틀어막아!"

월성신장의 목소리엔 절대로 놓치지 않겠다는 강력한 의지가 깃들어 있었다.

형산파 무주경신(霧走輕身)의 경공술로 돌계단 아래쪽에서 바위 면을 따라 팅겨 오르니, 계단 앞을 막고 있던 그녀로서는 속수무책이다.

타닥, 타다닥!

착지하는 소리다. 다섯 명의 무인이 바위 위에 올라섰다. 계단만을 막는다고 하여 의미가 없을 지경에 이르고 만 것이었다.

'포위당하나?'

백가화는 어쩔 수 없이 계단 앞을 포기한 채 세 명 무인의 장력을 막아내며 바위 꼭대기의 중앙, 철운거가 있는 곳으로 발길을 옮길 수밖에 없었다. 그렇게 돌계단 앞을 내준 그녀다. 막아선 이 없는 계단을 따라 꾸역꾸역 올라온 형산파 무인들이 재빠르게 움직여 그녀의 주위를 둘러싼다. 십여 장도 안 되는 바위 꼭대기가 순식간에 형산파 무인들로 가득 차버렸다.

"날개라도 돋아나지 않는 이상, 도망칠 길이 없을 것이다!"

월성신장은 방심하지 않았다.

기세 좋게 소리를 치면서도 그 두 눈에는 신중함이 가득하다.

백가화의 일거수일투족에서 눈을 떼지 않는다. 어떤 재주를 부릴지 모르니 철저히 방비하겠다는 뜻이었다.

'좋지 않아……!'

제아무리 백가화라도 이런 상황에서는 운신이 어려울 수밖에 없다. 움직일 수 있는 범위가 너무나도 좁았다. 뒤로 몇 발짝만 물러나도 벽을 쌓은 형산파 무인들이 있다. 앞뒤 대여섯 발자국, 그것이 그녀가 움직일 수 있는 최대한의 공간이었다.

'설상가상이구나!'

사람이란 상황의 지배를 받는 동물이다.

백가화는 불리하고, 형산파 무인들은 유리하다. 창이란 병장기는 넓은 공간에서 마음껏 휘두를 때에 더 큰 위력을 발휘하는 법, 포위당한 백가화는 백룡창의 힘을 제대로 끄집어내지 못하고 있었다.

반면, 형산파 무인들은 대부분 육장과 권법을 쓰고 있었다. 싸움 자체가 근접전으로 흘러가고 있으니 백가화가 곤란해진 것은 당연한 귀결이었다.

파아앙!

마침내 형산파 구배장이 백가화의 등허리를 때렸다. 장창의 방어막에 생긴 첫 번째 균열이었다. 백가화의 몸이 비틀, 한쪽으로 기울어졌다.

위기였다.

기회를 놓칠세라 형산파 무인들의 맹공이 이어진다. 균형을 잡은 백가화가 백룡창을 짧게 쳐내면서 어렵사리 그들의 공격을 방어해 냈다. 자세를 낮추고 창봉을 휘돌리는 그녀의 얼굴에 처음으로 낭패한 표정이 스쳐 지나갔다.

"지금이다! 몰아붙여!!"

형동의 목소리가 들렸다.

사기를 끌어올리는 외침이다. 적들의 기세가 더 올라갔다. 달려드는 형산파 무인들의 권장에는 전에 없던 자신감마저 엿보이고 있었다.

'위험해.'

무엇을 어떻게 해도 불가능해 보이는 것과 조금이나마 가능성이 보이는 것은 하늘과 땅만큼의 차이가 있는 법이다.

철혈신녀의 무공은 절대가 아니다!

그것이 그들의 머리에 새겨지는 순간, 형산파 무인들은 더 강해졌고 더 철저해졌다.

무인 한 명이 과감하게 달려들어 백룡창 창봉을 쳐내고, 두 번째 무인이 그녀의 공격권 안쪽으로 파고든다. 일격을 성공시킨 것은 세 번째 무인이었다. 두 번째 무인이 안쪽에서 그녀의 방어를 파훼하는 동안, 세 번째 무인이 측면으로 돌아가 그녀의 어깨를 가격한 것이다.

"칫!!"

본능적으로 몸을 빼면서 장력을 흩어냈지만 남은 충격이 상당했다. 백룡창을 쳐내기 위해서 허리를 돌리는데, 양쪽 어깨의 회전이 부드럽게 이어지질 않았다. 투로의 구현 자체가 어려워진 까닭이었다.

"참으로 길었다! 이번에야말로 잡게 되는구나!!"

백가화는 백룡창을 제대로 내뻗지 못했다.

뒤쪽으로 물러날 수밖에 없다. 외곽 쪽으로 한 발 한 발 밀려나는 그녀다. 중심에 있는 철운거에서도 멀어지고 만다. 작전상 후퇴가 아니라 정말로 버티질 못해 밀려나는 기색이 역력했다.

쐐애애애액!

무시무시한 파공음이 들려온 것은 바로 그때였다. 백가화를 몰아치던 무인들이 급하게 흩어진다. 백가화와 형산파 무인들 사이에서 꽈앙! 하는 폭음이 터져 나왔다.

"뭐냐!"

"무슨 일이냐!!"

일대 소요가 일고 먼지가 걷힌다. 그 중심에 모여든 시선, 누군가의 입에서 외마디 탄성이 터져 나왔다.

"검(劍)?!"

바위 위, 발을 딛고 섰으니 그 역시도 땅바닥이라 할 것이다. 백가화와 형산파 무인들 한가운데, 땅바닥에 비스듬히 꽂혀 있는 것은 한 자루의 검이었다.

가볍게 넘길 수 없는 모습이다.

단단한 바위 지면을 뚫고서 비스듬히 섰으니 그 날아온 힘을 짐작할 수 있었다. 피하지 않았더라면 사람 몸이라도 두 쪽 내버렸을 위력이었다.

"웬 놈이냐!"

형산파 무인들의 눈이 일제히 한쪽으로 돌아갔다.

검이 날아온 방향이었다.

누군가가 있다. 염주암, 연이어 솟아 있는 거암(巨巖)들, 옆에 있는 거암 위쪽에 한 명의 젊은이가 서 있었다.

'저것은……!'

염주알이라는 것이 그렇듯, 염주암 바위들은 대부분 비슷비슷한 크기를 보여주고 있었다.

하나, 자연이 빚어낸 바위라는 것들이 완전히 똑같은 높이일 수는 없는 일이다. 젊은이가 서 있는 바위가 싸움이 벌어지고 있는 바위보다 조금 더 높게 솟아 있었다.

그처럼 높은 바위 위에서 이쪽을 굽어본다. 바람을 맞아 펄럭이는 연녹색 유삼 자락, 한쪽 손에는 검 없는 검집 하나가 들려 있었다.

"조용히 만나는 것으로 알고 있었는데… 이거 훼방꾼이 엄청나게 많군!"

꽤나 먼 거리였음에도 바로 옆에서 이야기하듯 귓전에 꽂히는 목소리였다.

어지간히 정심한 내공을 지니지 않고서야 불가능한 일이다. 내려다보는 시선이 그처럼 어울릴 수가 없었다.

"어쨌든 그쪽으로 가는 것이 좋겠지?"

세상에는 천성적으로 다른 사람의 눈길을 끌 수밖에 없는 사람이 있는 법이다.

눈길을 끈다?

그 정도가 아니다.

가벼운 말투로 말하고 있을 뿐이나 이쪽 바위 위에 있는 그 어떤 이도 그에게서 시선을 떼지 못한다.

그것이 단운룡이다. 단운룡이 지닌 능력이다.

마치 위원홍과 같다고 할까.

싸움까지 멈춘 채 마치 강요당하기라도 하는 듯 그 하나를 보고 있다.

대단한 주목력이다.

단운룡이 연녹색 유삼 자락을 휘날리며 뒤쪽으로 발을 옮긴다. 도움닫기를 위한 준비다. 저쪽 거암에서 이쪽 거암으로 뛰어넘으려는 심산인 것 같았다.

'멀 텐데……!'

백가화는 생각했다.

거암과 거암 사이는 멀다. 적어도 한 번 도약에 뛰어넘을 수 있는 거리는 확실히 아니었다. 그것이 가능한 거리였다면, 밑에서 올라오지 못한 채 소란을 부리는 다른 무인들도 진즉부터 넘어오고 있었으리라.

한 번에 뛰어넘기엔 단운룡으로서도 먼 거리였다. 그러나 단운룡에겐 이미 생각해 둔 바가 있었다. 그가 바위와 바위 사이를 한 번 내려다보더니, 손에 들고 있던 검집을 그 위로 높이 던져 올렸다.

몸을 날린 것은 그 다음이었다.

소리없이 땅을 박차는데, 그 속도가 엄청났다. 도움닫기에서 공중으로 날아오르기까지 그저 찰나의 시간이면 충분했다.

파라라라락!

허공을 가르는 단운룡이다.

유삼 자락이 바람을 타는 소리는 더할 나위 없이 경쾌하기만 했다. 하늘을 날아 거암과 거암 사이 중간쯤에 이른다. 뛰어올랐던 힘이 떨어진 듯 점차 하강 곡선을 그리는 단운룡의 몸이었음에, 던져 올렸던 빈 검집이 그의 발끝에 닿았다.

파앗!

단운룡이 발끝에 걸린 검집을 박찼다. 한 번 더 도약하는 단운룡이다. 아래쪽에서, 심지어 형산파 무인들 사이에서도 외마디 탄성들이 발해졌다.

"오오오!"

"저것은!!"

그들은 본 적이 있다. 똑같은 것을.

그것은 해남파 장문인, 위원홍이 보여줬던 재주와 같았다.

돌 조각과 검집이라는 차이가 있었지만, 거기에 위원홍은 한 개도 아니요 세 개를 뛰어넘는 신기를 보였지만, 무엇을 몇 개를 쓰더라도 놀라운 재주임에 틀림이 없었다.

파라락!

단운룡이 형산파 무인들 바깥으로 가뿐히 내려섰다.

놀라움이 경계심보다 컸던 형산파 무인들이다. 때문에 형산파 무인들은 단운룡의 착지를 방해하지 못했다. 행여 방해를 시도했더라도 그것이 통했을지는 의문이었지만 말이다.

"흉내를 한 번 내봤다. 생각보다 쉽지 않은데?"

너무나도 가까운 거리.

형산파 무인들과의 거리는 고작 일이 보에 불과했다. 늘어선 무인들의 벽 사이로 단운룡과 백가화의 눈이 마주쳤다. 백가화의 눈에는 의외라는 빛이 가득했다. 비록 만나기로 약속한 바는 있었으나, 정말로 나타나리라고는 기대하지 않았던 것 같다. 그것도 이렇게 극적인 순간에 말이다.

"저 악녀와는 무슨 관계인가?"

"어쩌려는 수작이냐!"

"신분을 밝혀라! 어디서 온 누구냐!"

단운룡은 형산파 무인들의 고함 소리를 귓전으로도 듣지 않았다. 기세등등하게 외치는 목소리를 가볍게 무시한 채 오직 백가화만 바라보고 있다. 단운룡이 턱짓으로 백가화 앞에 꽂힌 검 한 자루를 가리키며 입을 열었다.

"그거, 약속한 물건이다."

단운룡이 이쪽을 보고 있다. 단운룡과 그녀 사이에 있는 인(人)의 장벽은 마치 처음부터 없었던 듯한 기분이다. 가로막은 형산파 무인들이란 단운룡에 있어 아무런 의미가 없다. 단운룡은 언제라도 그녀 앞에 올 수 있는 것이다.

마치 바로 옆에서 말하는 듯한 느낌이 드는 것도 그래서다. 그녀가 단운룡의 말에 따라 땅에 꽂힌 검을 다시 한 번 내려다보았다.

약속했던 물건이라.

이런 상황에서 들으니 참으로 새삼스럽다. 그녀의 눈에 검배 한쪽에 새겨진 세밀한 별 문양 네 개가 비쳐들었다.

"사성… 검?"

"그래, 사성검이다. 설마하니 잊은 것은 아니겠지?"

물론 잊지 않았다.

하나 정말로 가져올 것이라고 예상하지 못했을 뿐이다. 가능성이 전무한 일은 아닐 테지만, 그렇다고 간단히 성공할 수는 없을 것이라 보았다.

말하자면 반신반의다. 엄밀히 말하자면 반신반의 중에서도 의심 쪽에 더 비중을 두었다는 것이 옳았다.

"잊지는 않았지요. 하지만 사성검호는 혼자가 아니었을 텐데요?"

물을 수밖에 없는 일이었다.

사성검호는 칠성검문의 두뇌다. 그의 주위에는 항시 두 명의 검호가 더 붙어 있다. 사성검을 가져왔다는 것은 사성검호 하나를 물리칠 수 있다 하여 될 일이 아니다. 그것을 알고 있던 그녀로서는 묻지 않고 배기지 못할 일이었다.

"그래서 덤으로 가져왔다."

퍼얼럭.

유삼 자락 사이로 허리춤에 매달린 두 개의 검이 드러난다. 단운룡이 매고 있던 검대(劍帶)를 풀고 두 자루의 검을 검대째로 들어올렸다.

검대 밑으로 늘어지는 두 자루의 검.

단운룡의 말이 이어졌다.

"이것이 삼성검, 그리고 이것은 칠성검이다."

백가화의 눈에 놀라움의 빛이 스쳐 지나갔다. 좀처럼 동요가 없던 봉목에 커다란 파문이 일고 있었다.

"삼성검과 칠성검이라니, 설마……!"

툭.

이제 필요없다. 단운룡이 두 개의 검을 땅바닥에 던져 놓았다. 단운룡이 아무렇지도 않은 어조로 말했다.

"칠성검문은 앞으로 쉽게 움직이지 못할 거야."

많은 것이 함축되어 있는 이야기였다.

사성검호를 제압했다. 사성검호를 제압했을 뿐 아니라 삼성검호와 칠성검호까지 물리쳤다.

삼성검호와 칠성검호는 말 그대로 덤이다.

머리가 건재해야 손발이 제대로 움직일 수 있는 법.

사성검호의 무력화는 그저 한 명의 검호가 활동 불능이 되었다는 것만을 의미하는 것이 아니다. 이는 곧, 칠성검문의 힘 전체가 반감되었다는 것을 뜻하는 일이었다.

'칠성검문의 검호들은 약하지 않다. 한데 그 세 명을 제압했다니……!'

그녀는 단운룡을 만난 후, 단운룡의 인상에 대하여 이야기했던 적이 있다. 사성검호는커녕, 칠성검호나 육성검호도 이길 수 없을 것 같았다고 말이다.

느껴지는 무력이 어중간하다. 그녀의 의견에 동의했던 양무의의 말은 그러했다.

하지만 단운룡은 검 세 개를 가져왔다.

하나도 아니고 세 개다.

어떻게 그것이 가능했는지는 알 수 없다. 다만 확실한 것은 단운룡이 겉으로 보이는 무력 이상의 고수라는 점이다. 단운룡의 힘을 높게 치지 않았던 그녀로서는 그저 놀랍기만 할 따름이었다.

"작당은 거기까지다. 목적하는 바가 무엇인지는 모르겠으나, 다치고 싶지 않다면 물러가는 것이 좋을 것이야!"

두 사람의 대화를 중단하고 나선 것은 다름 아닌 월성신장 형동이었다. 단운룡이 그쪽을 돌아보며 짤막한 한마디를 던

저 냈다.

"우습군."

경악이다. 늘어서 있던 형산파 무인들이 사납게 변한 것은 그야말로 한순간에 벌어진 일이었다.

"무례함이 하늘에 닿았도다! 한 수 재주가 있음은 인정하겠지만, 그 건방진 언사는 쉽게 듣고 넘길 수가 없구나!"

"여기까지 와서 그냥 돌아가라니. 통할 말을 해야지."

점입가경이다.

단운룡은 분노를 일으키는 형산파 무인들 수십 명을 앞에 두고도 표정 하나 변하지 않았다. 월성신장 형동이 눈썹을 치켜 올리며 노화가 깃든 목소리로 말했다.

"관을 봐야 눈물을 흘릴 녀석이로다! 스스로 무슨 말을 하고 있는지나 알고 있는 것인가? 우리는 남악, 형산에서 온 대형산파다. 악록에서 회안까지, 남악 칠십이 봉에서 비롯된 대형산파와 겁도 없이 싸워볼 심산이렷다!"

"대형산파? 산 넘고 물 건너 임자 있는 물건을 노린다. 언제부터 형산파가 도적 떼로 변한 거지?"

형산파 전체를 도적 떼에 빗대었다.

월성신장의 얼굴이 더할 나위 없을 정도로 붉게 달아올랐다. 그가 거친 목소리로 외쳤다.

"갈! 더 이상 용서할 수 없다. 내 직접 네 녀석의 오만방자함을 벌해주마! 각오는 되어 있을 것이라 믿겠다!"

"도적 떼와 싸우는데 각오까지야……."

도발의 극치다. 단운룡의 마지막 한마디는 결정적이었다.

치밀어 올랐던 월성신장의 분노가 결국 폭발하고 말았다. 다른 무인들을 제치며 달려드는 월성신장의 눈에는 이제 오직 단운룡 하나만 보이고 있을 뿐이었다.

파아앙!

월성신장의 장력이 허공을 때렸다. 극점에 이른 노화를 담고 폭발하는 경력에 아무것도 없는 하늘에서조차 폭음이 터져 나올 정도였다.

파라락!

유삼 자락 파공음이다.

월성신장의 고개가 빠르게 돌아갔다. 그러나 이미 그곳에 단운룡은 없다. 연녹색 잔영만을 남긴 채 시야 바깥쪽으로 사라질 뿐이다. 월성신장이 상체를 왼쪽으로 반전시키며 있는 힘껏 장력을 내뿜었다. 본신 내력이 충만하게 담긴 강력한 장법이었다.

"웃! 피해라!"

"각주님! 손속을……!"

월성신장이 휘두르는 장법에 놀란 것은 단운룡이 아니라 다른 형산파 무인들이었다. 간격없이 늘어선 바위 위에서 힘을 다해 장력을 내치고 있으니 피하기에 급급하다. 월성신장의 거친 공격에 오히려 형산파 무인들의 대형이 흐트러지는 상황이 발생해 버린 것이다.

"큭! 저쪽도다!"

"막아라!"

월성신장이 멈칫, 손속을 자제하며 마음을 다스릴 때다.

이번에 움직이기 시작한 것은 백가화였다. 당황한 형산파 무인들 사이에서 백룡창의 백광이 차가운 빛을 발했다. 뻗어 나간 창날에 무인 한 명의 어깻죽지에서 핏줄기가 치솟는다. 형산파 무인들로 가득하여 빈틈이 없던 바위 위가 한순간에 아수라장으로 변했다.

"엉망이로군. 도적 떼라서 그런가?"

노화를 가라앉혀 보려던 월성신장의 두 눈에서 불꽃이 튀었다. 월성신장이 목소리가 들려온 방향으로 고개를 돌렸다. 월성신장의 눈에 비친 단운룡의 모습은 여유로움 그 자체였다.

"이노옴!!"

월성신장이 그대로 몸을 날리며 일장을 내쳤다. 단운룡은 월성신장의 장법을 피하지 않았다. 손바닥을 반만 편 채 아래에서 위로 올려 친다. 극광추였다.

터엉!

월성신장의 팔이 위쪽으로 튕겨 나갔다.

자세 전체가 여지없이 무너진다. 활짝 열린 월성신장의 가슴으로 극광추 그 두 번째 일격이 짓쳐들었다.

"큭!!"

월성신장의 얼굴에 일순간 다급한 표정이 떠올랐다. 위쪽으로 튕겨 나간 오른손 대신 뒤쪽에 있던 왼손을 잡아당겨 단운룡의 공격을 막았다. 월성신장의 왼쪽 팔뚝에 단운룡의 극광추가 박혀들었다.

우직!

파골음, 뼈가 부서지는 소리다. 팔꿈치에서 손목 사이, 그 한가운데가 움푹 꺾여들었다. 월성신장이 이를 악문다. 고통을 참아보려는 심산에 입매 전체가 푸들푸들 떨리고 있었다.

"크으… 이 무슨……!"

월성신장의 목소리엔 불신의 기색이 가득했다.

단 일합.

일합의 교차에서 팔뚝이 부러져 버렸다. 제아무리 다급하게 막았다 하나, 그래도 내력이 충만한 육신이라 할 것이다. 정심한 내력이 흐르고 있는 팔을 뼈부터 부러뜨렸으니, 극광추의 위력을 짐작할 만했다.

"더 할까?"

단운룡이 물었다. 고통으로 일그러진 월성신장의 얼굴에 수치심이 더해졌다.

월성신장은 형산파를 대표하는 고수다.

일합으로 패배를 시인할 수는 없다. 이름도 모르는 젊은이에게 이런 수모를 겪다니, 월성신장으로서는 평생에 처음 겪어보는 일이라 할 수 있었다.

"이… 건방진……!"

월성신장의 두 눈에 결심의 빛이 떠올랐다. 오른손으로 왼손 손목을 잡고서 비틀린 팔뚝을 잡아당겼다. 그의 입에서 거친 신음 소리가 흘러나왔다.

"크악! 크하합!"

우드득!

부러진 뼈마디가 맞춰지는 소리였다. 월성신장은 그것에 이어 손가락으로 왼손 상박의 혈도 몇 개를 짚었다. 팔꿈치 아래를 마비시켜 고통을 억제하는 일종의 마혈들이다. 끝장을 보겠다는 뜻이었다.

"집요한데? 그럴 의미가 있나?"

단운룡이 놀랐다는 어조로 말했다.

감탄했다는 투다. 하나 그것도 잠시일 뿐, 단운룡에겐 이미 결정난 승부를 계속하고픈 마음이 전혀 없었다.

"네 이놈을……!"

"이쪽은 이만 가야겠어."

단운룡은 그대로 몸을 돌렸다.

형산파 무인들 다섯 명과 얽혀서 백룡창을 휘두르고 있는 백가화 쪽이다. 그 뒤에 서 있던 월성신장이 발작적으로 땅을 박찼다.

등 뒤를 공격해서라도 보내줄 수 없다는 뜻이다. 짓쳐 가는 월성신장의 오른손엔 형산파 비전비기 남악오계장(南嶽五溪

掌)의 장력이 담겨 있었다.

'어쩔 수 없군.'

등 뒤로 엄습해 오는 사나운 진기를 느끼면서 짧은 순간 단운룡은 광신마체 순속의 진결을 끌어올렸다.

발동 시간의 단축이다. 찰나간에 순속을 발동하고 몸을 돌렸다. 청광의 극광추다. 단운룡의 손바닥에 어스름한 푸른빛이 깃들었다.

꽈앙!

밀어내는 추법과 쳐내는 장법이 충돌하며 굉음을 일으켰다.

힘과 힘의 부딪침이다. 푸른색, 흩어지는 진기의 입자가 폭발의 흔적으로 비산했다. 월성신장의 몸이 뒤쪽으로 튕겨 나가 거암의 가장자리까지 밀려 나왔다.

"크으윽!"

월성신장은 또 한 번의 신음 소리를 끝내 참아내지 못했다. 제멋대로 비틀린 손목 때문이었다. 왼쪽 팔뚝에 이어 오른손 손목까지 박살난 것이다.

"그만 하자구."

단운룡이 그를 향해서 비스듬히 선 채 끝내자는 한마디를 던졌다. 창백하게 굳어진 월성신장의 입에서 결국, 형산파라는 명문의 무인으로서 내리지 말아야 할 마지막 명령이 내뱉어지고 말았다.

"이, 이렇게 놓칠 수는 없다! 모두 다 공격해라!! 무슨 수를 써서라도 이들을 잡아야 한다!”

여태까지.

형산파는 비록 얄팍하기는 해도 나름대로 어느 정도의 선만큼은 넘지 않고 있었다.

추격하여 포위를 하더라도, 여러 명 대놓고 합공을 가하지는 않는다거나, 고수 한두 명만 나서서 싸워왔던 것이 그 좋은 예라고 하겠다.

그러나 그것마저도 무너져 버렸다.

이제는 전원 합공이다. 그 정도로 선을 넘는 것은 처음 있는 일이었으니, 형산파 무인들의 얼굴에도 온통 당혹감이 떠오를 수밖에 없었다. 주저하는 그들을 보며 월성신장은 다시 한 번 이를 악물고 큰 소리로 명령을 내렸다.

“주저하지 마라! 공격해!!”

하나둘, 결심을 굳힌다. 두 명이 세 명으로, 세 명이 네 명으로 변하는 것은 순식간이었다. 형산파 무인들 전부가 전격적인 움직임을 시작하고 있었다.

‘일단 이것을 돌파해야……!’

단운룡은 적들의 쇄도를 기다리지 않았다.

쇄도라기보다는 그 자리에서의 공격이다. 거암 위는 좁았고, 서로 간의 간격은 이미 박투를 위한 근접전의 거리다.

파팡!

상대방의 장력을 피해내며 안쪽으로 파고든다. 단운룡의

눈이 번쩍 빛났다. 초근접거리, 이거다. 시험해 보기는 그만 이었다.

단운룡의 상체가 가볍게 돌아갔다. 진각을 밟고 허리를 튕 기면서 한순간에 오른쪽 어깨를 밀어냈다. 상대방의 가슴으 로 들어가는 어깨다. 격타와 동시에 허리를 비틀고, 어깨와 등을 통해 광극진기의 내력을 뿜어냈다. 상대방의 가슴에서 강력한 격타음이 터져 나왔다.

꽈아앙!

형산파 무인의 몸이 무서운 기세로 튕겨 나왔다.

실로 굉장한 위력이었다.

순속 발동 상태다. 그 뒤에 있던 무인들까지 한꺼번에 뒤엉 켜 쓰러진다. 가장 바깥쪽의 무인이 거암 밑으로 떨어질 듯 위태로운 광경을 연출했을 정도다.

"고법?!"

물러난 형산파 무인들 사이에서 놀라움의 목소리가 흘러 나왔다.

고법. 어깨와 몸통으로 튕겨내는 공격을 지칭함이다.

고법을 보고 놀란 것은 이상한 일이 아니다. 강호에서 흔히 볼 수 없는 공격법이었던 까닭이다.

강호를 통틀어서도 고법을 쓰는 문파는 많지 않다. 한때 산 동성 일대를 중심으로 고법을 쓰는 박투술이 유행한 적 있었 지만, 작금에 와서는 사장된 공부라 해도 과언이 아니다. 등

과 어깨의 혈도들을 그대로 노출시키는 기법이기 때문에 그
위력에 비하여 위험도가 높다는 이유 때문이었다.

광혼고.

단운룡이 익힌 고법의 이름은 광혼고였다. 이와 같이 좁은
공간에서 몰려 있는 적들을 상대하기엔 그보다 적절한 무공
도 드물다. 소연신이 전수해 준 광혼고는 딱히 이런 상황에서
만 쓸 수 있는 것이 아니었지만 말이다.

광혼고로 정면을 확보하고 곧바로 몸을 날렸다.

역시나 기다림은 없다. 방어보다는 공격이다.

내력을 끌어올리고 손을 내뻗어 극광추를 전개했다. 장력
으로 응수해 온 상대의 손목 안쪽에서 또 한 번 끔찍한 소리
가 울려 퍼진다. 뼈가 부러지는 파골음이었다.

우직!!

"크악!"

비명성을 지르며 물러나는 무인을 옆으로 제치고 빠르게
앞으로 나아갔다. 내쳐 오는 권장들을 피하고 좁은 공간을 파
고들며 발을 옮긴다. 다시 한 번 광혼고다. 어깨와 등으로부
터 깨끗한 타격감이 전해져 왔다.

터어엉!

백가화가 있는 쪽을 향해 나아가는 단운룡이다.

"합!"

바위 위는 넓지 않았다. 백가화가 발하는 낭랑한 기합성이

바로 앞에 있었다. 극광추를 내뻗으며 달려드는 적들의 장력을 무산시키고 일보 더 전진했다. 백룡창을 휘두르며 적들을 막아내는 백가화의 모습이 단운룡의 두 눈 위에 한가득 비쳐들었다.

"뒤를 봐줘요!"

백가화가 소리쳤다.

지쳐 보이는 백가화다. 제아무리 철혈의 신녀라고 해도, 이와 같이 계속되는 싸움이라면 부담이 될 수밖에 없었으리라.

"등 뒤를 맡기겠단 말인가?"

"달리 도리가 없잖아요!"

대답할 틈이 없다. 백룡창을 휘두르며 급한 어조로 말하는 그녀다. 말하는 사이 형산파 무인들의 권장에 또 한 번의 위기를 넘겼다. 그녀가 다시금 큰 목소리로 소리쳤다.

"어서요!!"

등 뒤를 맡긴다는 의미, 단운룡은 그 의미를 너무나도 잘 알고 있었다.

그것은 저 머나먼 땅, 오원의 싸움과 맞닿아 있는 기억일 것이다.

오원의 밀림 속에서.

소년들의 목숨을 진정 지켜줄 수 있었던 것은 개개인의 무력이나 지략이 아니었다. 그들을 지켜주었던 것은 신뢰다. 서로가 서로에게 등을 맡길 수 있었던 것, 각자가 지닌 실력을 마음껏 발휘하게 해주었던 원동력을 말함이었다.

단운룡은 그때의 전장을 떠올리며 백가화의 등 뒤쪽으로 몸을 날렸다.

등 뒤를 맡기겠다는 것은 그야말로 상대를 믿지 않고서야 불가능한 일이다. 단운룡이 배신이라도 하면 한순간에 끝장 날 수 있다. 물론 그것은 단운룡도 마찬가지다. 한창 싸우고 있는 동안에 백가화가 실수라도 저지른다면, 또는 백가화가 다른 마음이라도 품는다면, 제아무리 단운룡일지라도 순식간에 당해 버릴 수 있는 것이었다.

쐐액! 파라라락!

백가화의 등 뒤를 지키고 선 단운룡에게 두 줄기의 장력이 짓쳐들었다.

피할 수 없다.

피하면 백가화가 당한다. 단운룡은 적들의 공격을 비껴내는 대신, 극광추 반격으로 응수했다. 장력과 부딪친 극광추 경력이 작지 않은 충격파를 일으켰다.

파앙! 파파팡!

등을 맞대고 움직이는 두 사람이다.

전후좌우 모든 방위를 막는 것이 아니라, 시야에 들어오는 정면만 물리치면 된다. 백가화 하나로는 위태위태해 보였지만, 두 사람이 등을 맞댄 지금 그들의 무력은 난공불락 금성철벽의 요새와 같았다.

"적들이 너무 많다! 뭔가 생각이 있는 거겠지?"

바위 위에 있는 것은 이제 형산파 무인들뿐이 아니었다.

형동이 전투 불능 상태에 빠지고, 돌계단을 지키고 있던 형산파 자체적인 방어벽이 무너지고 만다. 탐욕에 젖어서 달려드는 무인들이 하나둘 돌계단 위로 올라오고 있었던 것이다.

"일단, 철운거를 움직여야 해요!"

백가화가 목소리를 높이며 바위 중앙, 철운거 쪽으로 발길을 향했다. 구주창왕의 철심무혼창이 백색의 창광을 발하는 동안, 그 반대편에서는 협제 소연신의 극광추와 마광각이 펼쳐지고 있다. 두 사람의 무공이 맞물려 돌아가니, 누구도 그 앞을 막지 못한다. 두 사람의 신형이 바위 중앙에 있는 철운거에 이르렀다.

"잠시만 막아줘요!"

그녀가 철운거 쪽으로 몸을 숙일 때다.

단운룡이 한 발을 내치고, 다시 반대편 발을 휘돌렸다. 단순한 연환각 같지만, 거기에 담긴 위력은 단순한 연환각이 아니다. 고대 마신(魔神)이 휘두르는 악귀의 칼날처럼 무시무시한 기세가 담겨 있다. 마광각 쌍각연환 마왕익(魔王翼)이었다.

형산파 무인들은 단운룡의 각법에 접근할 엄두조차 내질 못했다. 달려들기는커녕, 주춤 물러날 뿐이다. 그사이 백가화는 철운거 바퀴에 걸려 있던 걸쇠를 완전히 풀어낸 상태다. 철운거가 끼릭, 소리를 내면서 한쪽으로 기울어지는가 싶더니, 바위의 경사면을 따라 천천히 움직이기 시작한다. 둘러싼 무인들 사이에서 급작스런 경호성이 이어졌다.

"철운거가 움직인다!"

"막아라! 막아!!"

철운거 바퀴가 돌고 있었다.

막아서는 적들의 얼굴에는 당황한 기색이 역력했다. 여태 껏 한자리에 고정된 채, 거암 중앙에 박혀 있던 철운거다. 이 렇게 이동을 시작했다는 것은 곧 뭔가 새로운 수를 보여준다 는 뜻이다. 적들의 눈에 당혹감이 깃들 만도 했다.

"굳혀라! 도망치지 못하게 해!!"

철혈신녀와 철운거가 보여주었던 기발한 행동들을 돌아보 자면 형산파 무인들로서도 긴장을 더할 수밖에 없는 일이었다. 다급해진 그들의 공격이 한순간 더 거세지는 양상을 띠었다.

'어쩔 셈인가.'

백가화의 속셈이 무엇인지 모르는 것은 단운룡도 매한가지 였다. 어째서 이런 곳에 올라와 백척간두의 고립을 자처했는 지, 철운거를 움직여 무슨 일을 벌이려는지, 모든 것이 의문이 다. 단운룡으로서도 아직은 그 해답을 낼 수가 없었던 것이다.

"어느 쪽을 가는 거지?"

모른다면 물을 수밖에 없다.

등을 맞댄 백가화 쪽에서 대답이 돌아왔다.

"아래!"

짧고도 간단한 대답이었다.

"아래?"

단운룡의 반문이다. 그러나 반문에 대한 대답은 돌아오지 않았다. 그 대신 백가화가 취한 행동은 그야말로 의외라고밖에 표현할 길이 없었다. 백룡창 창봉 뒤쪽을 휘둘러 굴러가는 철운거 뒤편을 가볍게 밀어냈던 것이다.

따앙! 드르르르륵!

실수는 아니다. 바퀴 도는 속도가 한순간에 빨라진다. 나아가던 철운거에 탄력을 더했으니, 그 속도는 이미 질주 수준이다. 장내에 있는 모든 이의 얼굴에 경악의 표정이 떠올랐다.

"저, 저런!!"

"무슨 짓을!!"

터져 나오는 경악성 뒤로 단운룡의 두 눈에 반짝이는 기광이 스쳐 지나갔다.

그 빛은 놀라움의 빛이 아니다.

또 무엇을 보여줄 것인가.

그 빛의 정체는 기대감이다. 언제나 새로운 것을 보고 싶어 했던 단운룡일지니.

철운거와 철혈신녀, 기이한 한 쌍이 보여줄 놀라운 한 수에 기대감을 가질 수밖에 없었을 따름이었다.

드르르르륵!

철운거가 거암의 가장자리 끝에 이른 것은 순식간에 벌어진 일이었다. 그럼에도 백가화는 철운거를 멈출 시도조차 하지 않았다. 아니, 애초부터 그럴 생각이 없었던 것 같다. 백가화가 재빠르게 물었다.

"뛰어내릴 수 있죠?"

백가화는 단운룡의 대답을 기다리지 않았다.

뛰어내린다.

그것은 말 그대로다.

백가화는 말했었다.

아래쪽으로 가겠다.

그것 역시도 말 그대로였다.

철운거가 거암의 바깥쪽으로 튕겨 나간다.

그 다음, 하강이다.

막아서던 형산파 무인들의 얼굴에 망연자실한 표정이 깃들었다.

그 누구도.

그 누구도 예상하지 못했다. 철운거가 그대로 떨어지리라고는.

아무리 빠르게 질주하고 있다고 하더라도 철운거는 철운거다. 신비한 조화를 그렇게나 많이 보여주었던 철운거였으니, 끝에 매달린 아슬아슬한 순간에도 거짓말처럼 멈출 것이라 생각했던 모양이었다.

파라라락!

더욱이, 그 밑으로 떨어지는 것은 철운거 하나가 아니었다.

백가화가 몸을 날리고, 이어서 단운룡도 몸을 날린다. 거암, 그 높이에서 뛰어내리는데 그 어떠한 망설임도 보이질 않았다.

어쩔 생각일까.

아무리 뛰어난 내가 고수일지라도 거기서 직격으로 떨어지면 부상을 당할 수밖에 없다. 답이 나온 것은 금방이다. 떨어지던 백가화가 몸을 뒤집더니 들고 있던 백룡창을 거암의 벽면에 힘껏 박아 넣었던 것이다.

꽈앙! 콰드드득!

굉음과 함께 돌가루가 튀었다. 낙하하던 속도가 한껏 줄어들었음은 물론이다.

터엉!

단운룡은 달랐다.

거암에 딱 붙어서 미끄러지듯 낙하하다가 거암 면에 수직으로 몸을 일으킨다. 벽면에 발끝을 몇 번 튕기니 그것만으로도 속도가 줄고 있다. 마치 그 벽면을 걸어서 내려가듯 신기에 가까운 경공술이었다.

"피, 피해라!"

"물러나라!!"

문제는 백가화와 단운룡이 아니었다. 가장 먼저 떨어진, 그리고 가장 빠르게 떨어지고 있는 철운거가 문제다.

거암 위에서 아래까지 아무런 저항도 없이 떨어진다.

안에서 뭔가 튀어나오려는가. 아니면 무슨 변형이 있을까.

떨어지던 속도를 줄이려는 시도.

그런 것은 없었다.

내려가던 기세 그대로 땅바닥을 향해 내리 꽂힌다.

꽈아아앙!

폭음과도 같은 굉음이 사위를 울렸다.

염주암, 거암과 거암 사이다. 흙먼지가 구름처럼 솟아올랐다. 놀라움이 연속되던 이 싸움에서도 '백미(白眉)'라고 할 만한 순간이었다.

"와아아아!"

철운거가 떨어졌다.

밑에 있던 사람들로서는 기대조차 하지 않았던 일이라 할 수 있다. 일순간 굳어 있던 사람들이 솟아오른 흙먼지 쪽으로 달려가기 시작했다.

그 기세는 그야말로 저돌적이라 할 만하다. 실력이 없어서, 또는 아래 쪽 싸움에 발목이 잡혀서 계단 위로 올라가지 못했던 그 모든 무인들이 외마디 함성들을 내지르며 철운거의 낙하점으로 뛰어들기 시작한 것이다.

퍼엉! 콰악!

"크악!"

"으앗!"

달려들었던 무인들이 튕겨 나온 것은 순간이었다.

흙먼지의 중심에서 드러나는 것은 단운룡과 백가화 두 사
람의 그림자다. 밑에 있던 군웅들이 우르르 몰려들더니 다시
금 그 둘을 둘러쌌다. 포위 상황의 연속이었다.

"이상하다 생각했지. 처음부터 없었던 거야. 철운거 안에
는."

"당연하죠. 저 안에 들어간 채 이렇게 떨어지면 누구라도
죽어요."

단운룡의 나직한 말소리에 백가화가 작은 목소리로 대답
했다.

양무의, 그리고 철운거에 대한 이야기였다.

단운룡이 등 뒤쪽을 슬쩍 돌아보았다. 철운거 쪽이다.

철운거.

철운거는 그냥 그대로 땅에 떨어졌다. 엄청난 기세로 땅에
충돌했고, 그 주변 땅바닥은 마치 불 뿜는 산의 화구(火口)처
럼 움푹 들어간 상태다.

그 안에 사람이 있었다면 그 누구라도 무사할 수 없다. 전
설 속 금강불괴의 신공이라도 연성하지 않은 이상, 어디가 박
살나도 크게 박살이 났을 것이다.

단운룡은 어렴풋이 짐작하고 있었다. 그 안에 아무도 없음
을 말이다.

거암 위에서 처음 보았을 때도 이전과는 뭔가 다르다고 생
각했었다. 철운거에서 그 어떤 생기(生氣)도 느껴지지 않았던

까닭이었다. 어지간히 잘 감추지 않는 이상, 그렇게까지 생기를 지우기는 힘들다. 단운룡이 느꼈던 대로, 그 안에는 누구도 타고 있지 않았던 것이다.

"철운거는 철운거이나 또한 철운거가 아니라는 건가?"

단운룡의 말에 백가화가 엷은 미소를 지었다.

양무의가 그 안에 없었던 것은 염주암에 도착하기 훨씬 전부터다. 백가화가 위원홍을 만나기 전부터 양무의는 철운거 안에 없었다.

양무의가 없는 철운거는 그저 특이하게 생긴 철수레일 뿐.

그것이 단운룡이 하고자 한 이야기다.

그러나 백가화의 생각은 그와 또 달랐다. 그녀가 철운거 쪽을 슬쩍 돌아보며 의미심장한 목소리로 입을 열었다.

"철운거는 철운거죠!"

푸슛!!

반 정도가 땅바닥에 박혀 있는 철운거다. 바람 빠지는 소리, 철운거 안쪽에서부터 회색 연기 몇 줄기가 새어 나오고 있었다. 누가 보기에도 불길하다 느낄 법한 연기다. 그것을 본 단운룡의 눈에 또 한 번의 기광이 스쳐 지나갔다.

"저건 뭐지……?"

"이제 가요. 최대한 빨리 이곳을 벗어나야 해요!"

말이 끝남과 동시에 땅을 박찬다.

백룡창을 휘두르며 나아가는 그녀다. 회색 연기가 줄기줄기 새어 나오는 철운거. 단운룡은 그 철운거를 한 번 일별하고는 빠르게 그녀의 뒤를 쫓았다.

채앵! 쩌정!

앞으로 달려드는 적들 십여 명을 물리친 것은 그야말로 순식간이었다. 밑에 있는 자들은 형산파 무인들보다 약했을 뿐 아니라 조직적이지도 못했다. 그러나 문제는 그 다음부터다.

몰려든 무인들은 예상보다 훨씬 많았던 것이다. 백가화가 돌계단과 거암 위에서 시간을 끌고 있는 동안 불산에 진을 치고 있던 무인들이 전부 다 몰려온 듯 실로 엄청난 숫자였다.

"너무 많은데!"

"그렇군요! 기회를 본다는 것이 시간을 너무 끌어버린 모양이에요!"

똑같이 포위당한 것이라도 거암 위에서와는 또 다르다.

밑은 넓다. 거암과 거암 사이였으니 일종의 협곡 지형이라고 부를 수 있겠지만, 실제로는 수십 명이 들어간다 해도 여유가 있을 정도다. 게다가 전진하면 전진할수록 그 넓이는 더욱더 넓어지는 중이다. 거암과 거암 사이를 벗어나고 있기 때문이었다.

'어렵게 되었어.'

마광각을 펼치면서 짓쳐드는 곤봉 하나를 통째로 부러뜨렸다. 몸을 돌리며 극광추를 전개한다. 가슴을 정통으로 얻어맞은 낭인 하나가 뒤쪽으로 팅겨 나가면서 그 뒤에 있던 무인들과 한꺼번에 땅을 굴렀다.

광신마체 순속을 발동하고 있는 단운룡에게 있어 당장 닥쳐드는 적들을 물리치는 것은 그처럼 어려운 일이 아니었다. 하지만 단운룡은 무공 전개의 한계 시간이라는 약점을 가지고 있다. 순속의 발동 시간이 전보다 비약적으로 늘어났다고는 하나, 결코 무한정은 아니다. 거암 위, 형동을 쓰러뜨릴 때부터 순속을 전개하고 있었으니, 이 상태로 계속 가다가는 오래 버티지 못한다. 얼마 가지 않아 한계에 도달할 것이 틀림없었다.

'신풍으로 해결해야 해.'

광검결을 뻗어내며 날아드는 박도 하나를 분질렀다. 그것으로 마지막이다. 단운룡은 광신마체의 구결을 운용하여 순속 전개를 멈추고는 내력 운용을 첫 번째 구결인 신풍으로 전환했다. 몸 바깥쪽으로 발산되어 휘도는 진기가 단운룡의 유삼 자락을 타고서 떨리는 파공음을 만들어냈다.

파라라라라락!

휘감아 돌고, 다시 풀어진다.

일렁이는 유삼 자락과 함께 몸을 날리는 단운룡은 당장 보기에 순속을 발동했을 때보다 오히려 강해 보였다.

시각적인 효과다. 하지만 단운룡은 알고 있다. 신풍으로 전환한 단운룡의 무력은 순속 때의 절반이라 봐야 한다. 순속을 발동했을 때처럼 일격필살의 공격력은 기대하기 힘들다는 뜻이었다.

텅! 파팡! 빠악!

휘둘러 오는 도끼를 막아내고 반격을 가했다. 역시나 일격으로는 어렵다. 극광추 두 번의 연환타에 이어 마광각까지 내쳐야만 했다.

그렇게 적들을 물리치며 앞으로 나아간다. 두 명, 세 명, 돌파를 계속할 때다. 등을 맞댄 백가화가 적들이 뒤엉켜 쓰러지는 짧은 틈을 타고서 빠른 어조로 물어왔다.

"어디 다쳤나요?"

"그런 건 아냐!"

"왜 손속에 사정을 두죠? 힘을 비축할 때가 아니에요!"

백가화는 민감했다. 단운룡의 힘이 줄어든 것을 단숨에 알아채고 있었다.

선택의 순간이다.

순속을 펼침으로써 순간적인 돌파에 걸어볼 것인가.

아니면, 신풍으로 버티며 장기적인 싸움에 대비할 것인가.

단운룡이 빠르게 시선을 돌리며 적들의 숫자를 가늠해 보았다.

백, 이백? 그 이상이다.

많이도 몰려왔다. 도산검림, 인산인해였다. 단숨에 돌파할 수 있는 숫자가 아니었다.

'순속을 펼쳐도 한 번에 뚫을 수는 없다.'

단운룡이 내린 결론은 그러했다.

시간 안에 돌파할 수 있을지 확신이 서질 않는다. 더욱이 이걸 돌파한다 해도 끝이 아니다. 이미 이쪽은 노출될 대로 노출이 되었고, 뚫고 나간 후에도 당분간의 추격전을 각오해야 했다.

'세 번째……'

단운룡의 머리 속에 떠오른 것은 두 가지 선택, 그 바깥의 것이었다.

세 번째 선택이다.

그거라면, 이렇게 두터운 포위망도 박살 낼 수 있을지 모른다. 단숨에 이곳을 빠져나갈 수 있다면 그것밖에 없었다.

'너무 위험해. 여기서 쓸 수는……!'

단운룡은 갈등했다.

결단력이라면 누구 못지않을 단운룡이었으나, 이것만큼은 쉽게 결정을 내리기가 힘들다. 신풍으로도 어느 정도 버틸 수 있는 마당에, 그 정도 모험까지 필요할까 싶었던 까닭이었다.

"오른쪽! 위험해요!"

백가화가 소리쳤다. 결단을 재촉하는 한마디다.

이것은 단운룡 혼자만의 문제가 아니다. 신풍으로 전환하여 힘이 줄어든 단운룡만큼, 백가화의 힘도 갈수록 줄어들고 있다. 체력과 내공이 점차 고갈되고 있었던 것이다.

'어쩔 수 없나……'

오른쪽, 쳐들어오는 협봉검을 막아내며 생각한다.

선택의 순간이다.

해야만 하는 때.

그러나 단운룡은 선택할 수 없었다. 할 수 없었던 것이 아니라, 뒤로 미루게 되었다는 것이 정확하다. 갑작스레 들려오기 시작한 강렬한 격타음 덕분이었다.

"비켜라!"

고함 소리도 있다.

그 목소리.

단운룡은 순간적으로 자신의 귀를 의심했다.

두 눈이 크게 뜨여진다. 너무나도 난데없이 들려온 목소리였기에, 그리고 그 목소리를 너무나 잘 알는 단운룡이었기에, 놀라움을 감출 수가 없었던 것이었다.

퍼어억! 꽈앙!

무인들이 하늘을 날고 있었다. 집어 던져진 듯 하늘을 날아 땅바닥을 뒹군다. 넘어지고, 쓰러지는 무인들이 부지기수였다.

저쪽에서 이쪽으로.

물밀듯이 다가온다. 먼저 보인 것은 두꺼운 창봉이었다. 뾰족한 창날은 작았지만 창봉의 두께를 보자면 가히 철괴(鐵塊)라 해도 과언이 아니었다.

콰아앙!

무인 두 명이 번쩍 밀려 나왔다. 사위를 휩쓰는 먼지 속에서 거대한 체구가 드러났다. 육 척을 훨씬 넘겨, 칠 척에 가까울 것 같은 키다. 거기에 가슴둘레만도 아름드리 거목처럼 대단하니, 역발산의 장사가 따로 없다. 무림강호에 거한 괴인들이 많다지만 그들을 모두 다 모아놓는다 해도 당할 자가 없을 것 같았다.

빠악!

"크악!"

일단 눈에 들어온 것은 거한이 뿜어내는 역동적인 기세였으나, 바로 다음 순간 눈길을 사로잡는 것은 그 바로 옆에서 휘둘러지는 날카로운 각법이었다.

칼로 베는 듯한 느낌.

발도의 각법이다. 단운룡의 눈이 번쩍 뜨였다.

"으랏차!!"

호기로운 기합성을 터뜨리며 파죽지세로 적들을 꺾어놓는다. 여전하다. 생기가 넘치는 남자다. 아저씨, 그의 어린 시절 반생에서 그 누구보다 믿을 만한 친구로 기억되었던 남자, 불패신룡 오기룡이 거기에 있었다.

꽝!

폭음과도 같은 충돌음과 함께 길 전체가 완전히 열린다. 백가화와 단운룡, 두 사람과 불패신룡 사이에는 아무도 남지 않았다. 불패신룡 오기룡의 시선이 이쪽으로 돌아온다. 단운룡에 이른 오기륭의 두 눈이 더할 나위 없이 크게 치떠졌다.

"설마했더니, 너였구나! 내 눈을 의심했었다!"

단운룡에게 있어서도 적지 않은 놀라움이다.

하나 오기륭은 그보다 열 배는 더 놀랐을 것이다. 그나마 단운룡은 이 불산에 참룡방이 와 있다는 것을 알고 있지 않았던가. 참룡방주, 불패신룡 오기륭은 이곳에 단운룡이 와 있을 것이라고는 전혀 생각하지 못하고 있었다. 적어도, 단운룡으로 짐작되는 사람이 저쪽 바위에서 이쪽 바위로 뛰어넘는 것을 보기 전까지는 말이다.

"이렇게 만나다니! 이런 곳에서!!"

"그러게. 오랜만이야."

대답하는 단운룡의 목소리엔 고저가 없었다. 하지만 그 안에 깃든 것은 틀림없는 반가움이었다. 사방 천지에 적들뿐인 이 상황에, 오기륭은 단운룡의 손이라도 부여잡을 기세다. 뒤쪽에서부터 들려온 우렁찬 경호성이 오기륭의 정신을 전장으로 되돌렸다.

"뒤를 살피십시오! 주군!"

쐐액! 퍼억!

오기륭의 옆에 있던 거한이다. 뒤를 노리고 달려들던 무인 하나를 가볍게 물리치고 있다. 위왕호장, 허저재림이라는 왕호저가 바로 그다. 그가 오기륭의 옆에서 창대를 고쳐 잡고는 단운룡을 돌아보며 보며 물었다.

"이 남자가 양무의입니까?"

왕호저의 눈에는 단운룡이 양무의로 보였던 모양이다. 철혈신녀의 옆에 있는 남자. 분명 그런 생각을 할 만도 하다. 오기륭이 고개를 흔들며 대답했다.

"양무의가 아니다. 오랜 친구지."

"친구… 인 겁니까."

"그래. 간만에 보는 얼굴이다."

꽝! 빠아악!

그 와중에도 왕호저는 창을 쥔 두 손을 멈추지 않고 있었다. 뒤에서 달려드는 모든 적들을 몇 합 만에 막아내고 있는데, 그 무위가 실로 대단하다.

과연 위왕호장이라고 할까.

위왕 조조를 바로 옆에서 보신하던 호신수위, 전설 속 허저의 위용에 능히 비견될 모습이었다.

"그쪽이 철혈신녀겠군. 내 이름은 오기륭이오. 이름이나 들어봤는지 모르겠소. 지금은 참룡방을 이끌고 있소만."

단운룡을 만난 놀라움을 가라앉히고 나니 드러나는 것은 오기륭 본연의 호방한 성정이다. 전장의 한가운데가 익숙한 듯, 그 말투에 여유가 넘친다. 백가화가 창을 휘두르며 적 한 명을 물리치고는 고개를 돌리며 대답했다.

"당신이 그 참룡방주로군요. 제가 백가화예요."

"만나서 반갑소. 아니, 사실 그다지 반갑다고 이야기할 만한 상황은 못 되겠지만."

"예, 그럴 상황은 아니겠죠."

빠악!

두 사람과 네 사람의 차이는 컸다.

적들을 물리치는 데 있었던 부담이 일시에 절반으로 줄어든 것이나 다름없다. 손을 쓰는 와중에도 서로가 대화를 나눌 수 있을 정도다.

오기룡이 옆으로 발을 내뻗고는 단운룡을 돌아보며 말했다.

"어찌하여 네가 여기 있는지는 모르겠지만, 일단은 빠져나가는 것이 먼저겠다. 길을 열자!"

"알았어. 그래야지."

제때에 나타난 조력자다. 대화는 나중으로 미뤄둔 채 일제히 몸을 날린다. 오기룡의 입에서 강렬한 한마디가 터져 나왔다.

"가자!"

그때부터다. 그들은 그야말로 거침이 없었다.

특히나 강했던 것은 오기룡과 왕호저다. 뛰어들어 각법을 날리고, 돌아서며 일권을 휘두른다. 짓쳐들어 창봉을 찔러내고, 비껴 서며 일장을 내뻗었다.

충만한 힘이었다.

단숨에 길이 열린다. 쾌도난마로 뻗어가는 돌진이었다.

단운룡과 백가화 두 명이서 돌파해 나갈 때와는 확실히 달랐다. 속도에서도, 기세에 있어서도 확연한 차이가 있었다.

쐐애액! 파팡!

오기룡이 발도각을 내치면, 단운룡이 그 옆으로 돌아가 마광각을 전개한다. 서로 다른 각법이나 그 결과는 같다. 일격에 하나씩, 적들은 일합을 버티지 못한 채 꼬꾸라지고 있었다.

앞으로 차고, 돌아서 찍은 후, 휘둘러 박살 낸다.

무지막지한 힘이다. 두 명이 앞서 나가며 뒤질세라 각법을 펼치니, 그것은 그것만으로도 일대 장관이다. 마치 폭풍과도 같은 두 사람이었다.

"그것이 그에게 배운 각법인가?"

옆에서 달려나간 왕호저가 적들을 물리치는 동안, 오기룡이 숨을 고르며 말했다. 발을 돌리며 손을 내뻗는 단운룡이다. 단운룡이 그 얼굴에 한줄기 미소를 그려내며 대답했다.

"그렇다고 발도각을 잊진 않았어."

쐐액! 빠아악!

허리 밑에서 뽑는 보도다. 단운룡의 발끝에서 발도각이 처나갔다. 오기룡이 마주 웃으며 몸을 날렸다.

"나쁘지 않군!"

오기룡의 발에서도 발도각이 뻗어나갔다. 두 개의 보도가 무서운 기세로 짓쳐 가니, 쇄도하는 적들에겐 막아낼 능력이 없었다.

"경계하십시오! 적들이 많습니다!"

그들은 대형이 잘 정돈된, 조직적인 무인들을 상대하는 것이 아니다. 빽빽이 들어찬 곳도 있고, 띄엄띄엄 적들이 적은 곳도 있다.

싸우다가 맞닥뜨린 것은 한 무리 견고한 방벽을 갖춘 무인들이었다. 어느 문파인지는 모르겠지만 같은 복장을 한 무인들이 이십여 명 밀집 대형을 만들고 있었다.

"그대로 돌파한다!"

오기룡의 외침은 그의 성정 그대로였다.

제아무리 두꺼운 방패라도, 창만 날카로우면 얼마든지 뚫을 수 있다는 투다. 오기룡이 먼저 달려들고, 왕호저가 그 뒤를 따른다. 책략가의 눈으로 보자면 무식하다는 말밖에 나오지 않을 만한 광경이었다.

꽝! 퍼어억!

저돌적인 공격은 그 공격이 저돌적인 만큼 강력했다. 하지만 적진 가운데로 틀어박힌 이상 사방에서 반격이 따라올 수밖에 없다. 더욱이 왕호저의 체격은 엄청나게 크다. 체구가 크다는 것은 곧, 적들의 공격에 노출 될 범위가 넓다는 뜻. 둘러싼 적들이 거리를 확 좁혀들며 제각각 병장기들을 찔러대기 시작했다.

콰직! 스악! 스가각!

왕호저의 커다란 등판에 두 줄기 긴 상처가 생겨났다. 하지만 왕호저는 그것을 긁힌 상처쯤으로도 생각지 않는 것 같다. 움직이는 기세는 전혀 줄어들지 않았고, 병장기에 실린 힘도 이전과 똑같이 막강하기만 하다.

게다가 거기에는 왕호저만 있는 것이 아니다. 오기룡이 날아들어 각법을 내치는데, 마치 그 다리가 두 개가 아니라 네 개는 되는 것 같다. 바퀴처럼 돌아가며 내치는 각법에 세네 명 정도 쓰러지는 것은 눈 깜짝할 시간도 필요치 않았다.

꽈아앙!

왕호저. 오기룡.

단운룡도 있다.

적들의 측면으로 파고든 단운룡이 펼쳐 낸 것은 광혼고였다. 어깨와 등으로 내친 일격이 적 무인의 등판에 작렬했다. 강렬한 충격파가 그 무인을 통해 사방으로 뻗어나간다. 뒤쪽으로 튕겨 나가 다른 무인들을 휩쓸며 쓰러지는데, 마치 동서남북 둘러친 성벽 하나가 무너지는 듯했다.

"고법? 그가 그런 것도 가르쳤나?"

돌아보는 오기룡의 눈에는 놀라움과 의아함이 동시에 담겨 있었다. 고법이 보기 드문 기술이라는 것을 그 역시도 알고 있기 때문이다.

적진을 돌파하여 나오는 데까지는 오래 걸리지 않았다. 그러는 동안 백가화는 단지 견제 역할만 해도 충분할 정도였다. 세 남자의 무위는 실로 대단하다. 전투의 화신 세 명이 동시에 나타난 것 같았다.

"철운거는?"

순간 생각났다는 듯 물어보는 오기륭이다. 단운룡과 백가화의 고개가 뒤쪽으로 돌아갔다. 이제 멀리 보이는 철운거다. 아니, 그들이 보고 있는 것을 정확하게 말하자면 철운거가 뿜어내는 연기라고 할 것이다. 철운거는 반 이상 땅바닥에 박혀 있었고, 이 위치에선 철운거의 모습이 보이질 않았다. 박혀 있지 않더라도 사람들의 장벽에 가려 잘 보이지 않을 상태였다.

"아직은 때가 아니에요. 조금 더 끌고 나와야 돼요."

"때가 아니다?"

"그런 게 있어요."

백가화의 대답은 의미심장했다. 철운거에서 솟아오르는 연기는 아무래도 심상치 않다. 확실히 누가 본다 해도 위험해 보이는 연기였다.

철운거 쪽을 연신 돌아보던 단운룡의 시선이 한쪽으로 급하게 움직인 것은 바로 그때였다.

바위 밑, 아니, 저 멀리 숲이다.

위협적인 힘을 뿜내면서 서서히 다가오는 것이 있었다.

역시나 그런 것을 가장 먼저 감지하는 것은 단운룡이라 할 것인가.

이것은 진짜로 위험하다. 다시 느껴봐도 여전히 무시무시한 기세다. 이 위험에 비하자면 철운거에서 솟아오르는 연기 따위, 대단할 것이 못 되었다.

"온다!"

단운룡의 경호성에 오기륭도 느껴지는 것이 있었던 바.

오기륭의 눈이 단운룡의 시선과 일치하는 방향으로 돌아갔다. 그의 입에서 나직한 침음성이 흘러나왔다.

"이것은……!"

"남위 위원홍……!"

마지막을 장식한 것은 백가화의 목소리였다. 숲 쪽 방향을 돌아보던 오기륭이 문득 뭔가가 생각났다는 듯 두 눈을 치뜨고서 단운룡을 향해 다급한 목소리로 물었다.

"설마……! 너, 혹시 여기서 관승은 못 봤나?"

"관승?"

"관승과 선찬, 이쪽에 있었을 텐데."

"못 봤는데."

단운룡의 대답이다. 대신, 그 대답은 위원홍의 이름을 내뱉었던 백가화에게서 나왔다.

"내가 봤어요."

"그들을 봤다고? 어디서 보았소?"

"마지막에 그들을 보았을 때, 그들은 남위와 싸우고 있었죠."

"남위와 싸워? 이 미친!!"

오기륭의 입에서 급기야 외마디 욕지거리가 튀어나오고 만다.

또다시 일을 치고 만 아우들이다.

최대 최악의 난적이 나타난다 싶었더니, 아우들이 아까부터 그와 싸우고 있었단다.

과연 무사하긴 할 텐가. 그 남위 위원홍임에.

"큰일이군요."

"큰일이지. 죽지는 않았으려나."

오기륭의 얼굴이 급속도로 어두워졌다. 이제는 듬성듬성, 가로막는 적들도 줄어든 상태다. 오기륭이 단운룡을 돌아보며 어쩔 수 없다는 어조로 말했다.

"여기까지다. 도저히 안 되겠어."

"뭐가 안 돼?"

"관승과 선찬은 내 아우들이야. 저쪽으로 가봐야지."

"저쪽으로 간다고? 저쪽에서 오는 건 위원홍이야. 그 위원홍이라고."

"위원홍이든, 위원홍 할애비가 오든, 아우들이 어찌 되었는지는 알아야 할 게 아니겠느냐!"

오기륭은 정말로 그 자리에 발을 멈추었다.

몸을 옆으로 돌리고 나아가는 발길을 바꾼다. 얼굴이 어두워진 것은 단지 아우들에 대한 걱정이되, 그 어디에도 위원홍에 대한 두려움은 없다.

왜 그가 무서움을 모르는 불패신룡인지.

왜 그가 땅바닥에 꼬꾸라져도 태양을 향해 날아가는 독수리라 했는지 알 수 있게 해주는 모습이었다.

"철혈신녀여. 운거모사 양무의에게 전해주게. 갈 곳이 없으면 언제라도 참룡방에 찾아오라고 말일세!"

오기룡이 백가화에게 말했다.

포위당했던 그들을 다 빠져나오게 해주고, 이제는 미련없이 위원홍을 향해 나아간다. 백가화로서는 그런 오기룡의 뒷모습을 믿을 수가 없었다. 지금껏 그녀와 양무의를 만나러 온 사람 중에 그런 자는 아무도 없었던 까닭이었다.

"어서 가라. 난 할 말을 다 했다."

"알겠어. 아저씨. 한 가지만 지켜. 위원홍 같은 자에게 죽으면 안 돼."

"위원홍 같은 자? 위원홍은 희대의 고수다. 그 정도라면 마지막 상대로도 괜찮지."

"하나도 안 괜찮아. 복수해 주려면 골치 아파."

"복수? 위원홍에게 죽으면 복수해 주겠단 말이냐?"

"당연하지. 아저씨가 여기서 죽었다가는 위원홍도 곱게 죽지 못할 거야."

"하하하. 그런가? 잊고 있었군. 내 앞에 있는 친구가 누군지!"

위원홍에게 덤비려는 오기룡의 뒷모습을 믿기가 어렵다?

백가화는 순간 자신의 귀마저 의심할 수밖에 없었다.

지금 이 대화가 과연 이 시대를 살아가는 강호인들의 대화가 맞는 것인가.

위원홍에게 죽으면 복수해 주겠다.

설마하니 위원홍이 누군지 모르는 것은 아닐 것이다. 그럼에도 곱게 죽지 못할 것이라 말한다.

백가화에게 있어 더욱 놀라웠던 것은 오기륭이란 사람이 고개를 돌리며 지어낸 표정이었다. 복수를 해줄 것이니 걱정 없다. 홀가분하게 가보런다.

그가 지은 미소는 그런 의미로밖에 해석할 수 없다.

그것은 곧, 단운룡을 믿고 있다는 뜻이다.

오기륭이 여기서 죽더라도 단운룡이 그 복수를 해줄 수 있을 것임을 추호도 의심치 않는다. 그 위원홍에게. 위원홍일지라도 곱게 죽지 못할 것이라는 허풍을.

"여하튼 고마워. 아저씨 덕분에 고생을 덜었어."

단운룡은 아무렇지 않게 오기륭을 보내주었다.

오기륭도 더 이상 뒤를 돌아보지 않는다. 왕호저와 함께 위원홍이 오고 있는 그 방향으로 땅을 박찰 뿐이다.

"좋아. 이제 다시 둘이 되었군. 이쯤이면, 당신도 마지막 패를 꺼내보는 것이 어때?"

"……!"

"철운거를 가지고 뭔가 할 생각이잖아. 달리 방법이 있다면 모르되, 이 이상 멀어져서는 힘들지 않겠어?"

백가화의 얼굴에서는 놀라움의 표정이 지워질 새가 없었다.

단운룡은 이미 백가화의 속셈을 간파하고 있는 것 같다. 처음에는 몰랐을지라도 이제는 대충 알겠다는 투다.

포위망을 헤쳐 오면서 보여준 무공.

불패신룡 오기룡과 친구 사이라는 인맥.

위원홍에 대한 대화를 태연하게 해대는 담력.

그리고 지금 백가화를 돌아보며 빛을 내고 있는 지혜로운 안목까지.

측량키 어려운 인물이다.

아무리 나이를 높게 쳐줘도 이십대 중반을 넘지 않은 것 같은데, 어찌 이런 인물이 나타났을지 놀랍고도 놀라울 따름이었다.

"아직은……. 조금만 더 끌어내도록 하죠."

"더 끌어낸다. 알았어."

염주암, 거암들이 늘어선 곳 외곽으로 나아가는 두 사람이다.

적들은 끊임없이 달려들고 있었지만, 이제 더 이상 돌파하기 힘들 정도는 아니었다. 정면으로 남은 적들이 거의 보이질 않는다. 위협적인 적들이라면 앞쪽보다는 뒤쪽이다. 포위망을 거의 다 뚫어버린 상태라 앞을 막아서는 자들보다는 뒤에서 쫓아오는 사람이 몇 배는 많아진 상태였다.

　백가화가 뒤쪽으로 연신 고개를 돌렸다. 아까부터 뒤쪽을 주시하고 있었지만, 이제는 부쩍 돌아보는 횟수가 잦아져 있었다. 그러던 그녀가 마침내 결심을 내린 듯 단운룡을 돌아보며 외쳤다.

　"조금만 뒤쪽으로 돌아가요!"

　"뭐? 뒤쪽으로?"

　"예!"

　백가화의 말에 단운룡이 달려가던 방향을 꺾고 뒤쪽을 향해 몸을 날렸다. 함께 돌아서 달리는 그들의 눈앞으로 추격해 오던 적들이 급속도로 가까워지고 있었다.

　"보여요?"

　"뭐가?"

　"철운거요."

　"여기선 제대로 안 보이지."

　"뛰어오르면 보이겠죠?"

　"그렇지 않을까."

　"그러면 혹시, 투도술이나 비검술 같은 거 익힌 적 있어요?"

　"비검술이라면 익힐 기회가 없었다만."

　"뭔가 던져서 맞추는 것은요?"

　"뭐라도 던지는 것이라면 자신있다."

　"그럼, 여기서도 맞출 수 있을까요?"

"뭘? 철운거를?"

"예. 철운거요."

"백발백중, 걱정 마라."

두 사람의 대화는 빠르고 간결했다. 달려든 적들을 물리치는 외중에도 입을 멈추지 않는다. 그녀가 백룡창을 크게 휘둘러 적들을 물러나게 만들고는 단운룡을 돌아보며 소리쳤다.

"지금이에요!"

단운룡은 대답하지 않았다. 그 대신 땅바닥을 휩쓸어 돌멩이 하나를 쥐어 들었다.

그 다음은 순속 발동이다.

이 위치, 이토록 먼 곳에서 저 철운거를 맞추려면 신풍의 힘으로는 불가능하다. 광신마체 순속의 구결이 전신을 타고 흐른다. 달려드는 무인의 칼바람을 뛰어넘고 그자의 어깨를 밟았다. 박차고 뛰어오르는 단운룡의 몸이 태양광이 충만한 하늘 위를 갈랐다.

"흡!"

투석. 투석술.

돌멩이를 던져서 무언가를 맞춘다.

오원에서부터 단운룡의 장기가 아니었던가.

허리부터 회전력을 얻고 광극진기를 한껏 실어 내던진다. 그때보다 열 배는 빠른 속도, 그때보다 열 배는 강한 위력을 품었다. 나아가는 돌멩이로부터 무시무시한 파공음이 터져 나왔다.

쐐애애애액!

공기를 찢어발긴다. 너무나도 다르다. 그토록 먼 거리를 완전한 직선으로 날아간다.

그때와는 다른 힘이다? 그때와 똑같은 것도 있다.

목표를 맞추는 정확도다.

공간을 압축하고 날아간 돌멩이가 땅에 박힌 철운거에 도달한다. 꽝! 하는 소리, 돌멩이는 가루가 되고 철운거 전체가 크게 흔들렸다.

철운거 근처로 모여들었던 무인들이 크게 놀라 뒤쪽으로 물러났다. 충격을 받은 철운거에서 새어 나오던 연기가 짙어졌다. 매캐한 냄새, 누군가가 소리친다. 다급함이 한껏 담겨 있는 고함 소리였다.

"이 냄새! 화약이다!!"

소리를 지른 누군가가 주변 사람들과 함께 등을 돌리고 뛰기 시작했다. 그것으로 둘러서 있던 자들 모두가 뒤쪽으로 물러난다. 한두 명, 멋모르는 자들만이 미련을 버리지 못하고 그 앞에 서 있을 뿐이다. 그리고 그렇게 피하지 않은 자들, 그들이 곧, 대대적인 폭발의 첫 번째 희생자들이었다.

꽈아아아아아앙!!

병장기가 부딪치거나 권장이 부딪치는 소리하고는 질적으로 다른 소리였다.

섬광과 연기, 불기둥을 동반하는 폭음이다. 연기를 뱉어내던 철운거, 그것이 대폭발을 일으키는 소리였다.

우르르릉! 꽈앙! 꽈아아앙!

놀랍게도 폭발한 것은 그 철운거 하나만이 아니었다. 백가화가 올라갔던 거암, 그 밑동에서 연쇄적인 폭발이 일어나고 있었다.

화륵! 꽈광! 꽈과과광!

치솟는 불기둥이 이어진다. 거암의 밑을 따라 연이어 피어오르는 불덩이다. 그 붉은 화광은 그것만으로도 또 하나의 염주 모양이라 할 수 있을까. 무시무시한 진동과 폭음이 사위를 휩쓸고 있다. 돌멩이 하나에서 비롯된 것치고는 지나치게 큰 결과였다.

"화탄이라니! 별걸 다 준비했군!"

바로 그 돌멩이를 던졌던 단운룡이다.

그의 목소리에 담겨 있는 것은 놀라움이 아니라 감탄이었다.

역시나 기대를 저버리지 않았다는 말투다. 지축을 뒤흔드는 폭발로 단운룡과 백가화 뒤쪽 전체가 더할 나위 없는 아수라장으로 변했다. 이전에도 아수라장이나 다름없었지만, 이것은 그 종국의 결정판이다. 불기둥이 치솟고 돌덩이가 떨어진다. 염주암 한가운데, 거대했던 바위가 제멋대로 무너지고 있었다.

"어서 가요! 벗어나야죠!"

　태양이 내리쬐는 환한 대낮에 화염지옥의 전장이다. 재촉
하는 백가화와 함께 그 지옥의 틈새로 몸을 날린다. 혼돈의
극한에서 누구도 쫓아오지 못할 절대적인 도주였다.

제15장 강림(降臨)

광극진기.

천잠비룡제 단운룡의 내공심법.

상단전의 활용을 극대화하는 무공이라 알려졌으나, 그 진위는 명확치 않다. 비룡제가 강호에 선보였던 신기(神技)들을 열거해 보아도, 무당의 마검이나 화산의 질풍검이 구사하는 신비한 이능력(異能力)은 찾아볼 수가 없기 때문이다.

비룡제의 기량에서 엿보이는 광극진기의 내공력은 천하에 산재한 수많은 내공심법 중에서도 수위를 다툴 것이라 생각된다. 움직이는 속도와 힘, 진기를 통한 신체의 활용 능력에서는 견줄 만한 심법이 천하에 몇 안 될 것으로 짐작되고 있다.

진기가 집중된 신체 부위에서는 금강불괴급의 강도를 보여주지만, 이외의 부분에서는 방어력에 문제가 있다고 하였다. 놀라운 회복력과 재생력을 지녔다.

특히나 광극진기로 구사하는 광신마체의 비기들은 진가의 투인과 정면으로 대결할 수 있는 몇 안 되는 무공으로 알려져 있으며, 비기를 최대로 개방했을 때에는 가히 마신 강림의 위용으로 중원 최강의 공격력을 논할 수 있다는 평가다…(중략)…….

한백무림서 무공편 제이십이장

주요강호무공 中에서.

“그건 뭐였지?”

“뭐가요?”

“화탄.”

“기폭뢰(起爆雷)요?”

“기폭뢰?”

“기폭뢰, 수침정(水沈釘), 해천창(海天槍), 수전(水戰)용 무기들이에요. 마장(魔匠)께서 한창 개발하고 계시는 병기들이죠.”

“누구?”

“마장, 마장인이요.”

“마장 당철민? 사천당가에서 파문당한?”

“알고 있군요. 당 노사, 그분이에요.”

당철민.

사천당가 출신으로 온갖 기술에 탐닉하다가 철광(鐵鑛), 화약 등, 대명률에 위배되는 군수병기에까지 손을 대면서 일찍이 마장인(魔匠人)이라는 칭호를 얻었다. 비밀리에 병장기를 연련하는 것쯤이야 들키지 않으면 그만일지 모르지만, 그 기술이 강호의 싸움에 쓰여지니 문제라, 결국 무림에서는 마두(魔頭)로 찍히고, 관아에서는 수배자가 되어 파문까지 이른 인물이었다.

“가지가지 하는군. 마장과도 얽혀 있다니.”

“얽힌 정도가 아니에요. 우리에겐 은인이나 다름없죠. 의랑의 철운거도 그분 작품이에요.”

“그런 걸 그렇게 쉽게 이야기해도 되는 건가? 내가 어디 가서 소문이라도 내면 어쩌려고?”

“그렇게 입이 가벼워 보이진 않는데요? 게다가 소문이 나면 오히려 좋죠. 그분께는요.”

“소문이 나면 좋다고?”

“기폭뢰는 사실 수전(水戰)을 상정하고 만든 무기라고 해요. 물 위에 띄워놓는 화탄이죠. 기폭뢰는 그 특징이 무척이나 뚜렷한 무기예요. 물살을 가르던 배가 띄워놓은 기폭뢰에 부딪쳐도 당장은 폭발하지 않죠. 곧바로 터질 경우 선수(船

首)만을 박살 낼 뿐, 큰 타격을 주기가 어려운 까닭이래요. 한 번의 충격만으로는 터지지 않는다는 이야기죠. 일단 첫 번째 충격을 받으면 기폭 장치가 점화되기 시작하고, 두 번째 충격이 오면, 그제야 비로소 커다란 폭발을 일으키게 되는 것이에요."

"기폭뢰는 그렇다 치고, 다른 폭발들은 뭐였지?"

"그것은 그냥 매장되어 있던 화약들이에요. 기폭뢰와는 다른 거였죠. 여하튼 기폭뢰와 같은 것은 정말 아무나 만들 수 있는 물건이 아닐 거예요. 실제로 있다는 것을 보여주기 전에는 그런 물건이 존재하리라고 믿기조차 어려운 일이겠죠."

단운룡의 머리 속에 염주암에서 있었던 일련의 일들이 스쳐 지나갔다.

철운거는 땅에 떨어진 직후부터 연기를 토해내기 시작했다. 그것이 첫 번째 충격이다. 촉발을 유도한 두 번째 충격은 단운룡 본인이 만들었다. 돌멩이를 던져 맞춘 것이 그것이다. 기폭뢰라는 물건의 특징을 그대로 보여준 증거라 할 수 있었다.

"보여주기 전엔 믿기 힘들다라… 소문과 명성, 그걸 노렸던 건가?"

"맞아요. 역시나 금방 알아듣는군요."

"그런 무기를 만들 수 있는 사람이 여기에 있으니, 관심있는 자는 돈과 물자를 가져오라는 것이로군."

“그래요. 그게 그분의 자금줄이죠.”

자금줄.

올바른 표현이다.

단운룡이 고개를 끄덕이며 충분히 이해했다는 표정을 지었다.

‘소문이란 명성과 통하는 법이지.’

세상사란 본디 그렇게 이루어지기 마련이다.

불산에 이러이러한 화탄이 나타났다더라. 그리고 그게 마장 당철민이 만든 것이라더라. 그 폭발력은 어느 정도고 살상력은 어느 정도라 하더라…….

소문이 도는 만큼, 당철민의 명성도 올라갈 수밖에 없다.

혼란한 강호 정세.

특별한 무기를 보유하고 싶어하는 자들이란 그야말로 셀 수 없이 많다는 것이다. 화약이나 화탄에 손을 댄 것이 알려졌다가는 관군의 표적이 된다는 것을 잘 알고 있음에도, 금단의 무기가 발하는 유혹은 결코 작은 것이 될 수 없었다는 이야기였다. 한편으로 당철민에 대한 관아의 추격이 더 극렬해지는 효과를 가져올 수 있겠지만, 다른 한편으로는 그에 대해 관심을 가지는 사람들이 많아질 수 있다는 뜻이기도 했다.

“그나저나… 다행이야.”

“뭐가요?”

“일부러 늦게 터뜨린 것.”

“……?”

“모르는 척하지 마. 기폭뢰가 당신 말대로의 물건이라면 첫 번째 충격 이후 터뜨릴 기회는 수도 없이 많았어. 그런데도 그러지 않았지. 적들에게 폭발을 피할 수 있는 시간 여유를 준 셈이야.”

“곧바로 터뜨렸으면 우리도 함께 휘말렸겠죠.”

“그런 게 아니지. 폭발의 규모는 커 보였지만, 정작 기폭뢰가 터졌을 때는 그 근처에 사람들이 얼마 없었어. 이어서 일어났던 연쇄적인 폭발도 마찬가지였지. 시간을 끌지 않고 터뜨렸으면 최소한 백 명 이상은 날려 버릴 수 있었을 거야.”

“그랬어야만 했다는 말로 들리네요.”

“그랬다면 지금 이렇게 숨어 있을 필요는 없었겠지. 폭발로 난장판을 만들기는 했지만, 그걸로 죽은 사람이 몇 명이나 될까? 기껏해야 삼, 사십? 그것도 안 될 것 같은데.”

“삼, 사십만 해도 충분히 많은 숫자예요. 혈겁이라 해도 과언이 아니죠.”

“삼, 사십이 혈겁이라……. 그래서 다행이라는 거야.”

“그래서 다행이다? 그게 무슨 말이죠?”

“정신이 제대로 박혔다는 뜻이거든.”

“대체…….”

“사람이 살업을 행할 때면 그 상대가 누가 되었든 기분이 나빠야 돼. 그래야 사람답다고 할 수 있겠지. 당신과 양무의,

적어도 당신 두 사람은 그런 짓을 함부로 할 수 있는 이들이 아니야. 아무나 한꺼번에 죽여놓고도 마음 편할 사람들이 못 된단 말이지. 구제 못할 악당들은 애초부터 될 수 없단 말이야.”

“칭찬인지 험담인지, 애매하네요.”

“둘 다야. 어차피 탐욕으로 몰려든 부나방들, 전부 다 죽여도 나쁠 것은 없었으니까.”

“그건 또 상당히 과격한 말이군요.”

“다 죽여도 상관없는 놈들. 하지만 곧바로 터뜨리지 않은 것은 틀림없이 잘한 일이야. 명백하게 옳은 선택이었지. 당신들이 그 정도 살업을 간단히 해치우는 악당들이었다면… 이렇게 도와주는 내 입장도 곤란해지지 않겠어?”

단운룡은 마력적인 미소를 지으며 말을 맺었다.

그 미소를 본 백가화는 딱히 대답할 말을 찾을 수가 없었다.

전부 다 죽여도 괜찮다고 이야기하는 한편, 사람을 함부로 죽여서는 안 된다 말한다.

파격(破格)과 정도(正道).

두 가지를 마음대로 넘나드는 자다.

그녀가 측량할 수 있는 남자가 아니다. 적어도 그것만큼은 분명한 사실이었다.

“슬슬 움직이자.”

염주암 쪽에서는 아직도 검은 연기가 올라오는 중이었다. 숲 그림자 속에 숨어 있던 그들이다. 근처에 아무도 없음을 확인한 단운룡이 그늘 위로 몸을 일으켰다. 남위 위원홍이나 오기룡, 그 정도 고수급의 기운은 이 숲 어디에서도 느껴지질 않았다.

"아직 위험할 텐데요."

"물론 위험하지. 추격은 끊기지 않았어. 조금이라도 더 움직여 놓아야 해."

그녀가 뭔가를 더 말하려 했지만 그대로 입을 다물 수밖에 없었다. 단운룡의 눈빛을 보았기 때문이다.

단운룡의 눈은 경험으로 충만한 눈이었다. 이러한 추격전이 무척이나 익숙해 보인다. 그녀 역시도 오랫동안 추격전을 경험해 왔으나, 단운룡의 그것에는 비하지 못할 것 같은 느낌이다. 그녀가 가진 직감이 그렇게 말하고 있었다.

사사삭!

두 사람은 우거진 숲 속을 빠르게 헤쳐 나갔다. 경계를 늦추지 않고 염주암 반대편을 향해 몸을 날렸다. 검은 연기가 올라오는 염주암 일대에서 최대한 멀리 떨어지려는 의도였다.

"목적지가 따로 있나?"

"있어요."

"어디지?"

“합장촌이요.”

“합장촌? 산기슭에 있는?”

“예.”

“합장촌이라. 양무의가 거기에 있는 건가?”

“아니요. 따로 만날 사람이 있어요.”

“따로 만날 사람이 있다니, 여유를 부리기엔 너무 먼 곳 같은데.”

“지금으로서는 어쩔 수 없죠. 원래는 광도를 이용하려고 했는데, 진로를 바꿔야겠어요. 십오번 광도 입구는 염주암 쪽에 있죠. 그리고 그쪽에는 남위가 있을 것이고요.”

“위원홍 때문에 계산 착오가 생긴 것이로군?”

“그래요. 모험을 하기엔 상대가 너무 안 좋네요.”

백가화는 광도로 이어지는 길을 포기하고 땅 위의 산로(山路)를 선택했다. 진로를 확정한 이상, 그녀의 발길엔 거침이 없었다. 숲의 진로에 대해서는 드러난 길부터 숨겨진 길까지 달인 수준이라 할 만큼 잘 알고 있는 그녀다. 중턱 곳곳에 진을 치고 있는 무인들이 보였지만, 그들은 결코 두 사람을 발견하지 못했다. 그만큼 두 사람의 움직임이 은밀한 까닭이었다.

“그나저나 뒤 한 번 돌아보지 않는군요. 참룡방주와 친분이 있는 것 같았는데… 걱정 안 되나요?”

한참 동안 말없이 산을 타던 두 사람이다. 백가화가 한 가지 생각났다는 듯 문득 고개를 돌리며 단운룡에게 물었다.

"걱정이라? 그럴 필요가 있는 건가?"

"그 위원홍이잖아요. 그의 무위에는 남해검제(南海劍帝)의 칭호가 아깝지 않다고요."

"이미 말했잖아. 행여나 죽기라도 하면 복수해 주겠다고."

"복수……!"

"그래, 복수. 복수해 주겠다 약속했으면 그걸로 된 거야. 지금 결과가 어떻게 되었을까 궁금해해도, 얻을 수 있는 것은 아무것도 없으니까."

백가화는 단운룡의 대답을 들으며 두 번 놀랐다.

복수해 주겠다. 첫 번째 놀라움이다.

단운룡의 이야기는 허풍이나 농담이 아니다. 그것은 진심이다. 그녀는 단운룡의 어조에서 그것이 진심이라는 것을 새삼 느낄 수 있었다.

궁금해해도 얻을 수 있는 것이 없다는 말. 두 번째 놀라움이었다.

말로만 그런 것이 아니라, 정말 그렇다. 입 밖으로 내놓는 목소리에 그 어떤 불안감도 깃들어 있지 않았다.

쉽지 않은 일이다. 그런 마음가짐은 그야말로 쉽게 지닐 수 있는 것이 아니었다.

참룡방주는 단운룡을 일컬어 친구라고 표현하지 않았던가. 또한 단운룡도 마찬가지로 참룡방주를 대할 때, 친분이 무척이나 두터운 태도를 보여주었었다.

친구라 부를 수 있는 사람이 위원홍과 맞붙을지 모른다?

누구라도 마음이 분산될 법한 일이다. 위원홍이 손속에 사정을 봐주었다면 모르겠지만, 만에 하나 위원홍이 진심으로 손을 썼을 경우 참룡방주의 무위로는 생사를 장담할 수 없다. 지금 이 순간 피를 흘리며 죽어가고 있을 수도 있는 것이다.

그런데도 단운룡은 흔들리지 않고 있었다. 걱정해도 소용 없음을 잘 알고 있을뿐더러, 걱정했던 사태가 일어난다 해도 딱히 문제될 것은 없다는 식이다. 이후의 일은 이후의 일. 결과가 좋으면 좋은 것이요, 결과가 나쁘면 직접 나서면 된다. 여기서 전전긍긍해 보았자, 마음만 산란해질 뿐이라는 뜻이다. 말은 쉬워도, 실제로 그런 마음가짐을 갖기란 어렵고도 어려운 일, 단운룡은 그처럼 어려운 일을 아무렇지 않게 해내고 있다. 보통 심력이 아니었다.

'대체 어디서 무엇을 배웠기에……!'

단운룡은 젊다.

백가화도 젊지만, 단운룡은 그녀보다도 두세 살 이상 더 어린 것 같았다.

그렇게 젊은 얼굴로 백전노장의 분위기를 풍긴다. 그 말투, 자연스러운 하대에 타고난 군림자의 기상이 깃들어 있었다.

"설마하니… 참룡방주가 위원홍을 이기리라 생각하고 있는 것은 아니겠죠?"

“그게 어때서?”

“어떻다니요?”

“이상한가? 싸움이라는 것은 해보기 전엔 모르는 거야.”

“어떤 싸움은 해보기 전에 결과를 알 수 있는 경우들도 있죠. 전 이미 위원홍과 가까이서 만난 적도 있어요. 참룡방주로는 이기지 못해요.”

“그거야 두고 봐야지.”

“과연 그럴까요.”

“그보다 지금 그쪽을 걱정할 때가 아니야. 낌새가 이상해.”

“낌새가 이상하다고요?”

“잠깐 멈춰봐. 공기가 바뀌었어.”

“난 아무것도 못 느끼겠는데, 무슨 소리죠?”

단운룡의 얼굴에는 전에 없이 긴장한 기색이 어려 있었다. 마치 위원홍의 접근을 알아챘을 때처럼 경계심을 한껏 끌어올린 표정이었다.

“대체…….”

“쉿!”

단운룡은 한 손을 들어 조용히 할 것을 종용했다.

단운룡의 눈이 뒤편의 숲으로 향했다. 숲에서 능선, 능선에서 골짜기, 감각을 최대로 끌어올리고 있다. 탐색의 시선이 사방을 훑어 지나갔다.

“넓게 포진했다. 준비하고 있었던 건가? 쥐도 새도 모르게 걸려들었군.”

작은 목소리로 중얼거린다. 백가화가 단운룡처럼 목소리를 죽인 채 두 눈을 크게 뜨며 되물었다.

“포진… 이라고요?”

“왜 눈치 채지 못했지?”

단운룡의 얼굴에는 자책감과 비슷한 것이 떠올라 있었다. 묘한 일이다. 백가화는 단운룡이 경고를 발한 지금까지도 아무런 이상을 감지하지 못하고 있었다. 이 정도라면 그 무엇이 있더라도 눈치 채지 못하는 것이 당연하다. 그럼에도 단운룡의 눈에는 뻔한 것을 놓쳤다는 아쉬움이 드러나고 있었다.

“무슨……?”

“최소 삼십. 적이다. 강적이야.”

이제 와 단운룡의 가슴속에 찾아오고 있는 것은 작지 않은 위기감이었다. 이 위기감. 아주 익숙한 감정이다. 오래전의 일들을 떠올리게 만드는 무언가가 있었다.

‘그때 같군.’

위원홍이라든지, 예전의 벽해마왕이라든지, 강력한 고수와 마주쳤을 때와는 또 다른 느낌이었다. 마치 저 오원 땅에서 느낀 것과 같았다. 오원의 산속이다. 오원의 숲 속이다. 산등성이에서 타가의 병사들에게 포위되었을 때, 깊은 숲 속에서 맹획의 무사들에게 뒤를 밟혔을 때, 그때와 다를 바가 없는 느낌이었다.

"가자, 여기서 벗어나야 해!"

단운룡은 재빨리 땅을 박찼다.

가장 위험이 적을 것 같은 쪽을 향해서였다. 직감이 그를 이끌고 있다. 이번에야말로 전력을 다해야 할지 몰랐다.

백가화는 영문도 모른 채 단운룡을 따라 몸을 날릴 수밖에 없었다. 단운룡은 전에 없이 서두르고 있었다. 합장촌으로 이어지는 길에서 한참이나 어긋난 방향이었으나, 그녀는 그런 것을 말할 겨를조차 없었다.

'대체 적이 어디에……?'

굉장한 속도로 내달린다. 순식간에 숲 하나를 빠져나왔다. 아무것도, 그 누구의 그림자도 보이지 않았다. 백가화의 두 눈이 의아함으로 물들었다.

하지만 단운룡의 두 눈에는 그녀가 볼 수 없는 수많은 것들이 비쳐들고 있는 모양이었다. 포위망의 돌파구를 찾고 있는 것 같다. 재빠르게 눈을 돌리며 갈 수 있는 길을 가늠하고 있다. 단운룡이 낭패한 얼굴로 그녀를 돌아보며 말했다.

"막혔다. 싸움을 피할 수 없겠어!"

어디가 막혔다는 것인가.

등성이 산길은 이처럼 넓게 뚫려 있고, 그 어디에도 사람의 인기척은 없었다. 그럼에도 단운룡의 얼굴에는 철의 장벽에 막힌 표정이 떠올라 있었다.

그녀가 참지 못하고 한마디 따져 보려 할 때였다. 귓전을 파고드는 소리가 있다. 불길하기 짝이 없는 소리였다.

워우우우우우!

그것은 한줄기 늑대의 울음소리와 같았다. 대지를 떠도는 사나운 들개가 거친 들판의 동료들을 끌어 모으는 소리다. 그녀의 눈에 날카로운 경계의 빛이 스쳐 지나갔다.

'이 소리는!!'

들어본 적이 있는 소리다. 절대로 잊을 수 없다. 백면괴인들, 가면을 쓴 괴인들이 퇴각할 때 들려왔던 소리와 조금도 다르지 않았다.

"……!!"

그들은 그야말로 갑자기 나타났다.

정말 땅에서 솟아나기라도 한 듯, 아무도 없던 산길에서 갑작스레 모습을 드러내고 있었다. 하얀색의 가면을 쓴 자들이다. 그리고 거기에 더해, 조금 다른 색깔의 가면도 보인다. 늑대일까, 개일까, 가면에 대해서는 잘 모르지만, 아마도 개의 형상이 맞을 것이다. 갈색과 검은색 문양, 들개의 문양이다. 들개, 견면(犬面)의 괴인들이 섞여 있었다.

사사삭!

그들의 움직임은 굉장히 은밀했고 대단히 빨랐다. 견면의 괴인들은 특히 더 그렇다. 백의 문사 차림의 백면괴인들과 달리, 흑갈색 가죽 갑주를 걸친 자들이었다.

하나둘, 점점 더 숫자가 불어난다.

앞뒤, 양옆으로 계속해서 늘어나고 있었다. 아무것도 느끼지 못했었는데 어떻게 이렇게 많은 숫자가 나타나는지 알 수가 없었다.

'십, 이십, 삼십……! 사십 명은 족히 넘겠구나……!'

오십 명을 채울 듯한 인원수였다. 너무나, 너무나도 많다. 장벽에 막힌 듯한 표정을 지었던 단운룡의 얼굴을 이제야 이해할 수 있을 것 같았다.

저벅, 저벅.

몸을 굳히고 있는 단운룡과 백가화. 백가화의 고개가 한쪽으로 돌아갔다. 한 발 한 발에 강력한 무게가 실려 있다. 그녀의 눈에 헌칠한 체구, 뛰어난 기도를 보이고 있는 남자의 모습이 하나 가득 비쳐들었다.

가면을 쓴 자다. 하나 그 가면은 다른 괴인들의 가면과 판이하게 달랐다.

쓰고 있는 가면이 무척이나 화려했다. 화려한 것은 가면만이 아니다. 입고 있는 복식 전체가 고풍스럽기 짝이 없다. 은회색 얇게 만들어진 경장 갑주가 가슴 전면을 감싸고 있는 가운데, 선도(仙道) 도교의 문양들을 연상케 하는 기이한 도형들이 촘촘하게 새겨져 있었다.

등 뒤로는 길쭉한 장병 하나를 둘러메었고, 양팔에는 흑색의 비구(臂具)까지 장비했다. 특이한 것은 손이다. 백색의 수투(手套:장갑)로 손까지 가려놓았다.

목까지 올라오는 상의의 옷깃에, 몸 전체에 드러난 부분이 한곳도 없다는 이야기다. 심지어는 머리카락까지 감추어진 상태다. 얼굴을 가린 가면 위로 투구까지 쓰고 있는 까닭이었다.

결국 가장 인상적인 것은 목 위쪽이다. 붉은색 늑대 형상, 어쩌면 그것도 개 형상일지 모른다. 개와 비슷한 모양의 투구 아래 군사를 호령하는 흑면 장군의 얼굴이 형상화되어 있었다. 수염 없는 장수의 모습이었다. 부리부리한 눈 두 개 위쪽, 이마에는 또 하나의 눈이 그려져 있다. 그 밑으로 이어지는 검은색 선들은 장군의 위엄을 상징하고 있었다.

저 가면을 뭐라고 불렀던가.

유명한 가면이다. 천계의 장군 누구의 가면이라 했었을 것이다. 관심이 없어서 대충 스쳐 보냈지만, 백가화는 분명 그 가면을 본 기억이 있었다. 어느 지방, 어디쯤에서 성행하고 있다는 가면극에서나 일부 유행하는 경극(京劇)에서 자주 쓰이던 가면이 틀림없었다.

저벅.

범상치 않은 모습으로 한 발 더 다가온다. 그가 투구 쓴 머리를 한번 갸웃거리더니 뭉개진 듯 괴이한 목소리를 발했다.

"이제야 만나는군. 철혈신녀 백가화여."

백가화의 미간이 가볍게 좁혀졌다.

놀라운 일이다. 여태껏 가면 쓴 무리들을 대적해 오면서,

백가화는 그들이 비명이나 신음 소리 이외에 다른 목소리를
내는 것을 한 번도 들은 적이 없었다. 아니, 비명 소리나 신음
소리마저도 들어본 일이 없는 것 같다. 이들은 기본적으로 그
어떤 목소리도 내지 않는 자들이라 생각했었던 것이다.

"들킬 리가 없었는데. 알아채다니, 예상 밖이었다."

다시금 말을 잇는 괴인이다.

역시나 이상하다. 가면에 막혀서만은 아닐 것이다. 무슨
수를 쓴 것인지 목소리가 무척이나 기이했다. 고저가 없음은
물론이요, 눌러놓은 듯 귀에 거슬리는 목소리였다. 몸 전체에
밖으로 드러나는 부분이 없는 것처럼, 본연의 목소리를 감추
려는 의도일지 몰랐다.

"비흑주(秘黑呪)는 어떻게 간파했지? 네놈은, 술사(術士)인
가?"

비흑주.

'주(呪)'라 함은 주문에 관련된 비술들을 통칭하는 말이었
다. 괴인의 말은 곧, 비흑주라는 주술을 쓰고 있었단 뜻으로
풀이할 수 있을 것이다. 그리고 그것은 아마도 이 수많은 가
면괴인들의 기척을 지우는 데 쓰였던 것이리라.

"술법 같은 것은 모른다."

"그렇다면, 넌 누구냐?"

"누구일 것 같나?"

수많은 적들에게 둘러싸인 상황이다. 더욱이 이 장군 가면

의 괴인은 그 독특한 행색처럼 보기 드문 고수임이 틀림없었다. 그런데도 단운룡은 전혀 위축되지 않고 있다. 단운룡의 반문에 장군 가면의 괴인이 고개를 쳐들며 말했다.

"적어도, 양무의는 아니겠지."

장군 가면의 괴인이 말을 맺고는 왼손을 등 뒤로 돌렸다. 철컥, 하고 등 뒤에서 풀려 나오는 병장기가 있다. 장병, 창대 끝에 세 줄기 양날이 선 삼첨양인도(三尖兩刃刀)였다.

'이거, 위험한데.'

순속으로도 될까 모르겠다.

이자는 그만큼 강하다.

삼첨양인도에 주입되는 기력을 피부로 느낄 수가 있었다.

위원홍에 비하자면 아직 완성되지 못한 자라고 하겠지만, 그것은 어디까지나 비교 대상을 위원홍으로 잡았을 경우에 한해서라 할 것이다. 본능적으로 알 수 있다. 이자의 무력은 굉장한 수준이다. 순속으로도 승리를 장담키 어려운 자라고 한다면, 그것만으로도 위험도는 충분하고도 남는다.

'그뿐이 아니야.'

주변에 늘어선 놈들까지도 만만치가 않았다. 굳이 돌아볼 필요도 없다. 장군 가면의 바로 옆에 선 백면괴인 하나만 해도 느껴지는 기세가 어지간한 무인들을 한참이나 뛰어넘고 있었다.

"당신들, 대체 정체가 뭐지?"

싸움도 하기 전에 절체절명이란 단어를 느끼고 있을 때다. 질문을 던진 목소리는 백가화의 것이었다.

정체를 감추기 위해 가면까지 둘러쓴 자들.

그녀는 바보가 아니다. 애초부터 대답을 기대하고 던진 질문이 아니었던 것이다.

돌파구를 찾아낼 시간을 끌기 위해서다. 즉각적인 전투보다 생각할 시간을 벌기 위해서란 말이다. 하지만 장군 가면의 반응은 예상외였다. 가면 안쪽에서 흘러나온 것은 비웃음 대신, 고저 없는 목소리로 발하는 순순한 대답이었던 것이다.

"우리는, 발견하는 이들이다."

"발견하는 이들이라고?"

반문은 백가화가 아닌 단운룡에게서 나왔다. 가면이 다시 단운룡 쪽으로 돌아갔다.

"사람들은 스스로 자신 안에 감춘 진정한 모습을 알지 못한다. 우리는 그것을 발견해 왔고, 그것을 밖으로 표출해 왔다."

"무슨 소리냐. 그 가면 쪼가리를 통해서 말인가?"

"모든 얼굴은 이미 가면이다. 우리의 가면은 마음과의 표리일체, 너희들과 같은 자들은 이를 평생토록 이해하지 못할 것이다."

"이해하고 싶지도 않아. 네놈들, 용건이 뭐냐?"

"간단하다. 양무의의 행방. 말하라."

"말해줄 것 같나?"

"말하지 않으면 죽이겠다."

"찾아서 뭘 하려고. 설마하니, 그 요사스런 가면을 씌우겠다는 것은 아니겠지."

"우리는, 그를, 오랫동안 지켜봐 왔다. 그라면 표와 리, 합신(合神)의 이치에 닿을 수 있을 터, 그만한 인재가 인세(人世)에서 썩고 있음을 방치하는 것은 그것만으로 천신(天神)의 도리에 벗어나는 죄악이라 할 것이다."

그저 비꼬듯 넘겨짚었을 따름이다. 하나 장군 가면의 대답은 예상외였다.

탐내는 것은 양무의. 그 하나를 뜻함이다. 그의 이야기를 들은 백가화가 두 눈을 치떴다. 분노한 목소리, 그녀가 단운룡을 돌아보며 말했다.

"거짓말이에요! 저들은 그동안 우리 둘에게 악랄한 살수를 써왔죠. 누구를 데려간다 말할 수 있는 자들이 아니에요."

"뭔가 잘못 알고 있군. 이쪽에서 살수를 가했던 것은 두 명이 아니다. 철혈신녀 백가화, 척살 대상은 단지 한 명뿐이었다."

"……!!"

"구주창왕의 비전을 얻었다고 천신의 의중조차 가늠하지 못한 채 날뛰는 여자 따위, 우리는 필요로 하지 않는다."

백가화의 눈에 분노의 불꽃이 깃들었다. 당장이라도 치고 나갈 듯, 백룡창 자루를 굳게 쥔다. 장군 가면의 고개가 다시금 단운룡에게 돌아갔다. 그가 말했다.

"더 이상의 문답은 무용하다. 양무의의 행방을 말하라. 여기서 낭비하고 있을 시간이 없다."

"시간이 없다? 순순히 말해줄 것이라고 생각한 것은 아니겠지."

단운룡의 대답에 장군 가면의 고개가 가볍게 끄덕여졌다. 마치 사형선고를 내리는 판관처럼, 가면 안쪽으로부터 고저 없는 목소리가 흘러나왔다.

"그렇다면, 죽어라."

가면의 움직임은 즉각적이었다.

그 어떤 망설임조차 깃들어 있지 않다. 순식간에 삼첨양인도를 내쳐 오는데 불과 같이 사나운 기운이 삼첨양인도 세 개의 날 끝에 하나 가득 담겨 있었다.

'곧바로 살수. 마도(魔道)의 무리들이로군!'

삼첨양인도에 실린 의도는 명백했다.

치명적인 급소만을 노리고 찔러온다. 반드시 죽이고 말겠다는 살기가 저절로 전해져 왔다.

살기를 품은 것은 삼첨양인도만이 아니었다. 장군 가면, 우두머리가 달려드는 것과 동시에, 늘어서 있던 가면의 괴인들 일부가 땅을 박차고 있었다. 백가화를 잡기 위한 인원수, 열 명의 그림자가 일제히 땅 밑을 갈랐다.

'순순히 죽어줄 수는 없지.'

죽이고자 하는 의지가 얼마나 강한지는 모르겠지만, 거기에 간단히 당할 단운룡이 아니다.

단운룡의 상체가 가볍게 뒤로 빠졌다 올려 치는 손에 극광추, 삼첨양인도의 창대가 걸려들었다. 경력과 경력이 부딪치며 강렬한 충돌음이 터져 나왔다.

터어엉!

극광추, 광극진기가 한껏 실려 있었던 손목이 찌릿찌릿 울리고 있었다.

이 일합만으로도 알겠다.

이자는 진실로 강하다. 이미 순속의 구결을 발동한 상태, 발동 시간 내에 해치울 수 있을지 장담을 할 수가 없었다.

쐐액!

허리 쪽으로 들어오는 삼첨양인도를 피해내며 오른손 손날을 곧게 세웠다. 극광추에서 광검결로의 전환이다. 중단에서 상단으로, 삼첨양인도가 단운룡의 목을 노리고서 짓쳐들었다.

까아앙!

찢어질 듯한 금속성이 터져 나왔다.

삼첨양인도 칼날 끝을 단운룡의 맨손이 가로막고 있었다. 아슬아슬했던 순간이다. 장군 가면의 괴인이 삼첨양인도를 거두며 고저 없는 목소리에 처음으로 한줄기 감정을 실어냈다.

"손으로 막다니……."

감탄과 놀라움이다. 하지만 그 감정의 폭은 결코 크지 않았다. 다시금 뒤로 돌려 휘둘러 온다. 빠르고 강하다. 단운룡의 손, 광검의 비결을 담은 수검(手劍)이 삼첨양인도 날카로운 칼날과 커다란 충돌을 일으켰다.

까앙!

다시 한 번 금속성이다.

만만치 않다. 손날 한가운데, 아릿한 통증까지 느껴진다. 베인 상처, 피가 흐르고 있었다. 광검결, 보검의 검날에 금이 간 것이었다.

'상처를 냈다 이거지…….'

단운룡의 눈이 번쩍 빛났다.

그때였다.

귓가에 들려오는 소리가 있다.

그것은 적들을 맞이하는 백가화의 기합성도, 백룡창이 만들어낸 금속성 충돌음도 아니었다. 전혀 다른 소리다. 처음에 들렸던 소리, 짐승의 울음소리였다.

타탓!

장군 가면의 괴인이 뒤쪽으로 물러난 것은 소리가 들려온 직후였다. 삼첨양인도를 겨눈 채 소리가 들려온 쪽을 향해서 고개를 돌린다. 거칠게 짖는 소리에 이어 또 한 번의 울음소리가 들려오고 있었다.

컹! 컹! 워우우우우!

"효천견(曉天犬)이 냄새를 찾은 모양이로군! 진짜는 그쪽이라는 것인가……!"

말과 함께 발을 돌린다. 삼첨양인도까지 거두어들이고 있었다. 단운룡이 눈썹을 치켜 올리며 물었다.

"도망치는 게냐?"

"도망이라니. 말조심하거라."

"싸움은 아직 끝나지 않았을 텐데."

"내가 자리를 뜬다 해도 네놈이 죽는다는 사실은 변하지 않는다. 네놈의 무덤은 바로 여기다. 절대로 살아날 수 없을 것이다."

"짐승의 후각에 의존하는 놈들인지는 몰랐군."

"짐승이 아니다. 효천견의 능력은 인간 이상이야. 내재된 모습을 발견하지 못하는 우매한 인간들. 거기에 비하자면 열 배 이상이라 봐야 할 것이다."

"어찌 되었든 승부를 가리지 않겠다는 말이렷다."

"애초부터 가릴 만한 승부는 없었다. 양무의의 행방을 알게 된 이상, 너희 둘은 이제 아무런 곳에도 쓸모가 없다. 견랑단(犬狼團) 견면뢰(犬面儡), 백뢰단(白儡團) 백면뢰(白面儡)들이여, 이 둘을 주살하고 천신의 의지를 실현하라!"

백면의 괴인들과 견면의 괴인들이 동시에 오른손을 들어 왼쪽 손목을 감싸 쥐었다. 변형된 포권이다. 존명의 뜻을 발하는 그들만의 예법인 모양이었다.

　장군 가면의 괴인이 몸을 날리고, 단운룡이 그 뒤를 쫓아 땅을 박찼다. 하지만 단운룡은 그를 쫓아갈 수가 없었다. 주변에 있던 백면과 견면의 괴인들이 거리를 좁히며 단운룡의 앞을 가로막은 까닭이었다.

　'셋!'

　양옆과 정면. 공격권 안에 들어온 것은 세 놈이었다.

　단숨에 돌파할 요량으로, 몸 전체를 회전시키며 마광각을 펼쳐 냈다. 강렬한 경풍이 주변을 휩쓸었지만, 발끝에 걸리는 것이 아무것도 없었다. 가로막은 적들이 단운룡의 마광각을 전부 다 피해냈다는 이야기다. 단운룡의 두 눈에 번뜩이는 기광이 스쳐 지나갔다.

　'이놈들……!'

　급하게 펼쳤다고는 하나 순속의 힘이 실린 마광각이다. 그런데도 피해냈다. 이들의 무공이 보이는 것 이상이라는 뜻이었다.

　쐐액! 쐐애액!

　물러섰다 달려드는 견면 괴인들의 양손에는 두 자루의 곡도(曲刀)가 들려 있었다. 늑대의 이빨처럼 완만하게 굽어진 곡도다. 대도보다는 짧고 얇았으되, 단도라기엔 길다. 빠르고 사나운 무공, 상당한 기세의 반격이었다.

　챙! 채채챙!

굳건하게 땅을 밟고, 양손을 휘두른다. 양쪽에서 들어오는 네 자루 곡도에 단운룡의 두 손이 얽혀들었다. 부딪치는 일격마다 날카로운 금속성이 울려 나온다. 곡도에 맞서는 쌍검, 광검결 쌍검식이었다.

'만만치 않다. 이런 놈들이 있었다니……!'

광검결을 뿌려대고, 왼손을 오므리며 정면을 향해 강력한 일격을 더했다. 뻗어나가는 극광추 경력에 앞에 있던 견면 괴인이 절묘하게 재주를 넘으면서 뒤쪽으로 몸을 피했다.

짐승처럼 본능적인 움직임이나, 또 그 안에 묘한 법식이 있다. 독특하기 짝이 없는 신법이었다.

'그녀는……?'

짓쳐드는 곡도 두 자루를 광검결로 튕겨내고 몸을 돌렸다. 돌아가는 단운룡의 시야 한 켠에 백룡창을 휘두르는 백가화의 모습이 비쳐들었다. 격하게 움직이는 백가화의 신형 옆으로 쓰러져 있는 두 명의 백면괴인들이 보였다. 단운룡이 장군 가면의 괴인과 싸우기 시작했을 때부터 지금까지, 고작 두 명밖에 쓰러뜨리지 못한 것이다.

'감이 안 좋더라니까.'

단운룡이 광극신법을 운용하며 백가화를 향해 몸을 날렸다. 팔방으로 백룡창을 휘두르는 백가화. 움직임이 경쾌하지 않고 무거워 보인다. 뒤를 받쳐 주지 않았다가는 오래 버티지 못할 모양새였다.

파락!

단운룡의 신형이 짓쳐든 곳은 백가화의 후방이었다. 백가화의 등 뒤를 공격하고 있었던 백면괴인들 가운데로 급격하게 파고든다. 땅에 때려 박는 발바닥, 작렬하는 진각으로 허리와 몸통이 들어간다. 어깨와 등판에 광극진기가 집결되어 터져 나갔다.

터어엉!

가면의 괴인들에게 둘러싸인 이래, 최고로 깨끗하게 들어간 공격이다.

단운룡의 입장에서는 회심의 일격이자, 백면괴인들에게는 불시의 일격이라 할 수 있을 터. 백면의 괴인들 두 명이 한꺼번에 튕겨 나간다. 몸을 돌린 단운룡과 백가화의 눈빛이 허공에서 교차했다. 단운룡에게 등을 맡긴 백가화가 다급한 어조로 소리쳤다.

"그자가 어느 쪽으로 갔죠?"

단운룡의 눈이 순식간에 숲과 나무를 훑었다. 땅을 밟고 측면을 향해 마광각을 내차면서다. 방향을 가늠한 단운룡이 짧게 답했다.

"동북!"

"동북……!"

동북쪽, 되받아 말하는 백가화의 목소리엔 위기감이 한껏 담겨 있었다. 거기서 단운룡은 눈치 챌 수 있었다. 백가화의 불안감은 다른 것이 아니라는 것을 말이다.

'그놈, 제대로 갔다는 것이로군!'

백가화의 얼굴이 굳어진 이유는 하나밖에 없다. 장군 가면의 괴인이 제대로 짚었다는 것을 뜻한다. 양무의. 동북쪽에 있는 것은 양무의다. 효천견인지 뭔지는 모르겠지만, 그 짐승의 울음소리를 따라 몸을 날린 방향에 양무의가 있다는 뜻이었다.

"당장 돌파해야 돼요. 가능하겠어요?"

등을 맞댄 뒤로부터 백가화의 목소리가 들려온다.

그녀의 마음을 이해할 수 있다.

급하기도 급할 것이다. 양무의에게 닥칠 위험으로 불안해하는 기색이 뒤에 맞댄 등으로부터 역력하게 전해오고 있었다.

그러나 그녀가 걱정할 것은 양무의가 아니었다.

당장 그녀가 처한 상황이 훨씬 더 위험하다. 그쪽으로 가버린 장군 가면의 남자도 만만치 않았지만, 여기 있는 이놈들도 약한 놈들이 아니었다. 더군다나 이들의 숫자는 오십 명에 가깝다. 빽빽하게 늘어선 공간을 생각하자면 그 어디에도 돌파할 길이 없어 보였다.

쐐액! 채채챙!

막아내기가 점점 힘들어지고 있었다.

백면의 괴인들도, 견면의 괴인들도 줄어들질 않고 있다. 너무 많아서 줄어들지 않는 것이 아니라 실제로 쓰러뜨리질 못하는 거다. 광검결로 공격을 막고 극광추를 꽂아 넣으면 그만일 텐데, 결정적인 순간마다 다른 놈들이 달려들어 마지막 일격을 방해하고 있다. 일 대 일로 싸우자면 충분히 이길 수 있는 놈들이었지만, 여럿을 한꺼번에 상대하려니 도무지 해결점이 보이질 않았다.

텅! 스각!

다소 무리를 해서 마광각을 날리고, 몸을 반전시키면서 광검결 수검을 휘둘렀다. 미처 막지 못한 견면 괴인 하나가 베어진 가슴으로 피를 쏟으며 꼬꾸라졌다.

겨우 한 놈 쓰러뜨렸다?

그 다음 순간 닥쳐온 것은 막아내기 힘든 위기였다. 양 측면, 머리 위 상방에서까지 삼면으로부터 날카로운 공격이 쏟아져 들어왔던 것이다.

'큭!'

오른쪽 측면에서 들어오는 곡도를 광검결로 후려치고, 왼쪽에서 들어오는 백면괴인의 손목을 발끝으로 막았다. 위에서 내려치는 곡도에는 진기를 모으며 그대로 등을 들이댔다. 연녹색 유삼 자락을 쫙 찢어내며 파고드는 곡도다. 차가운 곡도가 살갗에 닿는 순간이다. 등과 어깨로 폭출되는 진기의 태풍이 있었다. 철갑의 비기, 광혼고였다.

쩌엉!

믿을 수 없는 일이었다. 내리꽂는 곡도는 단운룡의 등허리를 갈라내지 못했다. 거대한 망치에 부딪치기라도 한 듯 튕겨 나간 것이다. 터져 나온 금속성도 놀랍다. 마치 광검결에 막힌 듯한 금속성이었다.

광검결이나 광혼고나.

기본적으로 같은 속성이라는 뜻이었다.

결국은 하나인 것이다. 광극진기를 집결시켜 신체 일부를 보검의 강도로 만드는 데 그 뿌리가 있다. 광검결은 그것을 검날로 유지시켜 휘두를 수 있게 만든 것, 광혼고는 일격에 넓은 범위로 발출할 수 있다는 점이 다를 뿐이었다.

'이래서는……!'

어떻게 막아내긴 했다만, 한 놈 쓰러뜨린 것으로 이렇게나 아슬아슬할 정도라면 이야기는 다 했다. 이 숫자를 전부 다 물리치는 것은 절대적으로 무리였다.

죽는다.

장군 가면의 말마따나, 이곳이 무덤이 될 수도 있다. 뭔가 방법을 내지 않으면 이대로 죽을 수밖에 없는 상황이었다.

쐐액! 쐐애액!

견면 괴인이 쏟아내는 곡도와 곡도 사이로 백면괴인들의 장검이 쳐들어온다. 광검결로 장검을 비껴 막고, 극광추를 뻗어내려 했다. 안 된다. 곡도 두 자루가 내려오며 다리와 허리를 베어온다. 단운룡의 눈 속에 낭패의 빛이 깃들었다.

‘또다시 막혔다. 조금만, 조금만 더 빨랐어도……!’

하나와 오십.

그것은 한끝 차다.

광검결에서 극광추까지. 이 연환타만 이어져도 살길은 열린다.

모든 것은 하나와 그 다음 하나에서 시작되는 법이다. 상대가 오십 명이라고 하여 오십 배의 힘이 필요한 것은 아니라는 이야기였다.

일격을 내쳐 막고 무리없이 반격을 이어갈 수 있다면 그것으로 뚫을 수 있다. 다음 놈이 방해해 들어오기 전에 몰아쳐서 해치울 만한 속도만 있어도 충분하다는 뜻이었다.

“어떻게 안 되겠어요?”

재촉하는 목소리가 들려온다.

어떻게 안 될까.

단운룡이 느끼는 바도 그녀와 다를 바가 없다.

이 상황을 타개할 방법.

단운룡의 마음속에서 한줄기 뇌전(雷電)이 번뜩였다.

방법이 아주 없는 것은 아니다. 아니, 이 방법밖에 없다.

염주암에서 생각했던 세 번째 방법.

그 뇌전이 단운룡의 눈 속에 깃든다. 단운룡의 입에서 백가화의 질문에 대한 대답 대신, 하나의 반문이 터져 나왔다.

“무거운 것을 들고 뛰는 것, 할 수 있나?”

“뭐라고요?”

“사람 하나를 들쳐 업고서 경공을 펼칠 수 있냐는 말이다!”

“그것은……?”

“가능하겠지?”

“가능하냐고요? 사람을 들고 뛰는 것이라면 자신있는 일이죠!”

시원스런 대답이었다.

단운룡의 입가에 진득한 미소가 스쳐 지나갔다.

‘가장 자신있는 일이라.’

그렇다. 틀림없는 이야기였다.

이 산속에서 철운거를 들고 뛰던 그녀 아니었던가.

그러고도 그녀는 빨랐다. 사람 하나 들쳐 메고 달리는 것쯤, 문제될 것이 없으리라.

“잠시만 시간을 벌어줘.”

단운룡이 백가화의 등 뒤로 딱 붙었다. 광검결로 두 자루 곡도를 튕겨내고 몸을 웅크린다. 단운룡의 전신이 가볍게 떨리기 시작했다. 심상치 않은 변화를 느낀 그녀가 멈춰 있는 단운룡의 주위를 한 바퀴 돌며 팔방으로 백룡창의 백광을 뿜어냈다. 주먹을 쥔 채 몸을 숙인 단운룡의 입에서 억눌린 듯한 목소리가 흘러나왔다.

“지금부터다. 적들을 섬멸할 테니, 내가 멈추면…….”

우우우웅, 파지직!

머리에서 발끝까지, 기이한 소리가 단운룡의 몸을 타고 흐른다. 고개를 드는 단운룡이다. 단운룡이 마지막 한마디를 남겨놓았다.

"그때는, 지체없이 날 잡고 뛰는 거다."

파직, 파직!

달라붙어 움직일 줄 모르던 유삼 자락이 한순간 뻣뻣하게 일어서고 있었다.

온몸을 둘러친 무언가가 있다. 눈에 보이지 않으나, 눈에 보이는 것처럼 뚜렷하게 알 수 있는 기운이다.

"후읍!"

단운룡이 숨을 들이켰다.

그리고 땅을 박찼다.

꽈아앙!

폭발이 일어났다.

터져 나온 것은 엄청난 양의 핏물이다. 견면 괴인의 어깨가 통째로 날아가고 있었다.

파지지직!

무시무시한 경기가 사방을 채운다.

타는 듯한 매캐한 냄새가 코끝을 스쳤다.

회전하는 움직임, 돌아서서 짓쳐 가는 움직임이 잘 보이질 않았다. 사라졌다 싶은 순간 단운룡은 다음 위치에 있다.

우웅, 파직! 파지지직!

그 몸을 둘러친 것은 뇌전의 철갑이었다. 뇌전의 기운을 손바닥에 모아 극광추를 내친다. 백면괴인의 머리가 일격에 터져 나가는 것이 보였다.

'이럴 수가……!'

소름이 돋는다.

백가화는 진실로 자신의 눈을 믿을 수가 없었다.

풀밭을 박차는 단운룡의 발끝에서. 한줄기 가느다란 연기가 피어올랐다. 발끝을 스쳐 간 풀줄기가 타고 있었다.

뇌전이 불러온 무서운 열기였다. 매캐한 냄새도 그와 같다. 극광추로 한 놈의 옆구리를 뚫는다. 근육이 타는 냄새, 핏물이 증발하는 냄새다. 단운룡의 손바닥을 타고 흐르는 뇌기(雷氣)가 그녀가 경험할 수 없었던 영역을 보여주고 있었다.

'저런 무공이……!'

쩌정! 퍼어억!

손날을 휘둘러 곡도 두 자루를 한꺼번에 꺾어놓고 발끝을 올려 차 가슴을 박살 냈다. 삽으로 흙덩이를 퍼내 던지는 것처럼, 부러진 갈비뼈와 장기가 그 발을 따라 공중으로 치솟았다. 사람의 육체가 저렇게도 부서질 수 있었던가. 형언키 어려운 광경이다. 숱한 싸움을 겪어온 그녀였지만 저런 식으로 망가지는 육신은 이제껏 본 적이 없었다.

'그대로 부숴 버리는구나!'

지나치게 잔인한 손속이다?

백가화는 그런 것을 느낄 겨를이 없었다.

저건 잔인하다거나, 악독하다거나 하는 문제가 아니다. 누가 봐도 알 수가 있다. 저것은… 그렇다. 제어가 안 되는 종류다. 저 정도 힘, 저 정도 속도. 저 영역은 인간의 영역이 아니다. 스쳐 맞추기만 해도 터뜨려 버리는 것이다.

백가화의 머리 속에 한 가지 생각이 스쳐 지나간다.

'저걸 의지대로 제어할 수 있다면, 그것이 곧 무적(無敵)!!'

땅을 밟고, 땅을 태운다.

한 발을 축으로 돌아가며 뇌전의 기운을 흩뿌린다. 마광각, 마왕익의 각법이 두 명의 견면괴인을 훑어내고 지나갔다.

첫 번째는 머리다. 퍼석! 하고 가면째로 부서진다. 두 번째 놈은 그나마 머리가 아니다. 박살난 것은 어깨다. 팔 한쪽이 떨어져 나갈 듯 매달려 있는 것이 신기하다. 튕겨 나가는 괴인의 발밑으로 살점과 핏물이 붉은색 수를 놓았다.

거기까지만 해도 굉장하다. 그 이상이 없을 만큼 굉장했다.

하나 놀라움은 그것으로 끝이 아니었다.

단운룡의 움직임은 신들림 그 자체였다. 괴인들의 한가운데로 뛰어들어 두 발을 대지에 박아놓는다. 어깨 위로 한껏 편 두 팔, 양손으로 모여드는 진기가 있다. 번쩍이는 뇌전으로 눈에 보일 만큼 강력한 진기였다.

파직!! 파지지지직!

활짝 편 양손이 명치 앞에서 모였을 때다. 강대한 충격파가
터져 나온 것은 바로 그 직후였다.

꽈아아아아앙!

범위는 넓지 않았다. 반경으로 세 걸음 정도 될까.

후드득, 하고 공중에서 떨어져 내리는 것은 박살난 인간의
육체 조각이었다. 세 명, 세 명이다. 몰려 있던 세 명이 그대
로 부서져 내리는 순간이었다.

이어지는 폭음과 이어지는 충격음.

난무하는 거대한 힘의 향연 앞에서 가면을 쓴 괴인들은 저
항할 도리가 없는 꼭두각시들과 같았다. 반 다경, 아니, 반 다
경도 되지 않는다. 학살에 가까운 그 뇌전의 폭풍이 멈춘 것
은 그 시작처럼 갑작스럽기만 했다. 시체 더미 한가운데에서
단운룡의 몸이 한순간 딱 멎어버린 것이다.

죽은 자는 삼십, 아니, 사십에 가깝다.

서 있는 백면의 괴인들이 열 명 남짓이다.

백가화 혼자만으로도 싸울 수 있을 만한 숫자.

아니다.

단운룡은 멈추는 순간, 그를 잡고 뛰라 했었다.

부탁을 받았으니 지킬 수밖에 없다. 그녀가 몸을 날려 단운
룡의 허리춤을 잡아챘다. 마치 철운거를 들고 뛸 때처럼, 가
볍게 감아 올려 어깨 위로 들쳐 메었다.

어깨 위에서 축 늘어진 단운룡이다. 그녀는 직감적으로 알

수 있었다. 단운룡은 이제 더 이상 움직일 수 없다는 사실을.

그 육체로는 단 일합, 일초도 펼쳐 낼 수 없다. 늘어진 어깨 위로 전해지는 근육들의 경련이 더 이상 싸울 수 없다는 것을 무엇보다 잘 알려주고 있었다.

텅!

백가화의 발이 땅을 박찼다. 바람에 온몸을 내던진다. 최대한으로 펼치는 경공에, 뒤쪽으로 따라붙는 적들의 기척을 느낄 수 있었다.

'이토록 강했다니.'

섬멸.

단운룡은 섬멸이라는 단어를 썼다.

맞는 표현이다.

적들로 막혀 있었던 사방이 이제는 넓고도 넓게 뚫려 있었다. 적을 섬멸하는 것이 단운룡의 몫이었다면, 이제 이곳을 벗어나는 것은 그녀의 몫이다. 방향을 꺾고 꺾으며 발끝에 힘을 더한다. 그녀의 앞으로 불산의 가사 자락, 우거진 숲이 열리고 있었다.

"크으윽!"

지치는 정도가 아니다.

온몸이 타는 듯 뜨겁다. 하얗게 타다 만 재가 되어 부스러져 내릴 것 같았다.

“괜찮아요?”

여인의 목소리는 멀리서 들리는 듯 아련하기만 하다.

누군가? 아, 알겠다.

백가화다. 백가화의 목소리가 머리 위에서 들리고 있었다.

“크으……”

누워 있는가. 그렇다. 누워 있다. 언젠가처럼 땅바닥 위에 길게 뻗어 있었다.

정신을 잃었던 모양이다.

눈을 떠본다. 깜빡, 시야가 흐릿하다.

눈앞이 잘 보이질 않는다. 나무, 풀, 숲이다. 아직 밤이 오지 않았지만, 짙은 그림자로 어둠이 내린 숲이었다.

숲. 왜 여기에 있는가. 왜 온몸이 타는 듯 고통스러운가.

기억을 더듬어 올라간다.

염주암. 가면의 괴인들.

어디가 망가지진 않았다. 금세 떠오르는 것을 보면.

신풍. 광신마체.

버텨보려 했지만 쉽지 않았다.

순속.

순속으로 뚫을 수 없었다. 그대로면 죽을 만큼 위태로웠다.

그리고……

뇌신(雷神). 뇌신이다.

‘그래, 그걸 발동했었지.’

하나씩 끊겼던 것이 이어지고 있다.

조각이 맞춰지듯, 단운룡의 머리 속에 기억의 편린들이 하나의 그림을 만들어냈다. 몇 번 더 눈을 감았다 뜨는 단운룡이다. 단운룡의 입에서 힘없는 목소리가 흘러나왔다.

“옷 속에…….”

“예?”

“이 안쪽 앞섶을…….”

“뭐라고요?”

“여기… 안쪽에 종이가 한 장 있다. 그걸 꺼내봐.”

두 눈을 동그랗게 뜬 백가화다. 겨우겨우 알아듣고서 단운룡의 유삼 앞쪽을 들춰본다. 단운룡의 말마따나 여러 번 접힌 한 장의 종이가 옷자락 안쪽에 꽂혀 있었다. 무슨 단약(丹藥)이라도 싸놓은 것일까, 그녀가 재빨리 그 종이를 꺼내 들었다.

“가져가. 그거.”

“가져가라고요?”

“그래.”

“이게 뭔데요?”

“마차를 구해놓았다. 화도(花都)까지 가서, 거기에 적힌 대로 황색 깃발 마차를 찾아. 어디든, 몸을 숨길 수 있을 거다.”

단운룡의 말에 백가화의 놀라움이 더욱더 커진다. 그녀가 곧바로 접혀진 종이를 펴보았다. 마차에 관한 것, 그것은 그저 일부일 뿐이다. 단운룡이 산을 내려가 이틀 동안 준비했던 것이 바로 그 종이 안에 가득했다. 불산에서 화도까지 빠져나갈 수 있는 도주로가 빽빽한 글씨로 상세하게 기술되어 있었던 것이다.

"어떻게 이런 것을……!"

"만에 하나… 동행이 어려울 때 주려고 했었다. 예상과는 다른 방식이 되었지만……."

등줄기를 타오르는 고통에 이를 악문다.

단운룡이 눈을 질끈 감았다 뜨며 말했다.

"가라."

"예?"

"가란 말이다."

"가라고요?"

"양무의에게. 당장."

"……!"

저건 놀라는 표정이 맞을 것이다.

백가화의 얼굴이 자꾸만 두 개로 갈라져 보이고 있다.

왜 놀라나. 당연한 이야기를 하고 있는 마당에.

"가야 하는 것 아니었나? 여기서 지체하고 있을 시간이 없을 텐데."

"하, 하지만……."

저 표정.

그런 거였다.

죽을까 봐 못 가고 있었다 이거다.

단운룡이 고개를 설레설레 저으며 말했다.

"서둘러라. 나에 대해서라면 걱정할 것 없으니까."

"……!!"

백가화의 두 눈이 크게 뜨여졌다. 좀처럼 말을 잇지 못하는 그녀다. 그녀가 말까지 더듬으며 의아함이 가득한 얼굴로 말했다.

"다, 당신은… 대체, 왜 이렇게나……?"

"왜냐니… 그런 것은 중요한 것이 아냐."

"어째서……."

"정신이 없군. 이렇게 고생을 해줬는데, 그걸 모조리 허사로 돌릴 셈인가?"

창백한 얼굴에 한줄기 미소가 떠올랐다.

단운룡이 미간을 좁히며 못을 박듯 힘주어 말했다.

"가라. 후회하지 말고."

"당신은……."

"어서!"

단호한 한마디다.

어쩔 줄 모르던 백가화가 이윽고 마음을 정한 듯 들고 있던 백룡창을 고쳐 쥔다. 그녀가 단운룡을 내려다보며 말했다.

“그럼… 가보겠어요. 그는… 잡히지 않았을 거예요. 그러니 당신도 죽지 말아요. 은혜는 갚아야 하니 말이에요.”

단운룡은 대답하지 않았다.

하지 않은 것이 아니라 못한 거다.

치밀어 끓어오르는 고통이 너무나도 심각했다. 그 순간 단운룡이 할 수 있는 것이라고는 그녀의 발길을 붙잡지 않도록 신음 소리를 참는 것밖에 없었다.

“갈게요.”

사사삭!

풀 소리. 그녀가 멀어지는 소리다.

고개를 돌려보려는데, 그것마저도 잘되지 않는다. 바늘로 찌르는 듯한 고통이 앞과 뒤, 목줄기를 타고서 올라온 까닭이었다.

‘이거… 감당이 안 되는데…….’

작은 근육, 큰 근육 할 것 없이 괴롭다. 손가락 하나 움직이기도 힘들다. 검지를 꿈틀 굽혀본 것만으로 손목 주위에서 팔꿈치까지 뻐근한 고통이 올라올 정도였다.

‘진기도… 어렵나?’

정신을 집중하여 기감을 느껴본다. 기해에 충만했던 광극진기가 바닥을 치고 있었다. 남아 있는 내력이 전무하다 해도 과언이 아니었다.

‘그래도 끌어내야지.’

단운룡은 포기하지 않았다. 단전 깊이 숨어 있을 한가닥의 진기를 끌어내기 위해 이를 악물고서 치미는 고통을 참아냈다.

'좋아. 이것부터다.'

정신이 아찔해지는 순간을 몇 번이나 겪어내다가 결국은 찾아내고 만다. 실낱처럼 가느다란 한줄기 진기였다.

천천히. 끊어질세라 조심스럽게 도인해 올라간다. 중단에서 머물며 진기를 조금 더 굵게 만들고 차츰차츰 상단까지 솟구쳐 올렸다.

진기가 상단에 도착한다. 어렵사리 끌어올린 진기가 상단전을 거치면서 받아가야 될 것은, 전신으로 치닫는 단 하나의 명령이었다.

'회복시켜라!'

내려가는 진기에 그 한마디를 새긴다. 기경팔맥, 내려가는 진기가 전신의 근육에 이르러 그 명령을 하달했다. 끝까지 뻗어나갔다가 단전으로 돌아온 진기는, 마치 회복시키라는 명령을 전달하기 위해 그 일부를 나눠주기라도 한 듯 실낱같이 가늘어진 상태였다.

진기는 곧 의념의 힘이자 정신의 힘이다.

그렇게 가늘어진 진기를 다시금 중단으로 끌어올리고, 다시 상단으로 끌어내어 회복의 의지를 퍼뜨려 나갔다. 한 차례, 두 차례 몇 번이고 반복하는 단운룡이다. 가늘었던 진기에 조금씩 살이 붙는다. 세 개의 단전과 전신 기맥을 치받아 돌린 지 일곱 차례째, 단운룡은 억지로나마 삐꺽대는 상체를 일으킬 수가 있게 되었고, 열 차례 대주천째에는 가부좌를 틀고 앉을 수가 있게 되었다.

그 다음부터는 본격적인 운공이다. 안전치 못한 곳, 언제라도 뭔가가 나타날 수 있는 숲이었지만, 어차피 이 상태에서 적이라도 만난다면 살아날 방도가 없다. 크나큰 위험을 감수하고서라도 운기조식을 해놓아야만 했다.

"후우, 후우, 후우우우우……."

깊은 숨으로 천지간의 정기를 들이키고, 몸속의 진기를 북돋아본다. 모험, 모험이라면 어지간히 많이도 했다. 죽으려면 진즉에 죽었을 터, 단운룡의 천명이 이런 곳에서 끊길 리 없다. 스스로 잘 알고 있는 사실이었다.

한참 동안 운기를 하며 기력을 되찾는다. 창백하여 푸르딩딩하게 변색되었던 단운룡의 피부에도 차츰 생기가 피어오르기 시작했다. 고통은 여전히 심했지만 어떻게든 일어설 수는 있을 것 같았다.

'또 이 느낌이다. 이놈의 공기는 도통 깨끗해질 줄을 모르는구나.'

겨우겨우 몸을 가눌 수 있을 만큼.

그 정도가 한계다. 거기까지밖에 못한 이 상황에, 안 좋은 예감이 겹쳐진다. 뭔가 위협적인 것이 다가오고 있는 모양이었다.

'자리를 피해야 해.'

결단은 빠르게 내려졌다.

비틀비틀 제대로 걷지조차 못하는 단운룡이었으나, 여기에 머물러 있는 것보다는 어떻게든 한 발이라도 움직여 놓는 편이 좋다는 판단이다. 끙끙대며 몸을 일으키고 아름드리 나무에 기댄다. 아까는 그렇게도 가볍게 움직이던 두 발이 이제는 천근만근처럼 무겁게만 느껴지고 있었다.

'어디냐. 어느 쪽에서 오는 거지?'

육감과도 같은 이 감각은 차라리 저주다.

마음 편할 때가 없다. 멈춰 있을 수도 없다. 내공과 체력이 바닥난 상태에서도 이 감각은 사라질 줄을 몰랐다.

'북쪽, 서북쪽이다.'

단운룡은 북쪽에서 내려오는 위험을 느끼고, 남쪽을 향해 발길을 옮겼다. 당장이라도 쓰러질 듯 위태로운 걸음걸이였다.

숲을 헤치며 뒤를 돌아보았다.

빠르다. 상당히 빠르다. 이쪽 숲을 향해서 곧장 다가오고 있었다.

파사사삭!

숲 속 내리막이다. 서두르려다가 발까지 헛디뎌 버렸다.

산길을 굴러보기는 또 처음이다. 나뭇잎과 풀줄기를 뒤집

어쓴 채, 땅바닥에 쓰러지고 만다. 온몸이 산산조각나 버린 기분이다. 미칠 듯한 고통이 온몸을 엄습해 왔다.

'이건 그때보다도 안 좋군……!'

단운룡의 머리 속에 오래전의 기억들이 스쳐 지나갔다.

언젠가, 운남의 험지를 헤매고 있을 때. 오기륭을 만나기 전, 가진 것이라고는 작은 몸뚱어리 하나가 전부였던 시절의 기억이었다.

'그땐 그나마 내력이라도 있었지.'

최악의 상황이다.

한줄기 내공조차 제대로 일으키지 못한다. 두 배는 더 커진 체격에 강력한 무공들을 배웠지만, 오히려 그 시절보다도 약해진 상태였다. 이래서는 기척을 감추는 것마저도 힘들 것 같았다.

"끄으응……!"

힘겹게 몸을 일으킨다. 상체를 세우며 아래쪽을 내려다보니, 웬걸, 신발 밑창이 다 뜯겨져 나가 있다. 불에 탄 듯, 신발 전체가 만신창이로 변해 있었다. 뇌신 발동의 열기 때문이었던 것 같았다.

'걸인이 따로 없군.'

주저앉았다가 몸을 일으켜 맨발이나 다름없는 두 발을 힘겹게 옮겨볼 때다. 한순간 단운룡의 몸이 돌처럼 굳어진다. 근처에서 들려온 고함 소리 때문이었다.

"이쪽 숲입니다!"

단운룡을 가장 놀라게 만든 것은 다른 것이 아니었다. 그 목소리가 지척에서 들려왔다는 사실이다.

한참 먼 곳에서 오는 줄 알았다. 한데 위기는 이미 지척이다.

이렇게 가까이 다가왔는데도 미처 눈치 채질 못했다. 육감 이전의 감각들이 문제다. 청각과 시각, 모든 것이 예전 같지 않다. 광극진기를 휘돌리지 못하는 지금, 단운룡의 감각은 오히려 보통 사람만도 못해져 있었던 것이다.

"철혈신녀가 자취를 감춘 곳입니다. 이 근처부터 수색해 보면 될 것으로 생각됩니다!"

큰일이다.

큰일도 이런 큰일이 없다. 조금만 더 은밀하게 움직여 주지, 이렇게 빨리 드러날 줄이야. 백가화가 다 원망스러워질 지경이었다.

"흉수는?"

"연녹색 유삼이라면 염주암에도 나타났었다 합니다. 철혈신녀, 그년과 한패거리였던 것 같습니다."

"샅샅이 뒤져라. 철혈신녀는 놓쳐도, 그놈만은 반드시 잡아야만 한다!"

들려오는 대화 내용은 불길한 느낌을 확인시켜 주는, 이른바 결정타와 같았다.

연녹색 유삼.

단운룡이 입은 옷이다. 찢어지고 더러워져 본래 색깔을 알아보기 힘들 정도였지만, 본바탕은 연녹색임이 틀림없다.

악운(惡運)의 절정이다.

백가화가 아니라 단운룡을 노리는 자들임에, 뇌리를 스치는 것은 한 집단의 이름이었다. 단운룡을 찾을 만한 곳이라면 한곳밖에 없다.

칠성암, 칠성검문이 틀림없다.

이 연녹색 유삼만 아니었다 한다면 도주할 길이 열릴 수도 있는 일이었다.

벗어내야 할까.

그럴 수도 없다. 옷 벗는 소리만으로도 들키고 말 것이다.

'이 고통……!'

설상가상이었다.

긴장이 이어졌기 때문인가.

다리 근육으로부터 경련이 올라온다.

멈추어라. 제발.

여기서 들키면 끝장이다. 숨소리까지 죽인 채 천천히 몸을 숙인다. 허리와 등판, 배 근육을 따라 찌르는 듯한 통증이 이어지고 있었다.

등줄기를 따라 식은땀까지 흘러내린다.

도저히 참을 수가 없는 순간까지 왔다. 단운룡의 입에서 기어코 한줄기 헛바람이 흘러나온다. 숨기고자 해도 숨길 수가 없는 외마디 소리였다.

"흡……!"

단운룡이 이를 악물었다.

이제 끝이다. 저쪽에서 무인 두 명의 목소리가 들려왔다.

"지금 뭐지?"

"예?"

"못 들었나? 뭔가가 있는데?"

사박, 사박.

나무를 헤치는 소리가 들려온다. 스르릉, 하고 검을 뽑는 검명음까지 있었다. 점점 더 가까워지는 기척만큼 단운룡의 눈에도 긴장감이 감돈다.

싸울 수는 없다. 이대로라면 일검에 목숨이 날아갈 것이다.

"착각이었던가……."

바로 근처다. 가까이 온 자가 중얼거리며 내뱉는 말이다.

그때였다. 단운룡의 바로 앞, 사사삭! 하고 풀숲을 쓸어가는 소리가 들린 것은.

악운의 절정이라 했다. 그리고 이것은 절정 끝에 오는 결말이다.

단운룡의 눈에서 불꽃이 튄다.

키 작은 수풀을 뚫고서 나타나는 것, 산이라면 어디서나 볼

수 있는 족제비 한 마리가 단운룡의 바로 앞 풀밭으로 뛰어나
온 것이다.

"뭐냐!"

뛰어든 것은 날카로운 인상의 중년인이었다. 번뜩인 것은
얼음 같은 검광이다. 퍅! 하는 소리와 함께 풀밭 위의 족제비
가 피를 뿜으며 널브러졌다. 냉랭해 보이는 입매에서 거친 목
소리가 흘러나왔다.

"족제비였나."

왼손에 쥔 검집에는 두 개의 별이 새겨져 있었다. 땅에 뻗
는 족제비를 내려다보는 그다. 그가 천천히 고개를 돌린다.
그의 입에서 거칠고도 나직한 음성이 깔려 나왔다.

"한데… 이거야, 여기에 족제비 한 마리가 더 있었군!!"

족제비만 죽이고 모른 척 돌아설 수는 없었던가.

그런 걸 기대해서는 안 된다.

단운룡과 그자의 거리는 고작 다섯 걸음도 되지 않는다. 그
거리에서 사람의 인기척을 못 느낀다면, 무공을 허투루 익힌
거라 해도 과언이 아닐 것이다. 바닥난 내력에 기척조차 감추
지 못하는 보통 사람을 옆에 둔 상태니 더 더욱 그럴 것이었
다.

"꽤나 험한 몰골이로고……. 어디 보자. 그저 지나가는 과
객이라 말할 생각은 아닐 테지?"

단운룡은 순간적으로 망설일 수밖에 없었다.

구차하게 거짓말이라도 해볼까.

아니면, 여기까지가 명운의 끝이라 생각하고 배짱을 부려볼까.

"과객은 과객이지만……."

뭐라도 말해야 한다. 그것이 부질없음을 이미 잘 알고 있음에도.

상대의 눈은 오직 단운룡이 입고 있는 연녹색 유삼에 머물러 있을 뿐이다.

당장이라도 검을 내쳐 올 수 있다. 그렇게 생각한 직후다. 검날이 움직인다. 정말로 검을 내쳐 오고 있었던 것이다.

쉬익, 우우웅!

검끝은 단운룡의 턱 밑에서 멈춰 있었다.

몇 치만 더 들어와도 단운룡의 목숨을 끝장난다. 부르르 떨리는 검날 저편에 상대방, 이성검호의 눈이 날카로운 빛을 내뿜고 있었다.

"흉수라 하기엔 너무도 약하군. 하지만 또 모를 일이다. 이런 식으로 방심을 유도하는 교활한 놈일지도."

싸움은 불가하다.

마광각은 고사하고, 발도각이나 단파각조차 내칠 수가 없다.

내력이 부족하다. 조금이라도 내공이 모여줘야 싸울 만한 속도와 힘을 내볼 수가 있을 게 아닌가.

바닥난 내공.

광극진기를 익히지 못했던 어린 시절을 떠올려 본다.

작은 몸으로 원나라 기병들을 쓰러뜨렸을 때.

그때도 단운룡은 약했다. 하지만 지금보다는 빨랐을 것이다. 미약하게나마 내공이라는 것이 있기는 했으니 말이다.

그때보다 나은 것이 뭐가 있을까.

내공의 운용법. 무공의 이해도. 투로의 절묘함.

단운룡의 머리 속에 연속적인 그림이 그려졌다.

손을 들어 칼등을 치고 앞으로 나아간다. 한 발 밟고, 몸을 숙이면서 상대의 복부를 향해 금선장을 뻗어낸다. 물러나는 상대의 발 뒤에 단파각을 내쳐 보고 다시 발도각을 써서 어깨를 노린다.

상상 속으로 만들어보는 투로다.

그러나 그 어디에도 승기는 없다. 첫 번째 금선장은 닿지도 않을 것이며, 연환하여 펼쳐 내는 단파각이나 발도각도 상대를 맞추지 못할 것이다.

상대는 이성검호다.

원나라 기병과는 질적으로 다른 고수였다. 내공만 없는 것이 아니라, 움찔움찔 고통을 수반하며 수축되고 있는 근육으로는 그 어떤 일격도 성공시키지 못하리라.

'그래도 해봐야……!'

아무것도 못해보고 죽을 수는 없다. 그렇다고 아무것도 모르는 척, 꼴사납게 목숨을 구걸하기는 죽기보다 더 싫었다.

사사삭!

되든 안 되든 검날부터 치워보려는 순간이다. 누군가가 다가오는 파공음이 있다. 실낱만도 못했던 가능성을 영점으로 만드는 소리였다.

"이놈은 뭐지?"

굵은 목소리가 들려온 것은 등 바로 뒤였다. 목에 대어진 검날 때문에 고개를 돌리지도 못한다. 이성검호가 진득한 목소리로 답했다.

"수상한 놈입니다. 보시는 것처럼 연녹색 유삼을 입었지요."

공손한 어조다.

이성검호보다 신분이 높다는 뜻이다. 이성검호 위에 있는 자, 허리춤에 매달린 검집에는 단 한 개의 별이 아로새겨져 있을 뿐이다. 칠성암 검호들의 수좌, 일성검호의 출현이었다.

"흉수라고 하기엔 아무것도 느껴지지 않는다. 이렇게 허약한 놈이 아우들을 그 모양으로 만들었다는 이야기인가?"

일성검호의 목소리엔 은은한 분노가 깃들어 있었다.

저벅저벅, 땅을 밟고 단운룡의 앞쪽으로 걸어온다. 단운룡의 전신을 훑어보는 일성검호다. 일성검호가 살기 어린 목소리로 말했다.

"이놈. 내상을 입었군!"

일성검호의 안목은 보통이 아니었다. 단운룡의 몸 상태를 단숨에 꿰뚫어 보았다. 일성검호가 단운룡의 눈을 직시하며 말을 이었다.

"네놈인가? 네놈이 나의 형제들을 해쳤느냐?"

뛰어난 안목까지도 필요없다.

단운룡의 얼굴, 단운룡의 골격은 보통 사람들과 다르다.

제아무리 더러워지고 망가진 몰골일지라도, 범상치 않은 느낌은 사라지지 않는다. 밖으로 드러나는 내공의 흔적이 없더라도, 사람의 진가(眞價)라는 것은 쉽사리 감출 수가 없는 법이었다.

"대답을 못하는군. 이제(二弟), 검을 치우거라."

스르릉.

일성검호의 명령은 절대적이다. 이성검호가 두말없이 검을 거두어 검집을 되돌렸다.

살려준다?

아니다. 이들은 그런 자들이 아니다. 이성검호가 옆으로 발길을 옮겼다. 그 대신 일성검호가 단운룡의 앞에 선다. 일성검호의 손아귀가 검자루에 닿았다. 일성검호가 나직한 목소리로 물었다.

"다섯째는 아직인가?"

누군가를 기다리는가.

이성검호가 숲 저편으로 시선을 돌린다. 그가 고개를 끄덕이며 대답했다.

"저기 옵니다."

단운룡은 이내 뒤쪽으로부터 또 하나의 기척을 느낄 수가 있었다. 체격 좋은 검호가 수풀을 가르고서 나타난다. 검집에 다섯 개의 별, 어깨 위에는 한 명의 무인이 둘러메져 있었다.

"도착했습니까?"

어깨 위에 매달렸던 무인이 고개를 쳐들며 묻는다. 검호가 지탱하던 팔을 풀고 답했다.

"그렇다. 어서 내려와라."

"알겠습니다."

황급히 뛰어내리는 무인이다. 칠성검문의 말단 무인이었다. 그가 다섯 별, 오성검호를 돌아보며 허리를 꾸벅 숙였다. 경공술이 빈약한 자라 이제껏 오성검호의 발을 빌려 다녔던 모양이었다.

"또 한 놈 잡았군요."

"그래. 봐라, 그놈인지."

이성검호의 말에 말단 무인이 조심스레 옆 걸음으로 다가온다. 그자가 단운룡의 얼굴을 확인하더니 화들짝 놀라며 겁먹은 목소리로 소리쳤다.

"그, 그놈이 맞습니다. 틀림없습니다!!"

말단 무인의 얼굴. 단운룡은 그자의 얼굴을 기억해 낼 수 있었다. 사성검을 빼앗으러 갈 때 보았던 놈이다. 절벽에 매달아 사성검호의 위치를 알아냈던 무인이었다.

"열 명째다. 드디어 찾았구나."

스르릉.

검을 뽑는다. 일성검호는 열 명을 말했다. 이틀 동안 죽인 사람의 숫자였다. 녹색 유삼을 입은 자들을 닥치는 대로 죽여온 모양이었다.

"자, 무슨 배짱으로 그런 짓을 저질렀는지, 어디 한번 말해 보아라."

쉬익!

일성검호가 팔을 휘둘렀다.

보고도 피할 길이 없다. 아니, 피할 길은 보이는데 허리가 움직여 주질 않는다. 결국 오른쪽 어깨 어림에 일검을 허용하고 말았다. 숫구치는 핏물이 어깨 전체를 수놓았다.

"곱게 죽이진 않는다. 차라리 단숨에 죽여주기를 바라게 될 것이다."

일성검호가 그 입가에 잔인한 미소를 떠올렸다.

그가 다시금 검날을 휘둘렀다.

이번엔 허리 부근이다. 연녹색 유삼 자락이 길게 찢어지고, 그 안으로부터 핏줄기가 뿜어져 나왔다.

"크윽……!"

검상을 당해본 것이 처음은 아니다. 하지만 이자의 검은 실로 날카롭다. 상처를 훑고 나가는 검끝에서 참기 힘든 충격이 밀려들고 있었다.

스각!

세 번째 검격이 스쳐 간 곳은 왼쪽 다리였다. 속수무책이다. 죽음이 가까워지고 있었다.

'할 수 없는 일이지.'

묘한 것이 있다. 그렇게 상처가 늘어가고 있음에도 마음이 평온해지고 있다는 사실이었다.

기이한 일이었다.

조금 전까지 그토록 살벌하게 느꼈던 위기감이 점점 더 엷어지고 있었다. 죽음을 느껴서인가. 아니다. 그래서가 아니다.

단운룡은 포기하지 않았다. 죽음의 공포에 정신을 내맡기지도 않았다.

그런데도 무섭지 않다. 무섭지 않은 정도가 아니라, 애초부터 죽음 따위 가까이 온 적도 없는 것 같았다.

'또 뭔가가……?!'

한 번 더 일검을 맞았다. 이번에는 오른쪽 옆구리다.

피범벅이 된 몸인데도 감각은 살아 있다.

무엇인가가 다가오고 있었다.

강력하고 빠른 존재다. 이곳을 향해서 곧장 엄청난 속도로 다가들고 있었다.

"멈추어라!!"

강렬한 호통 소리가 들려온 것은 그 바로 다음 순간이었다.

일성검호와 두 검호의 고개가 그쪽으로 돌아갔다. 크고 작은 두 개의 인영이 땅을 박차고 하늘을 가른다. 몰아치는 바람이 그들의 등장을 화려하게 장식하고 있었다.

'누구……?'

아는 사람이라 생각했었다.

그런 느낌이었다.

하지만 수풀 앞에서 일성검호의 앞으로 다가가는 두 사람의 얼굴은 단운룡의 기억에 없는 얼굴들이었다. 출혈 때문인지 흐릿하게 어두워지는 시야로 한 남자, 그리고 한 소녀의 모습이 비쳐들고 있었다.

"여전하군요. 칠성검문의 행사라는 것은."

"이건 또 누구신가. 천녀(天女)께서 여기는 어인 일이지?"

앳되지만 아름다운 얼굴이다.

이상하다.

기억에 없는 얼굴인데, 또한 어디선가 본 것 같기도 하다. 체구가 장대한 남자 쪽도 그렇다. 마주친 적이 없는 얼굴인데, 느껴지는 기도가 기억 속 누군가를 닮아 있었다.

저벅.

그 장대한 체구의 남자가 한 발 나서며 일성검호의 앞에 섰다. 그가 뱃속에서부터 올라오는 쩌렁쩌렁한 목소리로 말했다.

"일파 무인들의 수좌 자격으로 힘없는 젊은이를 핍박하고 있다니, 부끄러운 줄 알거라! 그것이 무인의 손으로 할 만한 짓인가?"

"세 치 혀를 함부로 놀리지 말라! 네놈 정도가 끼어들 만한 일이 아니다!!"

호통을 친 것은 오성검호였다. 분노에 가득 찬 얼굴로 검자루에 손을 올린다. 이전부터 얽힌 것이 많은 사이 같았다.

"도 대주의 말이 틀린 것은 아니죠. 무고한 사람에게 검을 휘두르는 것, 좌시하긴 어렵군요."

소녀의 목소리는 귀에 박혀들 듯 또렷했다.

들어본 적이 있는 목소리인가. 아니면 목소리가 변할 만큼 시간이 흘러 버렸나. 소녀의 말에 일성검호가 검날을 비껴들며 냉랭한 목소리로 되물었다.

"무고? 지금 무고하다고 했나?"

"제 말을 못 들으셨나요? 검을 든 손이야 본래부터 함부로 쓰시는 분이었다 해도, 듣는 귀까지 잘못되신 것은 아닐 텐데요."

대단하다.

단운룡은 그녀의 대꾸를 들으며 감탄하는 마음을 감출 수가 없었다. 저럴 수도 있나. 박수라도 쳐주고 싶을 정도였다.

"타파의 행사에 끼어든 것도 모자라 입까지 마음대로 놀리는구나! 분명히 말하건대, 이놈은 무고한 자가 아니다. 이놈은 우리 형제 셋을 활동 불능으로 만들었다. 넷째는 내상으로 움직이는 것 자체가 불가능하게 되었고, 일곱째는 아직까지도 의식불명이다! 이놈을 응징하는 것은 당연한 일이야!"

"사성검호가 움직이지 못하게 되었다니, 금시초문이로군요."

소녀의 어조는 묘했다.

좋은 것을 알려줘서 고맙다는 어투다.

일성검호의 눈썹이 한껏 치켜 올라갔다. 명백한 실수다. 잠재적인 적에게 칠성검문이 처한 상황을 낱낱이 알려준 것이나 다름없는 일이었다.

"어찌 되었든, 이놈에 대한 처우는 우리가 결정한다. 여기서 끼어들게 두지는 않겠다. 당장 물러나거라!"

"아까도 말했지만, 그럴 수는 없겠어요."

"그럴 수 없다?"

"같은 광동성, 멀지도 않은 거리에서 칠성암과는 안 좋은 일이 많았죠. 이 기회에 깨끗이 해결하는 편이 좋겠네요."

"무엇이!"

소녀의 몸에서 피어오르는 것은 강력한 전의(戰意)였다. 그녀가 그 어떤 자의 호통보다도 힘있는 목소리로 말했다.

"먼저 그를 놔주세요. 아니면 당장 손을 쓰겠어요."

"왜냐! 이놈이 무슨 의미가 있는 거지?"

"여러 의미가 있죠. 무엇보다, 나는 당신의 말을 믿지 못하겠으니까요.”

“믿지 못하겠다고?”

“제대로 서 있지도 못하는 빈약한 자가 칠성암이 자랑하는 검호 세 명을 쓰러뜨렸다는데, 그걸 말 그대로 믿으라는 것은 아니겠죠? 아니면, 원래 칠성암의 검호라는 것이 그 정도밖에 안 되는 것이었던가요.”

일성검호의 얼굴이 다시 한 번 변한다. 그가 이를 갈며 분기탱천한 목소리로 외쳤다.

“더 이상은 문답이 필요치 않겠다! 당돌하기 짝이 없는 계집! 소상주가 이러하니, 드높던 상가(商家)의 이름이 땅에 떨어지는 것도 시간문제겠구나! 어디 한번 덤벼보아라!!”

“후회는 없으리라 믿겠어요!”

진짜다.

그녀는 정말로 싸울 생각이다.

그녀가 오른발을 반보 앞으로 딛고 작은 주먹을 그러쥐었다. 동시에, 바로 옆에 있던 도 대주라는 거한의 남자가 옷소매를 튕긴다. 남자는 이십대 중후반에서 삼십대 초반까지 나이를 짐작할 수 없는 얼굴을 지녔다. 소매 안쪽에서 내려오는 기병에 눈길이 간다. 양손에 걸리는 것. 두 개의 반월륜이다. 단운룡의 눈에서 한줄기 기광이 스쳐 지나갔다.

‘저것은 설마……!’

한 쌍의 반월륜.

본 적이 있는 무기다.

아주 오래전. 오원에서.

그때 저걸 들고 있었던 이는 저 도 대주라는 자처럼 젊은 남자가 아니라 굳건한 체구의 노인(老人)이었다. 그리고… 그 노인과 함께 있었던 소녀는, 소녀가 아니라 그저 어린아이였 을 뿐이었다.

쉬이익!

기억과 기억이 혼재되어 피어오를 때다.

일성검호의 손에서 한줄기 검광이 뛰쳐나간다. 소녀의 몸 이 그 앞에 있다. 반보에서 한 발 내딛고, 작기만 한 주먹을 휘두른다. 단타, 휘두르는지 어쩐지도 분간이 되지 않을 만큼 폭이 없는 움직임이었다.

쩌어어엉!

하지만 그 위력은 그 움직임의 크기와는 아무런 관련이 없 었다. 두 자 이상 거리, 닿지도 않은 상태에서 강렬한 충돌음 이 터져 나온다. 그것도, 광검결이 검날에 부딪칠 때와 같은 금속성, 병장기와 병장기가 부딪칠 때와 같은 소리였다.

"제대로 해야 할 거예요."

"갈!!"

일성검호의 얼굴이 서릿발처럼 굳어졌다. 날카로운 기합 성과 함께 검을 휘두른다. 위에서 아래로 찍어내듯 내려치는 검격에 무서운 힘이 실려 있었다.

쩡!

이번에도 금속성이다.

그것도 주먹으로.

그녀의 주먹은 깨지지 않는 철괴와 같았다. 검과 부딪치는 데에도 베어진 상처 하나 생기지 않는다.

아무래도 믿기 힘들다.

맨손으로 검날을 튕겨내는 것이 이만큼이나 위화감을 주는 광경이었을 줄이야.

처음으로, 단운룡은 그것을 처음으로 알게 된 것이다.

애초부터 있을 수가 없는 일 같다.

단운룡에게도 광검결이라는 신기의 무공이 있었지만, 자기 손으로 펼치고 있을 때는 미처 깨닫지 못했던 것이다.

말도 안 된다?

단운룡과 상대했던 다른 모든 상대들도 지금 단운룡이 느끼는 것과 같은 심정이었을까. 그와 같은 것을 다른 사람을 통해서 보고 있으려니 참으로 기분이 묘했다.

'게다가… 압도하고 있다.'

일성검호는 강자다.

발검에서 격검, 휘둘러 내치는 연환검까지.

어느 하나 모자란 것이 없다. 살기가 짙은 것은 칠성검문 그대로의 특징이지만, 그러면서도 오직 살기만을 고집하지는 않는다. 같은 검호의 이름을 달고 있더라도, 예전에 싸웠던 사성검호와는 격이 다른 발군의 실력을 보여주는 자였다.

'그럼에도 불구하고……'

그렇게 뛰어난 검법을 지녔음에도, 일성검호는 고전을 면치 못하고 있었다.

소녀가 펼치는 권법의 강렬함 때문이었다.

예리하게 내치는 공격 하나하나가 소녀의 권법에 번번이 무산되고 있었다. 근접을 불허하는 무공, 두 자가 넘는 검날이 얇은 팔, 작은 주먹 두 개를 당해내지 못하고 있는 것이다.

"제가 옆을!!"

밀리고 있는 일성검호를 본 이성검호가 한마디 외치고는 이성검을 비껴들었다. 그러고는 곧바로 소녀의 측면을 향해 몸을 날린다. 옆에서 도와주겠다는 뜻. 연수합격이라도 불사하겠다는 뜻이었다.

하지만 이성검호는 자신의 뜻을 이룰 수가 없었다. 그 앞으로 나타나는 두 개의 반월륜 때문이었다. 두텁고 깊은 목소리가 이성검호의 앞길을 가로막고 있었다.

"그렇게는 안 되겠다!!"

도 대주라 불렸던 장한이다.

장한의 양손에는 새롭게 연련된 반월륜 두 개가 잡혀 있었다. 번뜩이는 쌍륜이 이성검호의 검날에 맞서 장쾌한 움직임을 시작한다. 두 무인의 사이에서 연이은 금속성이 터져 나왔다.

얽혀 돌아가는 네 사람의 신형이다.

뒤편에 있던 오성검호가 양쪽의 싸움을 가늠해 보더니, 이내 이성검호가 그랬듯 일성검호 쪽으로 몸을 날렸다. 도 대주가 막아내지 못할 방향을 따라서였다.

쒜액!

이성검호와 손속을 교환하던 도 대주가 눈살을 찌푸리며 오성검호를 견제하려 했지만, 이성검호의 검날은 도 대주를 놓치지 않았다. 도 대주의 움직임을 날렵하게 따라붙으면서 쌍월륜의 진로를 막는다. 상당한 공부, 뛰어난 검에였다.

"그래요. 둘이 한꺼번에 덤비는 것도 괜찮죠."

일성검호의 측면에서 검법을 전개하는 오성검호다. 소녀가 가볍게 웃으며 말했다. 일성검호의 검격을 쳐내고, 오성검호의 검격을 피해내며 물러난 직후였다.

"기고만장하구나. 어디까지 버틸 수 있는지 두고 보겠다."

"그것은 이쪽이 할 말이에요. 어디 한번 제대로 해볼까요?"

일성검호와 오성검호, 두 검호를 앞에 두고서 어찌 그렇게 여유로울 수 있을까.

그녀가 발을 앞으로 내고 정식 기수식을 잡았다.

꽉 쥔 주먹을 허리춤에 대고 한 손 살짝 펴 앞으로 향한다. 자연스럽게 나아갈 수 있는 발끝에서는 언제 터질지 모르는 폭발적인 힘이 전해지고 있었다.

'저… 저것은……?'

단운룡은 그러한 그녀의 자세에서 묘한 느낌을 받았다. 흐릿하게 어두워지던 눈앞이 번쩍 뜨일 만큼 기이한 느낌이었다.

'비슷해. 어째서지?'

헛것이 보이는 것은 아니다.

그런데도 겹쳐 보인다.

겹쳐 보이는 그림자의 정체는 사부, 소연신이었다.

그녀의 기수식은 또 다른 기억을 불러오고 있다. 소연신이 단운룡을 상대하면서 보여주었던 자세와 흡사한 데가 있었던 것이다. 주먹을 쥔 각도, 발을 내딛는 보폭, 분명하게 다른 점이 있기는 했지만, 전체적으로 굉장히 비슷한 느낌이었다.

텅!

이윽고 땅을 박차는 그녀다.

그것도 비슷하다. 아니, 이건 단운룡의 무공과도 비슷한 데가 있다. 거리를 좁히는 방법, 보법에서 미묘한 공통점이 발견된다. 최단거리, 가장 빠른 경로, 발경의 응축점, 마치 유파가 다르지만 한 뿌리에서 비롯된 무공을 보고 있는 듯한 생각이 들었다.

꽝!

주먹을 내치는 방식은 확실히 다르다. 저건 본 적이 없는 권법이다. 허리춤에 있던 오른손 주먹을 내뻗어 일성검호의 검을 뒤로 쳐내고 돌아선다.

다음 순간이다.

단운룡의 두 눈에 커다란 놀라움의 빛이 깃들었다.

회전하는 허리, 땅을 밟는 발, 오성검호를 향해 어깨와 몸통을 돌린다. 짧은 움직임에서 체중과 내력을 실으며 온몸을 뒤로 민다. 소녀의 어깨가 오성검호의 옆구리에 작렬했다. 목구멍까지 올라오는 한마디. 단운룡의 얼굴이 크게 굳어졌다.

'광혼고……!!'

고법이다.

오성검호의 몸이 하늘로 치솟아 일 장이나 뒤로 날아갔다. 피거품을 뿜어내는 입, 오성검호는 그 일격으로 끝났다. 땅을 구르며 어떻게든 일어나 보려고 하지만, 미처 몸을 다 가누기도 전에 붉은 피를 한 움큼 더 토해놓고 만다. 그걸 본 단운룡의 눈에 한줄기 기광이 스쳐 지나갔다.

'아, 아니다. 광혼고와는 달라……!'

흡사하다.

하지만 다르다.

광혼고는 저런 식으로 내상을 남기지 않는다. 몸을 부수고 내장을 파열시키는 동시에 혈맥을 침투한 광극진기가 일순간 몸 전체를 마비시켜 버린다. 충격의 순간을 되돌려 떠올려 보건대, 땅을 밟은 각도와 발경의 위치도 단운룡이 펼치는 광혼고와는 다소의 차이가 있는 것 같았다.

"이제 다시 일 대 일이 되었군요."

　소녀의 목소리는 그녀의 승리를 알리는 하나의 선언과도 같았다.

　일성검호는 그녀를 이기지 못한다. 일성검호는 고수였지만, 그녀는 그보다 훨씬 더 강한 고수다.

　이미 예정된 결과.

　단운룡은 그 결과를 알면서도 그녀의 움직임에서 눈을 떼지 못했다.

　저 자세, 저 무공.

　이것은 우연이 아니다. 우연일 리 만무하다.

　단운룡의 머리 속에서 두 줄기 목소리가 울려 퍼진다. 기억 저편, 오래된 기억과 그리 오래되지 않은 기억이 발하는 목소리였다.

　"있잖아. 나 우리 집에 무공 가르쳐 주는 사부님 있어. 우리가 여기 와 있는 동안 사부님도 어디 갔다 온다고 했는데, 금방 다시 올 거래. 그 사부님 있지, 엄청엄청 세다구. 운룡 오빠도 우리 사부님한테 배우지 않을래?"

　"듣기로는 그 꼬맹이도 반쪽짜리라는 것 같았는데……. 그렇다 해도 보통은 아닐 거다. 보통일 리가 없지. 붙잡고 가르친 지가 십 년은 되었을 테니까. 네 녀석이 보고 싶어할 정도는 충분히 보여 주고도 남을 거다."

‘사패의 후예……!’

사부는 말했었다.

참룡방이 불산에 오겠지만, 그것은 두 번째라고.

단운룡이 정말 보고 싶어할 것을 볼 수 있을 것이라고.

이런 식으로 만나게 될 줄은 몰랐다.

아무 힘도 없는 상태에서, 그 사패의 후예에게 목숨을 구원받게 되리라고는 상상조차 할 수 없었던 것이다.

‘꼴사납게 되었지만, 할 수 없는 일이지.’

상황이 그렇게 된 것은 되돌릴 수 없는 일이다.

무공이 비슷하다 느낀 것?

뭔가 이유가 있을 테지만, 지금 당장은 그게 왜인지 알 수 없다. 알 수 없는 것을 일찍부터 고민해 봐야 심력만 낭비될 뿐이다.

그렇게 상념을 이어가던 단운룡이다.

막바지에 치닫고 있는 싸움이 보였다. 일성검호의 손은 갈수록 어지러워지고 있고, 소녀의 무공은 점점 더 기세를 타고 있었다. 단운룡의 시선이 그 옆에 이르렀다. 이성검호와 도 대주 쪽이다. 이성검호와 도 대주라는 장한의 싸움은 벌써부터 결말이 나 있었다. 달려들어 내치던 이성검호의 이성검을 왼손의 반월륜으로 부러뜨리고, 오른손 반월륜으로 가슴 앞쪽을 베어내 버린 것이다.

반쪽 남은 검으로 달려들어 보는 이성검호였지만, 도 대주
는 그 이상의 공방을 허용하지 않았다. 소매 안쪽으로 반월륜
을 회수하고는 강력하게 휘두른 일장으로 이성검호의 옆구리
를 내친다. 쓰러지는 이성검호다. 가슴에 새겨진 상처에 장력
이 만든 내상이 겹쳤다. 이성검호는 땅바닥에 몸을 꺾은 채
다시 일어나지 못했다.

'금선장……!'

단운룡은 도 대주가 펼친 장법도 알고 있었다. 그 자신도
펼쳐 보았던 무공이다. 알아보지 못할 리가 없었다.

옛 기억을 떠올리면서 단운룡은 다시 소녀와 일성검호 쪽
으로 시선을 옮겼다.

소녀의 무공은 일성검호를 압도하고, 또 압도하여, 결국 일
성검호의 투로 전체를 망가뜨려 놓고 있었다. 투로가 어긋나
니 검법이 면밀하게 이어지지 못함은 물론이요, 검을 내치는
속도와 위력도 형편없이 줄어든 상태다. 그나마 내뿜는 살기
만큼은 사납기 그지없었지만, 그 살기를 살려줄 힘이 일성검
호에게는 더 이상 남아 있질 않았다.

쩌엉! 퍼벅!

튕겨 나간 일성검, 일성검호의 가슴팍에 오른손 왼손, 두
주먹이 연이어 작렬했다.

그걸로 끝이다.

갈빗대가 부러지고 폐장이 망가졌다. 강력한 충격에 의식

이 날아가 버렸음은 물론이다. 거품 섞인 피를 내뱉으며 무릎을 꺾고 얼굴을 땅에 처박고 말았다.

'역시……!'

사패의 후예.

그렇다. 이 영역이다. 적어도 이쯤은 되어야 같은 수준의 무공이라 할 수 있을 것이다. 그때의 그 꼬마가 설마하니 사부가 말했던 사패의 후예라고는 생각지 못했지만.

목숨을 구원받은 지금. 원하는 방식은 아니었으나, 어찌 되었든 이렇게 보게 되었고 그 첫인상은 기대 이상이라 할 수 있었다.

강력한 무공, 게다가 비슷한 무공이라니, 부딪쳐 보고 싶은 마음이 절로 들었다.

'일단은 이 몸부터 어떻게 해야…….'

그러면서 단운룡은 자신의 몸이 망신창이가 되어 있다는 사실을 다시 한 번 자각할 수가 있었다. 피가 줄줄 흘러내리고 있는데 지혈조차 제대로 하지 못했다. 싸움에 정신이 팔려 기본적인 것마저 잊고 있었다니, 이래서는 사패의 후예라고, 소연신의 제자라고 말하기도 부끄러울 지경이다.

그러나 어찌할까. 어차피 지혈을 하려 해도 팔과 손부터가 제대로 움직여 주질 않고 있었다. 혈도를 찍는 것은 고사하고, 상처를 동여매는 것조차도 쉽지가 않다. 한계의 한계, 정신은 말짱하나 육체는 이미 죽음의 문턱에 이르고 있었던 것이다.

더욱이.

일성검호를 쓰러뜨린 소녀와 이성검호를 쓰러뜨린 도 대주가 단운룡 쪽으로 고개를 돌렸을 때. 단운룡은 그러한 죽음의 문턱을 더 가깝게 해줄 마지막 위기에 직면하고 있었다.

쐐액, 하는 한줄기 파공음과 함께 예리한 검 한 자루가 단운룡의 등 뒤를 노리고서 짓쳐 오고 있었던 것이다.

왼쪽 등, 뒤편에서 심장을 노리고 찔러오는 일격임에.

단운룡을 살린 것은 땅을 박찬 소녀의 일권도, 도 대주란 장한의 커다란 고함 소리도 아니었다. 그것은 오직 단운룡의 본능이다. 생사를 오가던 오랜 경험이 만들어준 순간적인 감각이었다.

푸욱!

완전히 피하지는 못했지만, 심장과 옆구리의 차이는 하늘과 땅만큼 크다고 할 수 있었다. 검날이 등 쪽의 갈비뼈 사이로 파고드는 것을 느끼며 오른쪽으로 몸을 숙인다. 차갑고 날카로운 고통 속에서 단운룡은 어느새 눈앞으로 짓쳐든 소녀의 두 눈을 볼 수 있었다.

퍼억!

"커억!"

빠르고 강하다.

아래로 숙이는 단운룡의 몸을 뛰어넘으며 뒤편의 적에게

서 단말마의 비명 소리를 이끌어낸다. 옆구리에 검을 박고 고개를 돌리는 단운룡의 눈에 쓰러지는 적의 모습이 비쳐들었다.

왼손에 들고 있는 검집, 여섯 개의 별이 새겨져 있다. 마지막 검호, 육성검호가 피를 뿜으며 땅바닥에 처박히고 있었다.

"괜찮나요?"

소녀의 목소리가 단운룡의 귀를 파고들었다.

이 몸을 보라고. 괜찮을 리가 있나.

말조차 나오지 않는다.

이제 한계다.

아까부터 흘린 피가 수통(水桶) 몇 개는 너끈히 채우고도 남으리라.

거기에 이런 공격을 당했으니.

위험은 물러갔지만 박살난 몸만 남았다. 긴장이 풀어지며 의식이 멀어진다.

가물가물해지는 눈으로 생각해 본다.

그 꼬마의 이름이 뭐였더라.

오원에서 만났던 계집아이.

사패의 후예라는 예상 못할 신분으로 나타난 소녀.

강씨금상, 무슨 영이라 했었는데…

'강설영. 그래, 강설영이었지.'

그것으로 암흑이다.

단운룡의 눈앞에 끝 모를 암흑이 드리워지고 있었다.

불산에서 멀리 떨어지지 않은 화도 외곽이다.

노란 깃발을 휘날리는 마차가 북쪽으로 향한 것은 불산 염주암에서 불길이 치솟은 지 이틀 만의 일이었다.

남쪽으로 불어오는 바람을 맞으며 풍요로운 광동의 대지를 내달린다.

그저 펼쳐지고 펼쳐진 광활한 중원천하에.

마차의 창을 열고 뒤를 돌아보는 두 사람의 시선 속에는 불산을 향한 작지 않은 마음의 동요들이, 아직 끝나지 않은 인연의 끈이 남아 있을 뿐이었다.

제16장 각성(覺性)

…영웅들의 발자취를 쫓아가다 보면, 어느 순간 그들의 발걸음이 큰 폭으로 변화한 시점들을 찾아볼 수가 있다.

천천히 걸어가다가 갑자기 성큼 뛰어 달려가기 시작했을 때.

달려가던 발걸음이 공중으로 떠올라 창공을 향해 비상하기 시작했을 때.

그 놀라운 변모의 순간, 그것을 우리들은 각성(覺性)이라 부른다.

사람은 누구나 하늘이 내린 운명을 지니고 태어난다.

하지만 일찍부터 그 운명을 완벽하게 이해하고 깨달아 지배하는 자들은 흔치 않다. 제아무리 재능이 넘치는 자라도 자신의 천명을 깨닫지 못한 자는 범인(凡人)에 불과하다. 타고난 재능을 지니지 못해 한없이 미약해 보이는 자일지라도, 스스로의 운명을 깨달아 굳건하게 자신의 길을 밟아나가는 사람은 이미 그때부터 영웅이라 불릴 자격을 갖춘 것이라 할 수 있다. 영웅이란 호칭은 바로 그 각성의 순간에서부터 비롯된다는 이야기다.

각성의 순간은 사람의 생애에 있어 오직 한 번만 오는 것은 아니다.

운명이란 그저 한곳에 고정되어 있는 것이 아니라 살아서 움직이는 것이니, 걷다가 뛰고, 뛰다가 날기 시작하는 변화의 시점에서 우리는 매순간 각성의 잠재력을 느낄 수 있는 것이다…….

한백무림서 미완
한백의 일기 中에서.

"**결**과적으로, 손해가 이만저만이 아니었단 말이군."

강씨금상주, 강건청의 목소리는 예전보다 훨씬 더 부드러워져 있었다. 유중강, 부드러움 속에 강함이 있다. 세월이 선물해 준 노련함이었다.

"그렇습니다. 소상주가 성질만 좀 죽였어도 그 지경까지 가지는 않았겠지요."

"말은 제대로 해야죠. 성질은 도 대주가 더 부렸잖아요!"

강설영이 고운 눈썹을 찡그리며 말했다.

금륜대주 도담.

도 대주는 남자답게 선이 굵은 얼굴을 지니고 있었다. 그가

굵은 눈썹, 두 눈을 동그랗게 뜨면서 '제가 틀린 말 했습니까?'
란 표정을 지어냈다. 그걸 본 강설영이 마주 눈을 치떴다. 강
건청이 슬쩍 손을 들어 뭔가 더 말하려던 강설영을 만류했다.
그가 두 사람을 지그시 바라보며 짐짓 진중한 목소리로 물었
다.

"그래서 칠성암과 일은 어떻게 해결했다고?"

"금륜대(金輪隊)를 보내 정호산(鼎湖山)을 쳤습니다. 이성
분타와 사성 분타를 무너뜨리고, 칠성암에 찾아가 무조건 항
복을 받아냈지요."

"무조건 항복? 삼 일 만에?"

"상주께서 절강에서 돌아오실 때쯤이니, 정확하게는 이틀
이었지요."

"이틀이라……. 이 녀석, 또 해버렸군."

강건청의 눈이 하나뿐인 딸, 강설영에게 닿았다. 강설영이
찔끔, 목을 움츠리고는 강건청을 올려다보았다. 어른들이 집
을 비운 사이에 뭔가 잘못을 저지르고서 혼이 나길 기다리는
아이의 표정과 다를 바가 없었다.

"아니, 그게……."

"아무리 일이 안 풀렸다 해도 다른 데다 화풀이를 해서야
쓰겠나. 그래, 이번에는 얼마나 해치운 것이냐?"

"그다지 많이 하지는……."

자꾸만 목소리가 기어들어 간다. 옆에 있던 도 대주가 일상

적인 보고를 올리듯이 고저 없는 목소리로 입을 열었다.

"칠성암에 처들어가 칠성검문 문주를 세 합 만에 제압해 버렸습니다. 현판을 때려 부수지 않은 것이 그나마 다행이랄까요."

강설영의 눈이 가늘어졌다.

잘못을 감추려던 아이들은 항상 무슨 일이 있었는지 일러바치는 친구들 때문에 낭패를 보기 마련이다. 강설영이 도 대주의 옆얼굴을 날카롭게 흘겨보았다. 하지만 도 대주는 그런 일이 너무나도 익숙한 것 같았다. 미동도 하지 않은 채 오직 강건청만을 바라보고 있을 뿐이었다.

"삼합이라… 그건 너무했는걸. 칠성검문… 십 년 전에는 북두검문이라 했었지. 검문주 그 친구, 제자 하나 잘못 두는 것 같더니 북두검호라 했었던 본신 실력마저 녹슬어 버린 겐가……?"

"칠성검문주의 무공은 대단했습니다. 일성검호에게 검문의 지배권을 넘긴 이후 오히려 더 강해진 것 같았지요. 그런데도 소상주에겐 상대가 되지 않더군요. 소상주의 무공은 이미 제가 감당할 수 있는 범위를 넘어서 있었습니다."

싸움터에서 고함을 지를 때와는 전혀 다른 모습이다. 커다란 체격, 남자답게 생긴 얼굴에서 어찌 이런 말투가 나올 수 있을까. 조목조목 세심하기까지 한 도 대주의 어투에 흘겨보는 강설영의 눈빛이 점점 더 날카로워지고 있었다.

"문주는 그렇다 치고, 일성검호는 제대로 마무리가 된 건가? 기질이 사나운 남자라 후환이 생길지도 모를 일인데."

"잘 아시지 않습니까. 그런 것을 일일이 따질 소상주가 아니었지요."

도 대주의 대답.

강설영은 더 이상 참지 못했다. 기어코 폭발하는 그녀다. 그녀가 벌떡 일어나며 목소리를 높였다.

"아, 진짜, 아까부터 왜 이래요? 신나게 때려 부술 때는 언제고! 칠성검문 문인들을 가장 많이 박살 낸 것도 도 대주였잖아요!"

"그거야 당연한 일 아닙니까. 상주님 부재중의 제 임무란 처음부터 끝까지 소상주를 호위하는 것이었습니다. 소상주의 적과 가장 먼저 싸울 사람은 소상주가 아니라 접니다. 사실, 소상주의 입장에서는 주먹 한번 휘두르지 않는 것이 정상이지요. 강씨금상은 무가가 아니라 상가니 말입니다."

도 대주의 말은 일목요연, 틀린 구석이 한군데도 없었다.

그것이야말로 강설영의 화를 돋우는 가장 큰 이유라 할 것이다. 정작 일이 터졌을 때는 별반 말릴 생각도 안 하다가, 본가에 돌아오기만 하면 이런 식으로 그녀를 곤란하게 만들기 일쑤다. 마치 이런 상황 자체를 즐기고 있는 듯한 느낌이었다.

"도 대주는… 정말 보통이 아니군요. 겉과 속이 다른 사람,

표리부동이란 건 다른 누구도 아닌 도 대주를 두고 하는 말일 거예요."

강설영의 목소리는 높지 않았다. 착 가라앉아 아무런 감정이 드러나지 않고 있다. 그러나 도 대주, 도담에겐 이것 역시도 익숙한 일이었다. 착 가라앉은 목소리, 그것이야말로 강설영의 분노가 절정에 달했다는 증거다. 더 이상 아무 말도 해서는 안 된다. 이쯤 되면 그 이상으로 그녀를 건들면 안 되는 것이다.

"설영, 도 대주를 탓하지 말아라. 이번 일은 여러 가지 면에서 운이 따르질 않았다. 게다가 그 해결 방법도 바람직하지 못했지."

그녀의 분기를 감당할 사람은 도 대주가 아니었다. 더 강한 상대가 따로 있었다.

강건청이다. 그녀의 분노를 정면으로 맞받을 수 있는 천하에 몇 안 되는 사람 중 하나가 그였다. 더군다나 분노한 그녀에게 질책까지 가할 수 있는 사람이라면 아버지란 이름 외엔 없을 것이다. 강설영이 미간을 좁히며 이를 악물었다. 잠시의 침묵으로 숨을 고른 강건청이 조용한 어조로 말을 이었다.

"칠성암을 쳐났으니, 이제부턴 광동서로(廣東西路)를 지날 때도 경계를 늦출 수 없게 되었다. 네가 힘으로 제압해 둔 이상 당장은 무슨 일이 없겠지만, 시간이 흐르다 보면 그 힘에 대한 두려움도 결국 희미해지고 말겠지. 그 다음부터는 또다

시 신경전을 벌여야 한다. 그로 인해 생기는 손해는 간단히
계산할 수 있는 일이 아니야.”

“알고 있어요. 알고 있다고요.”

“물론 알고 있었겠지. 알고 있으면서도 그리하지 않는 것
은 모르고 한 실수보다 더 질이 나쁘다. 불산에서의 일이 잘
안 풀렸더라도 자제력을 잃어서는 안 되는 일이었다. 애초부
터 칠성암과 부딪치지 말았어야 했던 일이야.”

“그때는 어쩔 수 없었어요. 구해줘야 할 사람이 있었잖아
요.”

“그 이야기도 들었다. 하지만 듣기로 그 남자는 그전에 이
미 칠성검문과 문제가 있었던 자라고 하더구나. 검호들과 싸
워서 그들을 패퇴시킨 자라 하였다. 칠성검문이 그 일을 걸고
서 빚을 갚겠다고 했던 거라면, 그것은 그들끼리 해결할 문제
였다. 강호의 도리상, 명분은 그들에게 있었다. 우리가 끼어
들 수 없는 일이었다는 말이다.”

“그건 그렇지 않아요. 그는 마지막 순간까지 철혈신녀와
함께 있었다고 확인된 유일한 사람이었어요. 거기서 죽게 놔
둘 수는 없었단 말예요.”

“네가 그렇게 생각했다면 그것은 더 큰 잘못이다. 네 이야
기는 결국 철혈신녀와 철운거의 행방을 캐내기 위해서 그를
구해야 했다는 것밖에 안 된다. 이유는 분명하지만 거기에는
명분이라는 것이 없다. 사람보다 이익을 먼저 생각해서는 안

되는 법, 그것이야말로 가장 경계해야 할 상도(商道)라 하지
않았더냐."

"……."

강설영은 일순간 말을 잇지 못했다.

도 대주가 옳았던 것처럼, 아버지 강건청의 말도 백번 옳은
이야기인 까닭이었다.

일가를 이끌어가게 될 소상주로서 잘못한 점을 분명히 하
고 문책을 당하는 자리라 할 수 있다. 화를 낼 뿐이던 강설영
의 얼굴이 이내 전에는 볼 수 없던 진지한 빛으로 물들어가고
있었다. 그런 강설영을 보며 강건청이 더욱더 진중한 어조로
말을 이어나갔다.

"무력으로 문제를 해결하려는 것은 상도에 있어 하책 중의
하책이다. 칠성암이 비록 우리의 상행에 있어 다소의 걸림돌
이 되고 있었다고는 하나, 굳이 무력을 행사하지 않고도 원만
히 해결할 수 있는 방법은 얼마든지 있었을 것이다. 상인의
최대 무기는 무공이 아니라 도덕과 신뢰다. 찍어 누를 수 있
다고 무작정 싸움을 걸어서는 안 된다는 말이다. 게다가 그것
이 눈앞의 이익만을 보고서 그러는 것이라면 더 더욱 행해서
는 안 될 실수라 하겠다."

"하지만… 그것은 단지 눈앞의 이익만을 보고서 결정한 일
은 아니에요."

"그것이 아니라면 어째서였느냐?"

"구해야만 하는 사람이라 느꼈기 때문이에요. 단순히 철운 거를 찾기 위한 단서라서가 아니라, 그 이상의 무언가가 있을 것이라 생각했어요."

"한순간의 느낌 때문에 그만한 일을 벌였다는 이야기냐?"

"구해야 한다는 것은 단순한 충동에서 비롯된 일이 아니었어요. 마치 예감과도 같았죠. 게다가… 칠성암은……."

강설영이 잠시 동안 말을 멈추고 그 얼굴에 어울리지 않는 긴 한숨을 내쉬었다. 숨을 고르고 눈을 빛낸다. 하고 싶은 말은 다 해야겠다는 표정으로 강설영이 말을 이었다.

"글쎄요. 어떤 면에서는 분명 아버지 말이 맞을 거예요. 힘이 있으니 찍어 누를 수 있다. 그런 마음이 없었다고 한다면 그거야말로 거짓말이 되겠죠. 게다가 칠성암 같은 경우, 반드시 한 번은 꺾어놓아야 된다고 생각하고 있었어요. 일성검호의 일 처리가 거칠고 사납다는 것은 아버지도 잘 알고 있는 일이겠고요. 게다가 일곱 검호들 중 사성검호라는 자는 그들 중에서도 가장 골치 아픈 인간이었다고 할 수 있었어요. 번거로운 모략을 벌이면서 정호산을 거치는 금상의 상행로에 필요 이상의 부담을 안겨주곤 했었죠. 몇 달 전, 정호산 산길에서 금상의 마차 두 대가 전복되었던 것도 사성검호가 벌인 짓이었으니까요. 그쯤 되면, 말이 통할 상대가 아니죠. 한번은 눌러야 한다고 생각했는데 마침 구실이 생긴 거에요. 그다지 좋은 이유라고는 할 수 없지만… 그리고 대의와도 어긋나는 일이겠지만, 제 판단은 그랬어요."

좀처럼 긴말을 하지 않는 강설영이다.

물 흐르는 듯이 자신의 생각을 밝힌 그녀다. 강건청이 자신의 턱을 매만지며 다소 놀랐다는 어조로 입을 열었다.

"…기대했던 것보다는 구체적인 대답이로구나."

"제 생각이 틀렸다면 어쩔 수 없는 일이에요. 다만 이것만은 확실히 해둘게요. 제가 직접 나서서 문주까지 굴복시킨 것은 단순한 힘 자랑 때문이 아니었어요. 어차피 틀어진 사이라면, 일단 압력을 가하고자 마음을 먹은 이상 최단시간 안에 처리하는 것이 효과 면에서도 가장 좋으리라 생각했죠."

"칠성검문이 비록 사도(邪道)에 가깝다고는 하지만 패악을 심하게 부리는 문파는 아니었다. 그런 문파라면 달래서 이용할 생각을 해야지, 힘으로 제압하는 것은 좋은 방법이라 볼 수 없을 거다."

"그래도… 칠성검문과 같은 곳과는 손을 잡고 싶지 않아요. 애초부터 도리를 지키지 않았던 것은 우리가 아니라 그쪽이었으니까요."

"잘 듣거라. 우리가 추구하는 상도라는 것과 무림이 말하는 정도라는 것은 반드시 일치하는 것이 아니다. 우리는 상가다. 강호 법도의 수호자 역할은 우리와 어울리지 않아. 그런 건 구파일방과 같은 대문파의 몫으로 남겨둬야지. 이재(利財)를 추구하는 상단이 할 일은 아니야."

강건청의 어조는 아까보다 훨씬 더 누그러져 있었다.

강설영은 더 이상 철부지가 아닌 것이다. 여전히 그런 면이 간혹 가다 엿보이고는 있지만, 적어도 아무 생각 없이 날뛰지는 않았던 모양이다. 어느 정도는 성장했다는 이야기였다. 강건청의 입장에서는 그것을 확인한 것만으로도 큰 소득이라 할 수 있었다.

"말씀하신 것은 마음속에 잘 새겨두겠어요. 하지만 똑같은 일이 생겼을 때 다른 선택을 할 수 있을지는 잘 모르겠어요."

"다른 선택이 있다는 것. 그것만 잊지 않으면 된다. 시행착오라는 것은 누구나 겪는 법이야. 특히나 무도와 상도 양면에 있어서는 더욱 그렇겠지. 두 가지를 조화롭게 양립시키는 것은 결코 쉬운 일이 아니다. 갈수록 혼란스러워지는 무림에서 네가 해결해야 할 가장 큰 과제는 바로 그런 부분일 것이다."

"명심할게요."

"지난 일에 대한 이야기는 여기까지다. 지금부터는 앞으로의 일을 이야기하도록 하자."

"앞으로의… 일이라구요……?"

강설영의 얼굴이 흠칫 굳어졌다. 그녀의 얼굴이 다시금 벌받는 어린아이의 얼굴로 돌아갔다. 불안함이 떠올라 있는 그녀의 얼굴 앞에서 강건청의 목소리가 냉정하게 울려 퍼졌다.

"내가 절강에 나가 있는 동안, 네가 맡았던 일은 다른 것이 아니다. 운거모사 양무의와 철혈신녀 백가화를 강씨금상에

영입해 오는 것이었지. 하지만 너는 그걸 성공시키지 못했다. 이건 중대한 실수야.”

“그 일은… 아직 진행형이에요. 다시 찾으면 되잖아요.”

“그것만 문제되는 것이 아니다. 이제껏 이야기했지만, 칠성암과의 일도 가볍게 넘어갈 수는 없는 일이지. 세간에 떠도는 풍문을 조작하는 것만 해도 쉬운 일은 아니다. 만만치 않을 금전이 소모될 거야. 광동서로 운송에 대한 경계까지 강화하려면 지출 규모는 더욱더 불어날 터. 손해가 너무 컸다. 이번 일에서는.”

“……”

강설영은 아무 말도 하지 못했다. 강건청이 탁자 앞에 놓인 몇 장의 종이들을 훑어보더니 나직한 목소리로 앞으로의 처우를 이야기했다.

“한 달, 앞으로 삼십 일 동안 대외적인 활동을 금지한다. 상단 밖으로 나가지 못함은 물론이요, 금륜대나 관선대(觀仙隊)에 관련된 어떤 업무와도 접촉할 수 없다. 만일 이조차 지키지 않는다면, 그 다음 처사는 두 배로 엄중해질 것이야.”

“한 달이나……! 그러면 철운거는 잡을 수 없어요!”

“강씨금상에는 많은 사람들이 있다. 운거모사를 얻지 못해도 상단이 돌아가는 데에는 아무런 하자가 없어.”

“하지만……!”

“그뿐이 아니다. 사실, 지금 시점에서는 운거모사를 데려온다 해도 문제야. 철혈신녀는 불산에서 여태껏 확인되지 않은 새로운 화탄을 터뜨렸다지. 화탄은 군용 물자다. 그런 걸 써버렸으니 관가에서 수배 명령이 떨어지는 것은 그야말로 시간문제야. 우리 쪽으로 잘못 끌어들였다가는 곤란을 면치 못한다. 황실, 관가는 세간의 문파와는 달라. 칠성암과의 갈등을 무마시키는 것은 그 짐에 비하자면 조족지혈에 불과해.”

“그건… 포기한다는 뜻인가요?”

“어쩔 수 없겠지. 운거모사의 지모는 분명 탐이 나지만, 그를 얻었다고 하여 마음껏 써먹을 수 있을지도 의문이니까. 불산에서의 일을 검토해 보건대, 그가 어울리는 곳은 상가가 아니라 무가다. 무력을 바탕으로 한 그 과감한 지략은 우리에게 있어 도리어 위험할 수 있어. 다루기 힘든 양날의 검이 될 것이 틀림없다.”

강설영은 아버지의 목소리에서 이미 마음을 정했음을 알 수가 있었다.

강건청은 더 이상 운거모사를 원하지 않는다.

운거모사를 영입할 수만 있다면 또 하나의 굉장한 전력을 보유하는 것이 되겠지만, 그러기엔 너무나도 걸리는 것이 많다. 불산에서의 일을 해결해야 하고, 관가의 일을 해결해야 한다. 형산파나 다른 문파들과의 은원을 무마하는 것도 쉬운 일은 아닐 것이다.

그걸 전부 다 끌어안는 것은 무리다.

참룡방처럼 어떤 것을 짊어진다 해도 잃을 것이 없는 곳이라면 모르되, 강씨금상은 그런 문파와 다르다. 이득과 손해, 그 다음에 있을 잠재적인 위험도까지 감안한다면 포기라는 결론이 나올 수밖에 없었다.

"어떻게라도… 안 되는 건가요?"

"그래. 드러내 놓지 않은 채 그 지모만 빌리는 방법도 있겠으나, 그것은 그에게 있어서도 우리에게 있어서도 바람직한 일이 아닐 거다. 그러니 네가 구해주었다는 그 청년에게도 굳이 그들의 행방을 알아내려 들지 말거라. 알겠느냐?"

"……."

"대답이 없군. 제대로 알아들은 것 맞겠지?"

"알겠어요."

"좋아. 그리고 도 대주. 도 대주 역시도 이번 일에 대한 책임을 좀 져줘야겠어. 적절할 때 설영이를 말리는 것도 자네 임무 안에 들어가는 것이었으니 말이야."

"지당하신 말씀입니다."

도 대주는 지체없이 고개를 숙였다. 강건청이 고개를 끄덕이며 도 대주에게 말했다.

"형산에 좀 다녀와."

"형산이라면……."

"이번 사태로 형산파는 적지 않은 피해를 입었지. 아쉬운 것이 많을 거야. 거래를 트기엔 이거보다 좋은 기회도 없겠지."

"틈을 살펴보라는 말씀이시군요."

"그래. 그리고 거기에 더해 그 청년에 대한 뒷조사도 맡아 줘야겠어."

"소상주가 구해온 청년 말씀입니까?"

"달리 누가 있을까. 그 친구, 광동성 내에서 활동한 기록은 여태껏 전무하다는 보고야. 이 지역 바깥의 사람이라는 이야기인데, 그 역시도 별다른 정보가 없는 마당이지. 그 역시도 외부에서 구해야 할 거야."

"광동을 떠나 있으라는 말씀으로 들립니다만."

"그래. 칠성검문과의 일을 원만하게 마무리 지으려면, 이 지역에서 자네와 설영이 둘 다 얼굴을 비추지 않는 것이 좋아. 되도록이면 오랫동안."

"상당히 길어지겠군요."

"길어도 한 달 정도면 충분하겠지. 일이 어려워져도 본 가의 지원은 기대하지 마. 말하자면 염탐꾼 역할, 금상의 이름을 달고 해서는 곤란하지. 기한을 넘겨도 성과없이는 돌아올 생각을 말도록 해. 통상 임무가 아니라 징계에 의한 임무이니 말이야."

강건청은 다시 한 번 그 임무가 징계의 일환임을 분명히 했다.

도 대주가 포권을 취하며 깊이 고개를 숙였다.

유리한 거래를 위해 형산파의 틈을 본다.

정체불명, 아무런 바탕도 없는 젊은 청년의 뒷조사를 한다.

거기에 본 가의 지원까지 없다면, 이는 정말 쉬운 임무가 아니었다. 징계는 분명한 징계다. 가혹하다 해도 과언이 아니었다.

힘든 임무를 맡기고 강설영에게 고개를 돌렸다. 강건청이 조금은 밝아진 목소리로 물었다.

"그 일에 대한 이야기가 끝났으니 이제 물어보자. 그 청년의 용태는 어떻지? 듣기로는 제법 심각한 상태였다고 하던데."

"일단 생명에는 지장이 없는 것 같아요. 지금은 여은이가 돌보고 있죠."

"출신 내력도 분명하지 않은 마당에, 시녀 혼자서 돌보도록 하기엔 위험하지 않겠느냐?"

"정신이 든다 해도 무슨 일을 저지를 사람으로는 보이지 않았어요. 그래도 혹시 모르니 금륜대 대원들 세 명을 붙여놓긴 했지만요."

"그거 하나는 잘했군."

"다 죽어가던 사람이에요. 별일없겠죠."

"정체를 모르는 만큼, 매사에 신중을 기해야지. 깨어나면 즉시 보고하거라. 어떤 자인지 한번 만나봐야 되겠으니까."

"그렇게 할게요."

아버지와 딸의 대화가 아니다.

상주와 소상주의 대화다.

둘만 있는 자리에서는 다를지 몰라도, 이 자리는 상가의 행보와 관련된 일들을 보고하고 상의하는 자리였으니, 아버지는 더 이상 딸아이의 모든 뜻을 받아주는 아버지가 아니었으며, 딸아이는 더 이상 재롱과 장난만을 일삼던 꼬마가 아니었다.

아직도 어린 딸에게 상주로서의 마음가짐을 가르치고 상인으로서의 법도를 일러준다.

언제 무슨 일이 벌어질지 모르는 강호무림에서, 그 치열함이란 이 혼란의 대지를 밟고 선 사람들에게 자연스러운 삶의 일부였을 따름이었다.

강씨금상의 규모는 무척이나 컸다.

정란의 변으로 역천이 일어나고, 하늘이 바뀌어 영락의 시대가 열린 이래. 강씨금상은 격변의 세월을 거치면서도 도리어 승승장구하여 상계에서는 광동 전체를 아우르는 명성을 얻게 된다.

명성만큼이나 거대해진 강씨금상의 본가.

강설영의 거처인 화선각(花仙閣) 바로 옆에는 금상 소속 의방인 금약당(金藥堂)이 자리하고 있었다. 금약당, 그녀가 구해온 그 청년이 치료를 받고 있는 장소였다. 금약당에 당도한 강설영은 그를 돌보기로 했던 그녀의 시비부터 찾았다.

"여은이는?"

"아가씨 거처에서 잠깐 쉬었다 온다고 했어요. 금방 올 텐데… 제가 가서 불러올까요?"

약재를 옮기던 시녀의 대답이었다.

힘들어 보이는 와중에도 미소를 잊지 않는다. 강설영이 손사래를 치며 막 발을 옮기려던 시녀를 만류했다.

"아니야. 내가 가볼게."

"바로 지척인데……."

"지척이니까 더 내가 가야지."

화선각으로 발길을 돌린 강설영이다.

안쪽까지 들린 그녀의 발소리에 귀엽게 생긴 소녀 하나가 달려나오며 반갑게 그녀를 맞았다.

"오셨어요, 아가씨?"

"그는 좀 어때?"

"그 사람이요? 금약당에 있는데요. 여전히 그대로예요."

"아직도?"

"예. 아직도요."

"대체 언제 일어나려고 그러는 거야?"

"…신경질이 잔뜩 나셨네요."

"났지. 안 날 수가 있겠어?"

"상주님께 혼난 거죠?"

"물론 혼났어. 혼이 안 나고 배기겠니?"

“아가씨도 너무하시긴 했죠. 칠성암에 직접 쳐들어가 버렸으니까요. 누군들 안 놀라겠냐구요.”

“너까지 내 탓을 하는 거야?”

“탓하는 게 아니에요. 걱정이 될 수밖에 없잖아요. 마님께서도 안절부절못하시고 난리도 아니었구요.”

“엄마가?”

“그럼요. 아가씨가 불산에서 무사히 돌아온 걸 보고 얼마나 좋아하셨었는데요. 그런데 오자마자 그 칠성검문에 싸움을 걸러 나가 버리셨죠. 걱정하시는 게 당연해요!”

“그랬단 말야? 전혀 몰랐어…….”

“마님 성격 아시잖아요. 원래 티 안 내시는 거.”

“엄마. 많이 걱정하셨어?”

“꽤나 놀라신 것 같았어요. 무공을 괜히 배우게 한 거 아니냐고도 하셨죠.”

“윽, 어쩐지…….”

“어쩐지라고요?”

“그래서 아빠가 그렇게 나온 거였군! 평소보다 엄하다 했어.”

“모르긴 몰라도 마님께 된통 혼나셨던 모양이네요.”

“맞아. 틀림없이 그럴 거야.”

“그럼, 이번에는 얼마나예요?”

“한 달!”

“한 달이요?”

“그래. 끝장이지.”

“한 달이면 정말 기네요. 계획에 차질이 생기는 거 아니에요?”

“차질이 생겼지. 운거모산가 뭔가, 이곳에 앉혀놓으면 한시름 놓을 줄 알았더니. 바깥에 나가기는커녕, 확 붙잡혀 버렸지 뭐야.”

“여유롭게 생각하세요. 그 물건, 나중에 찾는다고 없어지는 것도 아니잖아요.”

“없어져? 없어지고 말고가 아냐. 진짜 있었던 물건인지도 모르는걸?”

“어쨌든요.”

“실제로 있는 물건인지, 그것조차도 확인 못했어. 얌전히 잡혀 있을 때가 아니야. 이대로라면 그냥 영원히 묶여 버리고 만다구.”

“묶여 버린다고요?”

“임무에 임무! 상주밖에 될 게 없는 거잖아. 일단 강씨금상을 맡게 되면 그때부터는 찾고 싶어도 못 찾을 거야!”

“그도 그렇네요. 상주님만 봐도 굉장히 바쁘시잖아요.”

“엄청 바쁘지. 하루도 편히 쉬기 힘들 거야.”

“아가씨 있잖아요… 음…….”

“뭐?”

"아, 아니에요. 그냥……."

"뭐야? 말해봐."

"그럼 여쭤볼게요."

"뭔데 그래?"

"아가씨, 상단의 상주 같은 거… 사실은 하기 싫은 거죠?"

"그거야 당연히 하기 싫지!"

강설영이 목소리를 높이며 대답했다. 그렇게 대답해 놓고는 스스로도 그것에 깜짝 놀란 듯 손을 들어 입을 가리고 만다.

"아, 그게……."

"그럴 줄 알았어요, 아가씨."

강설영의 개인 시녀이자 친구나 다름없는 시비, 우여은(宇閭銀). 여은이 은근한 목소리로 말을 이었다.

"아니, 그런 게 아니라."

"칠성검문 일도 원래는 그냥 화풀이였던 거구요."

"그렇지 않아, 그건!"

소리치는 강설영의 목소리엔 자신감이 없었다.

우여은.

여은의 나이는 열여섯.

강설영보다는 한 살 적은 나이다.

비슷한 나이로 어릴 때부터 함께 커왔으니 가족이나 다를 것이 없다. 표정만으로도 서로의 모든 것을 알아볼 수 있는 사이라고 할 수 있었다.

"후우… 그래, 네 말이 맞아. 정말 아무것도 감출 수가 없네."

"오랫동안 봐왔잖아요. 그 정도는 알아야죠."

"하지만 정말 비밀로 해야 돼. 상주가 되기 싫다는 이야기는."

"알고 있어요. 그런 걸 어디다가 말하겠어요?"

"누구에게도 안 돼. 다들 굉장히 실망할 거야."

"걱정 마세요. 제가 아가씨만큼 똑똑하진 못해도 못 말릴 바보는 아니니까요."

"무슨 소리야? 영리하기로는 둘째가라도 서러운 마당에. 관선대의 장 숙부도 똑똑하기로는 여은이만 못할걸?"

"말도 안 되는 이야기 하지 말아요. 장 대주님의 안목은 광동제일이잖아요."

"그 장 대주가 여은이를 이리로 데려왔지, 아마?"

"한참이나 옛날이야기네요. 그때 전 말 한마디 제대로 못하는 꼬맹이였어요. 그런 이야기보다 아가씨, 요 전날 이(李) 공자께서 왔다 가셨어요. 안부 전해달라시면서요."

"군명(君明) 오빠가? 언제?"

"한 이틀 됐어요. 조만간 다시 올 눈치던데요? 요즘 들어 부쩍 자주 뵙는 것 같아요."

"원래 자주랄 것도 없었잖아. 사는 곳이 지척인데."

“또, 또! 관심없는 척하시긴요! 인물도 좋고, 태도도 반듯하
고 그 정도면 어디 가서 구하기도 힘들죠. 듣자 하니, 무공도
보통이 아니라던데요?”

“무공 하나는 확실히 뛰어나지. 보통 남자들하고 분명히
다르긴 해.”

“얼마 전엔 동완주(東莞州) 앞바다까지 함께 나갔다 왔었
죠?”

“그때 이야긴 다 했잖아. 생각보다 볼 것 없더라고.”

“정작 중요한 이야긴 안 했죠. 나가보니 어땠어요? 손은 잡
아봤어요?”

“뭐라구?”

“아가씨도 이제 슬슬 남자들을 골라봐야죠. 이 공자보다
대단한 사람이 몇이나 있을까 싶지만요.”

“얘가 진짜! 자꾸만 그럴 테야?”

“뭐 어때서요? 아가씨 정도 미모면 실컷 골라잡아도 되잖
아요. 이왕이면 잘생긴 남자로요. 아, 그러고 보니까 저 안쪽
에 있는 그 남자도 얼굴 하나는 근사하게 잘생겼더군요. 골격
도 아주 멋지구요.”

“점점……! 다친 사람 가지고 못하는 소리가 없어!”

“게다가 그 남자 말이에요. 귀에 귀걸이 있는 거 봤어요?”

“귀걸이? 그런 걸 하고 있었어?”

“그뿐이 아니에요. 몸에는 자문도 했더라니까요. 그런 건

험상궂은 사람들만 하는 건 줄 알았더니 그런 것도 아니었나
봐요.”
“자문이라고……..”
강설영이 눈을 빛내며 혼잣말처럼 중얼거렸다.
자문(刺文). 문신을 뜻함이다.
문신이라 함은 보통, 어떤 특별한 집단의 일원임을 나타낼
때 새기는 경우가 많다. 문신을 확인함으로서 어느 문파의 문
인인지 알게 될 수도 있는 것이다. 그녀가 여은을 돌아보며
물었다.
“어떤 문신이었어?”
“이런저런 글자들이었어요. 무슨 마군(魔軍)이라나.”
“마군? 별로 좋은 어감은 아닌데?”
“이렇게 말로만 듣지 말고 직접 보시든지요.”
“직접?”
“예. 들어가면 바로 볼 수 있어요.”
“바로 볼 수 있다구?”
“그럼요. 이쪽으로 와봐요.”
여은은 다짜꼬짜 강설영의 소매를 잡아끌었다.
금약당까지는 금방이었다. 금약당 내실로 들어가니 금륜
대 무인 세 명이 한쪽 내방 앞을 지키고 앉아 있는 것이 보였
다. 강설영이 들어서자 일제히 일어나며 목례를 하는 세 사람
이다. 공손함이 한껏 배어 있는 모양새였다.

"막 들어가도 되는 거야?"

"다른 사람도 아니구, 아가씬데요. 적어도 위험하다 말릴 사람은 없잖아요."

맞는 말이다.

금륜대 무인들은 그녀를 제지하지 않았다. 제지할 명목이 없기 때문이었다.

그들은 알고 있었다. 자신들 세 명이 달려들어도 강설영에게는 이길 수가 없다는 사실을 말이다.

안쪽에 있는 부상자가 갑작스레 악독한 수작을 부린다 한들, 그런 것은 강설영에게 통하지 않는다. 강설영 같은 고수에게도 통할 만한 암습이라면 어차피 금륜대 세 명으로 어쩔 수가 없다. 금륜대 세 명이 강설영을 말려보았자, 쥐 세 마리가 고양이 걱정을 해주는 격이나 다름이 없는 일이란 뜻이었다.

드르륵.

내방 문을 열자 약재 냄새가 코끝으로 확 끼쳐들었다. 침상 한쪽에 누워 있는 이, 단운룡이었다. 상체 전체로 빽빽하게 감겨진 붕대가 강설영의 두 눈으로 하얗게 비쳐들고 있었다.

"마침 붕대를 갈아줄 때가 되었네요. 이리로 와보세요."

붕대를 풀어내는 여은의 손놀림은 무척이나 능숙했다.

강설영의 개인 시비라고는 했지만 강설영이 모든 일에 여은을 필요로 하는 것도 아니요, 일찍부터 자유롭게 두는 일이

잦았던 그녀다. 몇 년 전부터 금약당에 드나들며 이런저런 일들을 배우는 중이라 하더니, 이제는 금약당 소속이라 해도 믿어줄 것 같은 솜씨를 보여주고 있었다.

"자, 잠깐! 그걸 다 벗겨내려고?"

"그럼요. 당연하죠."

말릴 여유 따위는 없었다. 상체를 들어올리지 않고서는 풀어내기 어려울 것 같았던 붕대를, 이리저리 잡아당기더니 순식간에 풀어놓는다. 단운룡의 복부와 가슴 위쪽, 한쪽 어깨까지 반신의 나체가 한꺼번에 드러나 버린다. 강설영의 얼굴이 빨갛게 달아올랐다.

"너무하잖아!"

"뭘 얼굴까지 빨개지고 그래요? 남자들 쥐어 패는 건 잘도 하면서."

"두들겨 팬다고 옷까지 벗기진 않는다고!!"

"순진한 척하시기는! 그럼, 아직까지 이 공자 가슴도 못 봤단 거예요? 만난 지도 꽤 되었잖아요!"

"뭘 본다고? 미친 거 아냐?"

"의외네요. 아가씨 정도면 이미 다 해치웠는지 알았는데."

강설영의 표정은 경악에 가까웠다.

여은의 말에 충격을 받은 얼굴이다. 그녀가 말까지 더듬거리면서 여은에게 물었다.

"그, 그럼, 너는? 너는 얼마나 해봤길래 그래?"

"저요? 저는 아직 아무것도 못해봤죠. 아가씨보다 얼굴도 몸매도 별루잖아요. 좀 더 나이를 먹어야 될 모양이에요."

여은이 두 손을 들어 자기 가슴을 쥐는 듯한 시늉을 하더니, 손가락 끝을 다리까지 쭉 뻗어 내렸다. 가슴도 다리도 강설영에겐 상대가 안 된다는 뜻이다. 강설영의 얼굴이 잘 익은 감처럼 더욱더 빨갛게 변했다.

"정말 못 말리겠다. 나, 나는, 이만 나가는 게 좋겠어."

"금륜대 살벌한 무인들도 아가씨한텐 벌벌 떤다고 그러더니, 아가씨 이러는 건 또 처음 보네요."

"내가 이상한 건 아닐 거야. 난 그렇게 믿어."

"저도 이상한 건 아니에요."

"충분히 이상해! 너는, 이런 거 보면서도 아무렇지 않아 하잖아!"

"금약당에 있어봐요. 다친 사람 볼 일이 얼마나 많은데요. 다들 자기 몸 보여주는 거 아무렇지 않게 생각하죠. 여긴 여염집 규방이 아니라 몸을 고치는 의방이니까요. 그렇게 보여주는 사람들 앞에서는 저도 아무렇지 않게 봐줘야지, 그 앞에서 얼굴 붉히면 큰일난다구요. 아참, 그래도 이 동네 다친 건 안 보여주려 하죠. 저도 안 보고요."

의방에 와서도 안 보여주려는 곳.

여은이 단운룡의 하체, 사타구니 위쪽으로 손을 휘돌리며 말했다. 강설영이 여은의 손놀림에 그쪽으로 눈길을 돌렸다가 억, 소리를 내며 질끈 눈을 감았다. 그녀가 한 발 물러나서 이를 악물고 목소리를 높였다.

"제발 좀!!"

"반응이 너무 과한데요? 일부러 그런 척하는 거 아니에요?"

"일부러 그런 척이라니!!"

"언젠간 익숙해져야죠. 어차피 시집은 가야 되잖아요."

"그건 그때 익숙해져도 안 늦어!!"

"너무 서툴면 남자들도 싫어한대요. 그러지 말고 어서 평상심을 찾아봐요. 문신 생김새는 봐야 될 거 아니에요."

여은이 더 뒤쪽으로 물러나려는 강설영을 억지로 잡아끌었다. 강설영이 힘을 줘서 여은의 손을 뿌리치고는 눈을 감고 세네 번 심호흡을 했다. 강설영이 마지막 숨을 들이키고는 나직한 목소리로 말했다.

"자문만 보려는 거야. 다른 뜻이 절대로 아니라구."

"알겠어요, 알겠어. 빨리 이쪽으로 와봐요."

강설영이 긴 숨을 내쉬고는 다시금 침상 앞으로 다가갔다. 완벽하게 다져진 가슴근육, 골과 골이 뚜렷한 복근 쪽으로는 애써 시선을 주지 않았다. 여은이 가리키는 곳, 가슴 한쪽에 새겨진 문신들이 별빛 같은 그녀의 눈 안에 비쳐들었다.

"소마… 군?"

소마군(少魔軍)이란 글자는 굉장히 오래전에 새긴 듯 희미하여 잘 보이질 않았다. 글자의 비율도 엉망이다. 아주 어렸을 때 새긴 이후, 육체가 성장하면서 좌우로 늘어나 버린 느낌이었다.

“대산……. 이건 소봉이라 쓴 건가?”

“어깨에도 이어져 있어요.”

“그렇네. 하만, 반조……. 이거, 사람 이름들 같은데?”

“중원식 이름은 아닌데요?”

“그래도 달리 생각하긴 어렵잖아. 이게 몇 개야. 꽤 많은걸.”

“사람 이름이라면… 무슨 비밀 결사라도 될까요?”

“비밀 결사?”

“대원들 이름을 쫙 새기고 다니는… 뭐 그런 거요.”

“그럼 비밀 결사가 아니겠지. 이름들 다 써놓았다가 잡히기라도 하면 한꺼번에 들켜서 줄줄이 박살나게?”

“아, 그도 그렇네요. 음… 그렇다면 혹시, 죽여야 될 사람 이름을 써놓았다든지…….”

“협객서(俠客書)를 너무 많이 읽었구나. 설령 그런 사람이 있을 수 있다 해도, 정말로 그러고 다니는 사람이 몇이나 있겠니?”

“왜요? 여기 이 사람이 그 드문 사람들 중 하나일지도 모르죠. 엉뚱한 거 믿기로는 아가씨도 마찬가지면서…….”

핀잔을 들은 여은이 입술을 삐쭉 내밀며 대답한다. 그녀의 말에 강설영이 눈썹을 치켜 올리며 짐짓 화난 듯한 어조로 말했다.

"엉뚱하긴 뭐가 엉뚱해! 광동제일금상, 옷이란 옷은 다 있는데, 딱 하나 그것만 없잖아. 그런 걸 찾으려는 게 뭐 어때서?"

"믿기 힘들긴 마찬가지죠. 그런 거도 협객서에나 나오는 이야기라구요."

이쯤 되면, 시비와 주인의 관계라 보기도 힘들다. 티격태격 말싸움까지도 아무렇지 않게 하는 그녀들이다.

몇 마디 왔다 갔다 더 주고받은 끝에 먼저 화를 누그러뜨리는 것은 그나마 한 살이라도 나이가 많은 강설영 쪽이었다. 그녀가 손을 내저으며 휴전(休戰)을 청한다. 그녀의 입에서 반쯤 억눌린 목소리가 흘러나왔다.

"알겠으니 그만 하자. 그게 아무리 허무맹랑한 물건일지라도 난 그걸 찾아야 해. 그걸 찾는 것이야말로 우리가 광동제일금상에서 천하제일금상으로 발돋움할 수 있는 열쇠라 생각하니까 말이야. 그건 그렇게 하고, 이 남자는 무슨 결사대의 일원쯤으로 치는 거야. 알겠어?"

"알았어요. 화를 낸 것은… 제가 잘못했어요, 아가씨."

"그걸로 쫓아내거나 할 것은 아니니까 그런 표정일랑 짓지 마. 또 그러면 진짜로 혼내줄 거야."

"남자들한테 그러는 거처럼요?"

"네가 지닌 무공도 어지간한 무인들보다는 훨씬 더 강하잖

아. 그러면 아무래도 사정 봐주기가 어렵겠지.”

“그런 거면 무조건 항복할래요.”

여은이 두 손을 번쩍 들며 말했다. 그 희극적인 모양새에 강설영이 피식 웃음을 짓고 만다. 그렇게 터지기 시작한 웃음은 또다시 상대방의 웃음을 부르는 법이다. 주고받으며 몇 번이고 웃음을 터뜨린다. 배를 잡던 웃음이 서서히 잦아들 때다. 문득, 단운룡 쪽을 돌아본 여은이 아차, 하며 한쪽의 서랍장으로 발을 옮겼다. 금창약과 깨끗한 붕대를 꺼내오며 웃음기 감도는 목소리로 입을 열었다.

“이번에 다친 거 말고도 상처가 굉장히 많아요. 그쵸?”

“그래. 그렇구나.”

아까부터 계속 보고 있었던 데다가 한바탕 웃음까지 터뜨렸던 뒤라, 이제는 다 드러낸 상체에 눈길을 주고도 아까처럼 얼굴이 달아오르진 않았다. 다만, 볼수록 완벽한 몸이라는 생각이 들 뿐이다. 이곳저곳에 남아 있는 크고 작은 흉터들까지, 진짜 무인의 육체가 거기 있었다.

“얼굴에도 있어요. 긴 흉터가요. 검날은 아닌 것 같고 창에 맞은 거 같은데, 상당히 깊이 베였던 모양이에요. 잘못했으면 눈까지 잃었겠어요.”

이 남자. 정신을 잃은 채 누워 있기를 며칠째일까.

불산에서 내려와 일을 수습하고, 칠성검문까지 아작 내고 왔으니, 칠팔 일은 족히 흐른 것 같다. 열흘 가까운 시일 동

안, 코 밑, 턱 선을 따라 거뭇거뭇 자라난 수염이다. 흉터까
지 더해서 굉장히 거칠어 보이는 얼굴이 되어 있었다.

"얼굴 흉터는 그렇다고 쳐. 내가 보기엔 이 흉터가 최고로
험악한데?"

그녀의 손가락이 단운룡의 가슴 언저리를 가리켰다. 진짜
깊이 베였던 것인지, 아니면 흉터만 그렇게 남은 것인지는 모
르겠지만, 나선으로 휘감긴 흉터가 보통 험한 것이 아니었다.
여은이 단운룡의 검상에 금창약을 뿌리고는 고개를 끄덕이며
대답했다.

"맞아요. 아가씨는 못 봤겠지만, 이쪽 옆구리도 엄청나요.
다리 쪽도 그렇고. 그야말로 아수라장을 헤쳐 온 모양새에
요."

"뭘 이리도 많이 다쳤을까. 역시나 무공이 약해서인가?"

"그렇겠죠. 아가씨는 거의 안 다쳤잖아요."

"글쎄다. 그것은 어쩌면, 다치지 않을 상대와만 싸워서 그
런지도 모르지."

"아가씨를 다치게 할 만한 상대가 몇이나 될라구요."

"그렇지 않아. 세상은 넓다구."

"뭐, 일단 적어도 이 사람은 그중 하나가 못 될 테죠. 칠성
검문에게 이 지경이 되었다니까 말이에요. 그러고 보면 별로
무서울 것도 없는 비밀 결사겠네요. 호호호."

"비밀 결사가 아닐 거라니까 그래."

다시금 미소를 짓는 강설영이다.

입을 삐쭉거리면서도 차근차근 붕대를 감아가는 여은이
다. 두런두런 말을 주고받는 그녀들의 말소리 밑에, 아직도
암흑 속에 잠을 자는 단운룡이 있다. 다시 비상할 날을 기다
리는 잠룡의 휴식이었다.

*　　　　*　　　　*

쐐액!

사방 천지에서 창칼이 날아온다.

창대를 분지르고 칼날을 부숴 버렸다.

멈추지 않고, 또 멈추지 않는다.

미칠 듯한 압력이다. 만천에 가득한 도광과 창광이 온몸을
짓눌러 버릴 듯했다.

신풍에서 순속으로 올려봐도 그 압력은 줄어들질 않았다.

그렇게 되면 어쩔 수 없다.

뇌신이다.

뇌신을 발동하고 자아를 잊어버린다. 온몸을 둘러친 뇌전
의 기운이 꿈틀거리며 도광과 창광을 지워가고 있었다.

자유로움을 느낀다. 뇌신, 신의 영역에서 주위를 굽어보고
있다. 언제든 막아낼 수 있고, 언제든 박살 낼 수 있다. 휘둘
러 오는 칼날, 찔러오는 창날이 너무나도 약하게만 보였다.

힘과 속도, 무한대의 쾌감을 만끽하고 있을 때다.

서서히.

마음 한구석에서 솟구치는 것이 있었다. 끈적끈적한 어둠처럼, 발목을 감고 올라와 머리 속을 지배한다.

그것의 정체는 위기감이다.

자칫하면 죽는다. 뇌신의 무력에 취해 있을 때가 아니었다.

손끝에서 발해지는 힘은 강력하기 그지없으나, 그런 만큼 위기감도 진해지고 있었다. 이토록 강하고, 이토록 빠른 데도. 가슴이 터져 버릴 듯 두렵다. 신나게 몰아치고 있어서는 안 될 일이었다.

빠져나가고 나면.

죽는다.

알고 있었다. 신과 같은 무력은 일순간에 불과하다. 이 힘이 다하고 나면 그 다음은 끝이다. 건드리면 부서질 유리처럼 변해서 저토록 미약한 칼날에 목숨을 바쳐야 되리라.

점점 더.

마지막이 오고 있음을 느낀다.

힘이 사라지고 있다. 무한대로 이끌던, 그를 궁극의 어딘가로 이끌어가던 뇌전의 힘이 하늘 밖으로 흩어지고 있었다.

불안감의 정점에서다.

한순간 그의 허리를 채가는 사람이 있었다. 허리를 낚아채고 달려가 안전한 곳으로 향한다. 적들을 뿌리치고 힘이 다한 순간에서 살 수 있도록 그와 함께 달려주는 사람이 있었다.

고개를 돌려보았다.

익숙한 얼굴이 거기에 있다.

대산.

대산이다.

가슴이 벅차다. 그 대산이, 그의 허리를 잡고 우거진 밀림을 꿰뚫고 있었다.

혹 하고, 한순간 그의 어깨를 받쳐 주는 사람도 있다.

검은 머릿결, 흑로였다. 흑로가 대산과 함께 그를 부축하고 깊은 밀림, 펼쳐진 녹음을 헤쳐 나가고 있었다.

숲을 나와 쏟아지는 햇살 속에.

또 한 번 적들의 기척을 느낀다. 강하고 무서운, 살벌하고 잔인한 적들이었다.

이제는 힘이 없는데.

이 적을 돌파할 수 있을까.

그때였다.

뒤쪽에서 나서서 달려나가는 이들이 있다.

소봉이다. 작은 칼날, 비도들을 던지고 나아가면, 깃발을 든 반조가 그 옆에서 공격을 지휘한다. 둥둥둥둥, 북소리도 있다. 하만이 북을 친다. 하나둘 달려나가 적들을 물리쳐 준다. 소마군의 힘이다. 남아 있는 힘이 하나도 없건만, 그는 그저 안전할 뿐이다. 모두가 그를 둘러쳐 방벽이 되어주고 있으니, 그에게 미치는 창날은 단 한 자루로 없었을 따름이었다.

그렇게 햇살 속을 돌파했다.

저 앞에서 나타나는 자.

기병들이다. 기병들 가운데, 장창을 비껴든 나이만이 있었다.

이건 위험하다.

안전함 뒤에 느낀 또 한 번의 위기감이다. 몰아쳐 오는 기병들이 소마군 전부를 쓸어버릴 것 같았다.

북소리가 잦아들고 깃발의 움직임이 느려진다. 허리를 붙잡고 있었던 대산이 호철도를 뽑아 들고 정면을 향해 달려나갔다. 어깨를 받쳐 주던 흑로마저도 땅을 박찬다. 몰려오는 기병들을 향해서였다.

이제는 혼자다.

무릎을 꿇은 채 넘어졌지만 일어날 힘이 없다.

기병들과 소마군이 장렬하게 부딪쳐 스러져 간다. 흑로의 배에 장창이 박히고, 피투성이가 된 대산이 나이만의 목을 잘라냈다.

그리고 쓰러진다. 대산의 몸이 허물어지는 것이 보였다.

안타까움이 해일처럼 밀려올 때다.

사라지듯 없어진 기병들의 그림자 저편에서 가면을 쓴 자들이 달려오고 있었다. 가면을 쓴 자들뿐이 아니다. 형산파 무인들도 있고, 칠성검문 검호들도 있다. 그들의 한가운데에는 남해의 강자, 위원홍도 있었다.

위원홍.

위원홍이 아닌가?

위원홍이 아니라 사부 같다. 사부 소연신의 얼굴 같았다.

그게 사부라면, 왜 저기 있을까.

사부까지 날 죽이려 하나?

그럼 살아날 수 없다. 이번에야말로 죽는다. 죽을 수밖에 없을 것이다.

그때다.

누군가가 그의 손을 잡았다.

일으켜 세운 몸에 고개를 돌려본다.

친숙하고도 친숙한 얼굴, 아버지였다.

오래전에 죽었던 아버지가 왜 지금 나타났을지. 알 수가 없다.

아버지가 귓가에 속삭였다.

살아라.

살아남아라.

살아남아서 남겨진 꿈을 꾸어라.

꿈…… 꿈!!

그렇다.

이것은 꿈이다.

아버지가 말하는 꿈이라는 것은, 영원히 지켜가야 할 다른 꿈을 뜻하겠지만.

대산도, 소마군도 옛날에 죽었으니.

이것은 그저 스쳐 갈 꿈인 모양이다. 사부가 그를 죽이려는데.

그렇다. 꿈이 아니고서야 어찌 그런 일이 있을까.

앞을 보았다.

뭔가 이상하다.

꿈인 것을 알고 있음에도 깨지 않는다.

적들이 다가온다.

깨어 있을 때와 똑같은 위기감이다. 아버지가 옆에서 몸을 붙잡아주고 있는데도, 이것이 지나갈 꿈인 것을 알아버렸는데도, 여전히 두렵기만 하다. 당장이라도 저 다가오는 칼날 앞에서 온몸이 찢겨 버릴 것 같았다.

짓쳐들어 칼을 날려온다.

그리고.

누군가가 그 앞에 나타난다.

그것은 아버지의 뒷모습 같기도 하고, 다른 누군가의 뒷모습 같기도 하다.

오기룡이다.

오기룡이 발을 휘두르고 있었다.

휘두르는 것. 길고도 강력한 다리.

다리……? 다리가 아닌가? 창이다. 오기륭이 창을 들었다? 창을 휘둘러 적들을 물리치고 있었다.

눈을 돌려 얼굴을 보았다. 여인의 얼굴. 백가화다. 오기륭이라 생각했던 이는 어느새 흰옷을 입은 백가화로 변해 있었던 것이다.

백가화가 앞으로 달려나가며 길을 뚫는다.

아, 아니다. 저기 있다. 오기륭도 보인다. 여인의 측면에서 함께 달려나가며 발끝을 올려 차고 있었다.

오기륭만 있나.

오기륭과 함께 있었던 거한의 모습이 저기 있다. 뛰쳐나와 청룡언월도를 휘두르는 관승도 보였다. 관승의 옆에 있는 것은 방편산을 높이 든 선찬이었다.

혼자서는 죽을 수밖에 없는 상황에서.

그의 앞을 지켜주는 사람들.

그것을 깨닫는 순간이다.

갑작스레 기운이 난다. 단전에서 시작되는 광극진기가 온몸에 강인함을 더한다.

올리지 못하던 팔이 움직이고, 혼자서 설 수 없었던 발이 대지를 밟았다.

부족한 것. 필요한 것.

동료.

동료다.

동료가 있어야 했다.

광신마체의 발동으로 힘이 사라졌을 때. 지켜줄 사람이 없으면 죽을 수밖에 없는 것이다.

대산처럼, 다른 소마군처럼.

지켜주던 사람들이 사라져 버리면.

그때도 죽는다.

죽을 수밖에 없었다.

왜일까.

완전하지 않기 때문이다.

그는 불완전한 존재다. 혼자서도 충분히 강했지만, 그 혼자서 이 세상 전체를 아우를 수는 없었다.

불완전한 존재를 완전하게 만들어주는 것.

완전한 상태에서 천하를 바라볼 수 있게 해주는 것.

그것이 동료다.

동료는 있었다.

소마군. 대산과 같은 동료가.

동료가 죽으면 안 된다.

더 이상은 싫다. 동료가 죽은 뒤의 복수는 어떤 방식으로도 하고 싶지 않았다.

애초부터 죽지 않게 하겠다.

안 죽도록 지켜야 하는 것이다.

하지만 그것도 혼자는 안 된다.

동료가 죽지 않으려면, 또 다른 동료가 있어야 했다.

그를 지켜주고, 그의 동료를 지켜줄 또 다른 동료.

그의 동료들에게 북을 쳐주고 깃발을 휘둘러 줄 또 다른 동료가 필요하다.

북을 적절한 때에 치고, 깃발을 적절한 때에 휘두르게 해줄, 그 모든 것을 지휘하는 또 다른 이가 있어야만 했다.

그 지휘를 받아서 창을 휘두르고, 주먹을 내치고, 화살을 쏘아줄, 동료들이 있어야만 하는 것이다.

동료와 동료가 만나 적들을 돌파한다.

그들에게 닥쳐온 위험을 없애고 그들만의 꿈을 꾼다.

그것은 이른바, 꿈의 실체.

그것이 무엇인지 알고 있다.

이미 그것을 보았고, 이미 그것을 생각하고 있었다.

문파다.

문파의 모습이다.

그가 이끌고, 이끌어가야 할, 그가 지키고, 지킴받아야 할 문파였다.

이어지는 꿈으로.

마치 계시와도 같았던 마음의 메아리로.

단운룡은 눈을 뜬다.

깨달음에 눈을 뜨는 순간, 곧 육신의 눈을 뜨는 순간이었다.

*　　　　　*　　　　　*

"정신이 드나요?"

누군가의 목소리가 들렸다.

여인의 목소리다.

어딜까. 누구더라.

감락당의 기녀 정향이가 비슷한 목소리를 지녔던 것 같은
데.

"이봐요! 눈 뜬 거 맞죠? 정신 차려요!"

이 목소리. 감락당은 무슨 놈의 감락당이냐.

처음 듣는 목소리다. 고작 생각해 냈다는 게 기녀의 목소리
라니. 사부에게 잘못 배워서 그렇다. 머리 속이 웅웅 울리고
있었다.

"이거 보여요? 이거 몇 개죠?"

밝은 것은 좋은데. 귀가 아프다. 이 목소리로 깔깔대며 웃
는 것을 들었다가는 귀가 터져 버릴지도 모르겠다.

"보이니까… 조용히 좀……."

"예? 뭐라구요?"

귀가 아프다.

너무나도 아프다.

이건, 그녀의 목소리가 커서가 아니다.

귀뿐이 아니라, 코끝도 묵직했으니 말이다. 약재 냄새가 홍수처럼 밀려들고 있었다. 냄새, 그 다음은 촉각이다. 공기의 흐름까지 한 올 한 올 다 알 수 있다.

방 안에 두 명, 바깥 문 앞에 세 명. 세 명은 무인이다. 틀림없다. 이 여인, 아니, 이 소녀의 목소리를 듣고 안쪽에다 신경을 곤두세운다. 즉각적인 반응이었다.

"무, 물을……."

입이 마른다. 말라 있는 느낌이 너무도 예리하다.

이 감각을 안다.

오감이 증폭되는 느낌.

광극진기다. 상단전으로 치받아 오른 광극진기가 이끌어 내는 기감이었다.

단운룡의 말을 알아들은 소녀가 방 한쪽으로 발길을 옮겼다. 옷자락 스치는 소리마저도 크기만 하다. 찻잔에 물을 따르는 소리, 딸깍거리는 소리가 연이어 들려왔다.

'이 정도 기감이라면…….'

진기를 끌어올릴 수 있다.

얼마나 정신을 잃고 있었는지는 모르겠지만, 그사이에도 진기는 계속 모여들고 있었던 모양이다. 몸 전체에 퍼져 있는 진기의 수준이 기대 이상이었다.

'여기는……?'

단운룡은 조심스럽게 고개를 돌려 방 내부를 살펴보았다.

찻잔을 들고 오는 소녀, 그 뒤쪽으로 보이는 벽면에는 별다른 장식이 걸려 있질 않았다. 통풍을 위해 높이 달린 창문, 환자를 위한 의방(醫方)이다. 미친 듯 파고드는 약재 냄새도 그러한 짐작을 확신하게 만들어주는 증거라 할 수 있었다.

"여기 물이에요. 한꺼번에 마시지 말고 일단 입술만 축여요. 성질 급하게 잘못 들이켰다가는 죽을지도 몰라요."

설마 죽기야 할까.

그래도 말은 듣는 게 좋겠다.

증폭된 감각에 갈증마저 이 정도면, 물 한 잔 먹기도 겁난다. 지금 누가 귓전에서 소리라도 질렀다가는 머리 한쪽이 통째로 날아가 버릴 것 같은, 그런 두려움이었다.

"받을 수 있겠어요?"

단운룡은 말없이 고개를 끄덕였다. 손으로 침상을 짚고 상체를 일으켜 본다. 소녀, 여은이 깜짝 놀라며 다급한 목소리로 말했다.

"자, 잠깐! 아직 움직이려면⋯⋯!"

쉽다.

가볍게 몸을 일으키는 단운룡이다.

왠지 그럴 것 같았다.

두 눈을 휘둥그레 뜬 여은의 손에서 찻잔을 넘겨받았다. 팔을 들어올리는 것도, 손가락을 움직이는 것도 수월하기만 하다. 전신에 퍼져 있는 진기가 그의 몸을 무리없이 움직이게 만들고 있는 것이었다.

"어떻게……."

반 모금.

반 모금도 아니다. 정말 몇 방울, 입에 대고 찻잔을 내려놓았다.

훨씬 좋다. 몇 방울에도 몸 전체가 흠뻑 적셔진 것처럼 시원한 느낌이다.

"고마워."

단운룡의 입에서 나온 것은 언제나와 같은 하대였다.

투박하기 짝이 없는 말투에 여은의 눈썹이 슬쩍 치켜 올라갔지만, 그보다는 지나치게 멀쩡해 보이는 모습이 놀랍기만 할 뿐이었다.

"여기가 어디지?"

"강씨금상이요."

"강씨금상……. 역시 그랬군."

차츰차츰 줄어든다. 증폭되었던 감각들이 가라앉고 있었다. 상단전을 휘돌던 진기가 서서히 안정을 찾아간다.

이 정도라면 운기까지도 필요없을 것 같다. 상처를 회복시키려면 제대로 운기조식을 하는 편이 훨씬 더 빠르겠지만, 무리를 할 이유는 어디에도 없다. 지금 지닌 진기만으로도 일상적인 움직임을 하는 데에는 아무런 문제가 없었다.

"어떻게 된 것인지는 기억이 나시나요?"

"아아… 물론이야. 죽을 뻔했는데 여기 소상주가 구해줬
지."

"제대로… 알고 계신 것 같네요."

"얼마나 지났지? 여기 온 지?"

"열흘 하고도 하루 더요. 쭉 아무 반응도 없었는데 엊저녁
부터 악몽이라도 꾸셨던 듯 신음 소리를 내시더군요."

"오래도 누워 있었군."

단운룡은 대답하며 생각했다. 신음 소리를 냈단다. 어제
저녁부터.

'악몽이라…….'

하루 저녁 동안 꾸기엔 짧은 꿈 아니었나? 아니면, 그 열 하
루 동안 내내 그 꿈만 꾸고 있었던 것인지도 모른다. 그리운
사람들이 그리도 많이 나왔던 꿈, 깨기도 아쉬웠을 것 같았던
꿈을 잘도 깨고 정신을 차렸다.

"팔다리는 괜찮은 건가요? 보통 이 정도 누워 있으면 움직
이기 어려운 법인데요."

"그래도 명색이 무인인데 괜찮겠지. 그보다 그 열 하루 동
안 소저가 돌봐준 건가?"

"밤에는 다른 사람이 돌보았죠. 한 사람이 매일매일 밤새
서 봐야 할 정도로 강씨금상에 사람이 없지는 않아요."

"소저는 굉장히 총명하군. 자, 그러면 이제 소저도 슬슬 나
가봐야지?"

“예? 저요? 어디를요?”

“가서 보고를 올려야 되는 거 아니었나?”

여은은 다시 한 번 놀랐다.

움직이는 것만 멀쩡한 것이 아니다. 말하는 것도 생각하는 것도, 열흘 넘게 혼수상태였던 사람 같지가 않았다.

‘게다가 저 눈빛……!’

눈빛은 더하다.

무엇이든지 빨아들일 것 같은 눈빛이다. 며칠 전에도 아가씨를 보자고 찾아왔던 광동 이씨 집안의 차남, 이군명의 눈빛도 이 정도는 아니었다. 젊은 사람의 눈이라고는 생각할 수가 없는 빛을 내뿜고 있었다.

“보고는… 다른 사람이 드리러 갈 거예요.”

“바깥에 있는 무인들이 가는 건가?”

“아… 아, 예.”

여은이 다소 당황한 어조로 대답했다.

이상하다. 뭔가 잘못된 것이 틀림없었다.

모두가 잘못 알고 있다.

이 남자는 칠성검문에 당할 만한 사람이 아니다. 지금 당장은 약해 보이지만, 보이는 모습 전부는 아닐 거다. 그 눈이, 그 눈 안에 있는 무시무시한 무언가가 그러한 사실을 잘 알려 주고 있었다.

‘위험할지도 몰라.’

한번 무섭다 생각했더니 점점 더 두려움이 커지고 있다.

아무렇지도 않게 그녀를 돌아보는 단운룡이다.

다시 한 번 느낀다.

일찍이 본 적이 없는 기질이다.

눈길 한번으로 마치 그녀의 몸을 꿰뚫고, 이 강씨금상을, 그 너머를 모조리 다 훑어보는 것만 같았다.

일개 시녀라기에는 너무나도 총명한 그녀, 여은의 눈에 비친 단운룡의 첫인상은 그와 같았다. 신비롭고도 두려운 존재, 알 수 없는 곳에 있는 인간 이상의 무엇과 같았던 것이다.

"이름은 뭐예요?"

"이름? 이름은 왜……?"

"밝히지 못하는 건가요?"

"그런 건 아니고. 일단은 단씨(段氏) 성을 쓴다고 해두지."

"단씨… 처음 봐요, 단씨는."

"글쎄, 단씨가 그리도 드물었나……?"

미소 짓는 단운룡의 혈색은 그다지 좋지가 않았다.

방금 전까지만 해도 완전히 회복된 사람 같더니, 지금은 또 얼굴 전체가 창백해지는 중이다. 정신을 차린 지 반나절, 좋아지고 나빠지길 반복하고 있는 느낌이었다.

'운기나 요상법, 뭔가를 하고 있는 거야.'

여은은 생각했다.

짧지 않은 시간, 그동안 무서웠던 첫인상도 이제는 없었던 것처럼 희미해진 상태였다. 처음 느꼈던 무서움이 차츰 사라져 간다. 시간이 지날수록 약해지고 있는 느낌마저 들었다.

'감추고 있는 건지도 모르지.'

지금도 그랬다.

한마디 해놓고 눈을 감는다. 아픔 때문에 눈을 감는 줄 알았더니, 자꾸 보니까 그게 아닌 것 같다. 눈을 감은 채 정신을 집중하는 모습이다. 운기행공이나 그에 준하는 무언가를 하고 있다. 몸의 회복과 관련된 어떤 시도를 하고 있는 것이 틀림없었다.

'회복하면서 기도를 갈무리하는 건가?'

여은의 안목은 어지간한 무인들 못지않았다.

처음 강설영의 시비로 들어올 때부터 강씨금상 금륜대에서 가르치는 금선공을 연마해 왔으며, 거기에 더해 강설영이 가르쳐 준 몇 가지 잡다한 재주까지 익혀놓은 덕분이었다.

'무엇을 감추려는지는 몰라도, 아가씨 앞에서는 안 될 거야.'

그러던 와중이다.

바깥의 기척이 어수선해진다. 누군가 인사하는 소리, 두런두런 나누는 말소리들이 들려왔다. 오셨나, 어쨌다라는 이야기들이다. 그 이야기 끝에 드르륵, 하고 문이 열렸다.

"이제야 정신을 차리셨군요. 몸은 좀 어떠신가요?"

“그보다 먼저 감사부터 해야겠군. 목숨을 구해줘서 고맙다.”

단운룡은 강설영에게조차도 격식을 차리지 않았다.

마치 동생에게 말하는 듯한 어조다. 누구라도 놀랄 법한 일에 강설영이 희미한 미소를 지으며 대답했다.

“감사를 표하는 어조가 상당히 인상적이네요. 말하자면 첫인상이나 다름없는데.”

‘첫인상이라……’

단운룡의 입가에 떠오른 것은 다소 씁쓸한 미소였다.

첫인상이라는 말.

그것이 의미하는 것은 하나다.

그녀는 그를 기억하지 못한다. 예전에 운룡 오빠라 따라다니며 타소목 놀이를 가르쳐 주었던 꼬맹이는 더 이상 없는 것이다. 단운룡이 미소를 지우지 않은 채 고개를 끄덕이며 대답했다.

“말투가 마음에 안 든다면 바꾸도록 하지.”

“그럴 필요 없어요. 보아하니, 그런 말투가 익숙한 것 같은데 억지로 바꾸려다가는 피차 어색함만 생기겠죠.”

강설영은 어색함을 말했다.

어색함.

어색하기는 이쪽이 훨씬 더하다. 그때의 강설영은 이런 말투가 아니었기 때문이다.

"그렇게 말하니 사양하진 않겠어."

애초부터 별로 바꿀 마음이 없긴 했다.

단지, 느낄 뿐이다. 얼굴을 알았던 사람이 이제 전혀 모르는 타인이 되어버렸다는 사실을 말이다.

"좋아요. 일단 통성명부터 하죠. 이미 짐작하고 있겠지만, 전 이 강씨금상의 소상주인 강설영이에요. 불산에서 이미 뵈었었죠."

"이름은… 굳이 알려줄 필요가 없을 것 같군. 단씨 성을 쓰고 있으니 단 공자든 단 소협이든 마음대로 부르도록 해."

"이름을 밝히지 못한다는 건가요?"

"정 알고 싶으면 말해주고."

단운룡은 그렇게 대답했다.

진심 그대로의 말이다.

운룡이라 하면 기억할 수도 있겠지만, 굳이 그때의 기억까지 끌어낼 필요는 없을 것 같다. 행여, 반드시 알아야겠다면 들려줄 용의는 있다. 이름이 뭔지 가르쳐 줘도, 과연 그때의 일까지 기억해 낼 수 있을까 싶었지만 말이다.

"알려주기 싫으면 밝히지 마세요. 죄인을 추궁하러 온 것이 아니니까요."

"추궁하러 온 것이 아니라면 왜 구해준 거지? 나를 통해서 철운거의 행방을 알아보려던 게 아니었나?"

묘한 긴장감이다.

팽팽하게 당겨진 무언가가 그들의 대화 속에 있는 것 같았
다.

당겨진 한쪽 끝에 선 강설영이다. 단운룡의 반문에 그녀가
조용한 어조로 대답했다.

"처음에는 그런 목적도 있었죠. 하지만 이제는 아니에요."

"이제는 아니다?"

"운거모사는 포기하기로 했어요. 우리 입장에서는 행여 데
려오는 데 성공하더라도 큰 수익을 얻기는 힘들 것이라는 결
론이에요."

"운거모사를 이 시점에서 포기하겠다니 예상외로군."

"투자한 것이 많지 않았으니까요. 발을 빼려면 지금이죠."

단운룡의 두 눈에 이채가 감돌았다.

투자와 수익.

이들이 상인 집단이라는 것을 새삼 깨닫게 해주는 단어들
이었다. 사람을 얻는 것도, 포기하는 것도, 결국에는 자금의
회수와 증대가 최종적인 목표다. 그런 것을 감추지 않고 노골
적으로 이야기하는 것을 듣고 있으려니, 생소하고도 신기한
느낌이 들었다.

"투자라고 하니까 문득 궁금해지는데… 무엇을 투자했는
지 말해줄 수 있나?"

"보통 그런 건 비밀이죠. 상도(商道)의 문제라구요."

"매사에는 예외라는 것이 있는 법이지. '특별히'라는 말을

붙일 수도 있는 것이고.”

“‘특별히’라니 그거 이상하네요. 제가 단 공자를 ‘특별하게’ 대할 만한 ‘특별한’ 이유라도 있나요?”

강설영은 어느 순간부터인가 이 대화 자체에 재미라는 것을 느낀 모양이었다. 특별이라는 말을 세 번이나 강조하는데, 얼굴 가득 웃음기를 지우지 못하고 있었다.

“애초부터 아무런 은혜도 입지 않았으면 모르되, 목숨까지 구원받았으면 갈 데까지 간 거지. 그 이상도 없어. 좀 더 바란다고 해서 새삼 흠이 될 것도 없을 거야.”

“훗, 그럴 수도 있나요? 적반하장도 아니고, 그걸 뭐라고 부르죠?”

“나야 모르지.”

“내게 달렸다는 거군요.”

“당연하지. 마음에 든다면 한 번 더 작은 호의를 베풀어주는 거고, 마음에 안 든다면 이 사람이 억지를 부리고 있다 생각하면 돼. 그뿐이야.”

단운룡의 말솜씨는 실로 독특한 데가 있었다.

스스로의 말마따나 다분히 억지스럽지만, 그러면서도 불쾌함을 주진 않는다. 교묘한 언어였다.

“좋아요. 일단은 마음에 드니까 ‘특별히’ 말씀드리죠.”

“이거 다행이군. 세이경청(洗耳敬聽)해야겠어.”

귀를 씻고 듣겠다. 짐짓 진지한 표정을 짓는다. 강설영이

훗, 하고 다시 한 번 작은 웃음을 터뜨리더니 목소리를 가다
듬으며 입을 열었다.

"운거모사와 철혈신녀는 불산에서 두 달 이상을 버텼죠.
그건 누가 되어도 쉬운 일이 아니에요. 움직이는 범위는 한
정되어 있고, 노리는 자들은 수도 없이 많았으니까요. 당장
도망 다니는 거야 어떻게 지모와 무력으로 해결할 수 있다지
만, 그걸로 안 되는 것도 있었겠죠. 예를 들어, 식량 같은 문
제요."

"음식이라… 그래. 이상하다 생각했지……. 역시 그거야.
조력자가 있었던 건가?"

고개를 갸웃거리면서 말한다. 강설영의 두 눈에 기광이 번
뜩 스쳐 지나갔다. 그녀가 고개를 끄덕이며 대답했다.

"맞아요. 조력자가 있었죠."

"불산 내부에 있었겠군. 불산에 대해 잘 아는 사람. 언제든
두 사람과 내통할 수 있는 사람."

"예. 불산에는 광염공이라고, 불산의 지하광도에 대해 훤
히 꿰뚫고 있는 사람이 있었어요. 십여 년 전부터 운거모사와
친분이 있었던 노인이죠. 그 사람을 섭외했어요."

섭외. 이 역시도 생소한 단어다.

무공을 익힌 무인들끼리는 잘 쓰지 않는 말이었다.

"그 정도면 보통 패가 아닌데… 왜 그렇게 늦게 나타났지?"

"불산에 들어간 시점 자체가 늦었으니까요. 며칠만 빨랐어

도 운거모사를 데려올 수 있었을 거예요. 아니, 며칠까지도 필요없고, 당신만 아니었다 한들 얼마든지 가능했던 일이죠."

"나 때문에?"

"너무 좋은 패를 들고 방심했던 것이 첫 번째 패착, 두 번째 패착은 우리 실력에 대한 과신이었죠. 저와 도 대주, 두 사람이면 충분하다 생각했었어요. 그래서 당신이 죽어가고 있을 때 우리가 직접 옮겼어야 했죠. 금륜대원을 몇 명 더 데려갔더라면 그런 수고까진 안 해도 되었을 거예요."

"버려두고 가면 그만이었을 텐데."

"그렇지 않아도 버려둘까 고민했었어요. 데려와도 죽을지 모르는 상황이었으니까요."

"운거모사를 찾을 수 있는 단서라서 살린 것은 아니었고?"

"말했잖아요. 그런 의도가 없지는 않았다고요. 단 공자가 염주암에서부터 철혈신녀와 함께 움직인 그 정체불명의 유삼 청년이 아니었더라면 혹시 모르죠. 어떻게 했을지."

"결국 죽게 내버려 둘 수도 있었다는 거군."

"뭐, 부인하진 않겠어요."

솔직한 대답이었다.

차라리 마음이 편해진다고 할까.

당연한 일이다. 단운룡은 거기서 그 어떤 아쉬움조차도 느낄 수가 없었다.

"그래서 그 광염공이란 자는?"

"염주암에서 폭발이 일어났을 때, 우리는 거기서 멀지 않은 광도 안에 있었어요. 나와서 본 염주암 일대는 그야말로 아수라장이었죠. 광염공은 그걸 보며 적지 않은 충격을 받은 것 같더군요. 염주암 바위 하나가 통째로 무너졌다는 것에 말을 잇지 못했어요."

"부처님이라도 믿었던 건가?"

"그렇게 말하니까 꽤 우습네요. 하지만 사실 우스운 일이 전혀 아니죠. 우스운 일일 수 없어요."

"설마, 진짜로?"

"맞아요. 광염공은 나름대로 신실한 불자였던 모양이에요. 염주암을 파괴했다는 사실에 상당히 화가 난 것 같았으니까요. 염주암은 불산에서도 손꼽히는 불교 명승지였죠. 그런 곳에서 폭발이 일어났을 뿐 아니라 사람까지 많이 죽었어요. 불자라면 당연히 분노할 수밖에 없었겠죠."

"좋은 패를 잃은 거로군."

"광염공은 그 길로 돌아갔어요. 운거모사와는 연을 끊어버릴 기세였죠. 다른 건 몰라도, 염주암을 파괴한 것은 명백한 실수예요. 운거모사는 더 이상 광염공에게 그 어떤 도움도 받을 수가 없을 거예요."

거기까지 들은 단운룡이다.

순간 생각한다.

'명백한 실수라… 과연 그럴까?'

강설영은 운거모사를 직접 만나보지 못한 것이 틀림없다.

한 번이라도 그 얼굴과 눈을 봤다면 그런 말을 하지 못했으리라.

설마하니 그가, 그 양무의가 광염공이 신실한 불자임을 알지 못했을진가.

염주암을 파괴했을 때 광염공이 분노할 것을 몰랐다고 한다면, 그것은 양무의가 아니다. 알고도 폭발시켰다. 폭발을 본 직후 광염공이 운거모사와 연을 끊을 기세였다면.

그것이 바로 양무의가 노린 바다. 되도록이면 아무런 인연의 끈을 남겨놓지 않기 위하여. 행여나, 광염공에게 위해가 가는 일이 생기지 않도록 말이다.

'천재야. 천재일 뿐만 아니라 사람으로서의 도리까지 알고 있지.'

거기까지 생각이 닿았을 때다.

갑작스럽게 치밀어 오르는 것이 있다.

양무의와 백가화.

탐이 난다.

탐낼 것을 도망치게 해줬다?

그것 자체는 아쉽지 않다. 일단 도망치게 해준 것은 기꺼이 해주기로 했던 것이니 아깝다는 생각은 들 겨를이 없었다.

다만, 이제 와 느끼는 것.

가지고 싶을 뿐이다.

놀랍고도 놀라운 양무의의 지모를, 등을 맡기고 마음껏 싸웠던 백가화의 무력을, 그 대단한 한 쌍을 손에 넣고 싶다는 생각이 홍수처럼 밀려들고 있었다.

"흐음… 운거모사와 철혈신녀. 소상주는 그들을 포기했다고 말했지. 그것은 만일, 지금 내가 그들에 대한 단서를 이야기한다 해도 더 이상 그들을 쫓지 않겠다는 뜻인가?"

"그래요. 더 이상 쫓지 않아요."

강설영은 단호했다.

이것이 또한 상가(商家)다. 포기한 것에 대해 아쉬움은 있을지언정, 지지부진 물고 늘어지지는 않는다. 놓치고 잡는 것에 승부와 명예를 걸고 산 넘고 강 건너 쫓아왔던 형산파와는 분명하게 다른 특징일 것이다.

"깨끗하군. 그들을 쫓았던 이유는… 단순히 창왕비전 때문만은 아니었던 것 같은데."

"창왕비전이요? 그건 필요없어요. 운거모사의 지모를 얻고 싶었을 뿐이죠."

필요없다.

절대적인 자신감이 엿보인다.

그렇다. 잠시 잊고 있었다. 잊을 수가 없었던 일인데도.

강설영은 사패의 후예다.

사패, 그것도 철위강의 후예라 했다. 소연신이 사패의 인물들을 칭할 때도, 그저 극강(極强)이라 표현했던 바로 그 철위강의 무공을 이은 것이다.

"운거모사의 지모라면 단기적인 손해 정도야 문제될 것 없지 않은가?"

"지금에 와서는 결코 단기적이지 못해요. 바로 어제부로 관가의 수배 명령이 떨어졌죠. 금기된 물건인 화약을 사용했다는 명목으로요."

"관가의 수배자?"

"그런 자를 함부로 데려 쓰다가는 우리도 곤란해지기 십상이죠. 관아에 힘을 써 기록을 말소하고 조작하는 것도 불가능한 일은 아니지만, 그러려면 투입될 자금이 엄청나게 늘어날 뿐 아니라 그 행여나 있을지 모르는 후환까지도 걱정해야 돼요. 무엇보다 관아와 불법적인 거래를 하는 것은 금상의 방침에도 어긋나는 일이죠."

열 하루 동안 정신을 못 차리고 있었다 하더니, 과연 그사이에도 세상은 잘 흘러가고 있었던 모양이다.

양무의와 백가화는 지금 어디에 있을까.

관가의 수배자라는 이름을 더 붙이고서 또 어느 지하 속을 헤매고 있을지. 아니면 물속이나 하늘 위라도.

'수배자. 그거 재미있겠어.'

그런 이들을 밑에 두고 쓰려고 한다면.

강설영의 말마따나 언제고 긴장을 늦춰서는 안 되리라.

함께 있는 자들 모두 싸잡혀서 관가의 수배자가 될지도 모른다. 기발한 움직임, 놀라운 발상들을 끊임없이 해내지 못한다면, 온갖 적들에게 둘러싸여 순식간에 박살이 날 수 있는 일이었다.

양무의와 백가화.

이 자리에서 결정했다. 그들을 얻기로.

암중의 모사로, 전투의 첨병으로 삼는 것이다.

하나.

그것은 어디까지나 나중 문제다.

지금 눈앞에 있는 것은 그들이 아니라 강설영이다. 단운룡이 미소를 지으며 강설영에게 물었다.

"그들에 대한 단서를 원하지 않는다면 내가 줄 것은 없는 건가?"

"구명지은에 대한 보답 말인가요?"

"그래. 은혜는 갚으라고 있는 거지."

"맞아요. 은혜는 갚으라고 있는 거죠."

강설영이 웃으며 대꾸했다.

이것도 같다. 이 역시도 상가의 기질이다.

협객의 도가 아니라 상인의 도다. 절대적인 빚으로 계산하고 그것을 청산하길 바란다. 단운룡이 다시 한 번 물었다.

"뭘 원하지?"

"당장 말하긴 좀 이르네요. 글쎄요. 먼저 단 공자 본인이 잘하는 걸 들어보죠. 특별히 잘하는 것이 뭔가요?"

상당히 당혹스러운 질문이다.

뭘 잘하나. 단운룡은 문득 생각나는 대로 답할 수밖에 없었다.

"이것저것."

말 그대로다.

그러고 보면 단운룡은 이것저것 못하는 것이 없다.

시, 서, 화, 모두에 수준급이며 악기, 무공, 지략, 어느 것이든 문제없이 해낼 수 있다.

묘한 느낌이다. 사부의 탓이랄까. 이런 질문을 받았을 때 곤란함을 느낄 것을 사부는 알고 있었는지 모르겠다.

"이것저것이라니, 모호하네요. 그럼 이렇게 하죠. 일단 단공자는 여기서 몸을 회복하세요. 뭘 해달라면 좋을지 좀 더 지켜보면서 생각하는 것이 좋겠어요."

나쁘지 않은 제안이다. 아니, 최상의 제안이라 할 수 있다.

단운룡이 고개를 끄덕이니 강설영이 의자에서 몸을 일으켜 방을 나섰다. 여은이 쪼르르 그녀를 따라 나가더니 두런두런 몇 마디를 나누고 다시 들어온다. 침상 옆, 탁자에 앉는 여은이다. 여은이 말했다.

"우리 아가씨한테 그런 식으로 말하다니. 당신 같은 사람, 진짜 진짜 처음 봤어요."

강설영은 놀랐다.

놀라움의 근원은 오직 단운룡 한 사람이다.

이것저것 잘한다고 했던가.

단운룡은 정말로 못하는 것이 없었다.

이제 겨우 삼 일째다. 정신을 차리고 그 삼 일 동안, 단운룡은 시, 서, 화에 완벽하게 능한 모습을 보여주었다. 학문에 대한 조예는 어지간한 학사 이상이었으며, 본인의 시문은 낯 뜨겁다 들려주지 않았지만 세상천지에 누구의 시든 모르는 시가 없었다. 그림까지 잘 그리는 것은 정말 의외였다. 대체 어디서 배웠는지, 다양한 필법에 다양한 화법을 구사한다. 무인이 아니라 문사(文士)를 보는 것 같았다.

"정말 대단하네요! 그렇죠, 아가씨?"

손목을 움직이면 꽃이 피고, 팔을 휘두르면 새가 난다. 단운룡은 일필휘지의 글씨와 그림 솜씨로 대번에 여은의 눈길을 사로잡았다.

"그러게 말야."

여은만이 아니다. 강설영도 단운룡의 손놀림엔 좀처럼 눈을 떼지 못했다. 붓에서 이뤄내는 조화에 푹 빠져든 듯, 말조차 잊은 채 종이 위를 주시하곤 했다.

'그 정도일 리가 없는데……'

그들의 놀라움은 또한 단운룡에게도 하나의 놀라움이었다.

왜 이렇게 대단하다 하는지. 도무지 이해할 수가 없다.

어깨를 다쳤는지라 붓 끝을 움직일 때 미세한 실수가 깃든다. 평소 실력에서 본다면 중하(中下) 수준의 그림이다. 사부 소연신이 보았다면 대번에 쓰레기 같다 핀잔을 들을 만한 그림들이었다.

"일단 다 되긴 했다만."

붓을 내려놓은 단운룡이다. 좀처럼 만족스럽지가 않은 그림이었으나 어쩔 수 없었다. 더 손을 대느니 그림만 망가질 것이기 때문이었다.

"와아아아! 이거 봐요. 정자 안에 정원이 하나 더 생겼네!"

단운룡을 언제 무서워했냐는 듯, 여은은 그저 좋아라 탄성을 내지르고 있었다.

신기하다.

이런 재주가 이 정도로 소녀들에게 통할지는 몰랐다. 사부가 설마하니 이런 것 때문에 가르쳐 준 것은 아닐 테지만, 어딜 가서 보여준다 해도 이 이상의 반응을 끌어내긴 힘들 것 같다. 마치 이렇게 여인들의 눈을 끄는 것이야말로 지금껏 배웠던 재주들이 진정 쓰일 만한 곳이라는 생각이 들 정도였다.

"이런 걸 다 어디서 배웠죠?"

"여기저기서."

"이것저것 잘하는데, 여기저기서 배운 재주라. 천상천하 신비인(神秘人)이 따로 없군요?"

"그럼 이렇게 말해야 하나? 서필은 섬서 석천의 안강 선생에게 배우고, 운필은 강서 보응 출신의 무석 대사에게 배웠으며, 기필은 호북 의창의 잠강 학연에서 가르침을 받았고, 팔법은 호남 홍호의 연산 선생에게 배웠지……. 거기에 준법과 안법, 서대와 운기까지 하면 여덟 명은 더 있는데, 그걸 다 이야기하긴 좀 그렇지 않나?"

"좀 그렇긴 그렇네요."

"자… 그럼, 이제 뭘 시킬지 정할 때가 된 것 같은데."

"아직 멀었어요. 다른 것도 좀 더 구경해야죠."

금약당에 머물던 단운룡이 금상주 강건청의 부름을 받은 것은 바로 그 다음날, 정신을 차린 지 나흘째 되던 오후의 일이었다.

"그래, 불산에서 우리 딸아이가 만난 청년이라고."

강건청은 구해줬다는 말 대신 만났다는 표현을 썼다.

은원에 대해서는 신경 쓰지 않겠다는 뜻이리라. 적지 않은 세월이 흘렀건만 변치 않는 배려심을 보여주고 있었다.

"그저 감사드릴 따름입니다."

단운룡은 모처럼의 공대를 했다.

이런 자리에서까지 제멋대로 굴어서는 안 될 일이다. 강호에서 맞상대할 사람이라면야 연배에 관계없이 마음대로 하겠지만, 이번만큼은 그럴 수 없다. 단운룡의 상처에 뿌려져 있는 금창약과 몸에 감겨져 있는 붕대들이란, 바로 눈앞에 있는 강건청의 주머니에서 나온 것이라 할 수 있는 까닭이었다.

"지낼 만은 하던가?"

"물론입니다."

지낼 만한 정도가 아니었다. 강씨금상의 규모는 굉장히 컸고, 그러면서도 가내의 모든 것에는 사치를 절제한 고급스러운 기품이 엿보이고 있었다. 광동뿐 아니라 중원 남부 전역에서 최대 부가(富家) 중 하나로 꼽힌다는 강씨금상이다. 그 안의 생활은 믿을 수 없을 만큼 편안하고 안정적이었다.

"단씨 성을 쓴다고 하더구만."

"그렇습니다."

"단씨는 드문 성이지. 혹, 대리(大理)에 뿌리를 둔 그 단씨인가?"

"맞습니다만."

"그렇군. 이름을 밝히지 않는 것도 이해할 수 있겠어."

강건청이 고개를 끄덕이며 말했다.

단운룡이 이름을 말하지 않은 것은 일종의 소소한 변덕에서 기인한 것이었으나, 강건청은 그것을 약간 다른 각도에서 바라보고 있었던 모양이다. 강건청이 탁자 위에 놓인 얇은 종이 한 장에 시선을 돌리더니 이내 차분한 어조로 말을 이었다.

"자네 신상에 대한 정보가 거의 없더군. 이 지역에 들어온 것은 처음인가?"

“광동에는 이번이 처음입니다.”

“역시 그랬어. 조금은 걱정했다네. 우리 정보력에 문제가 생긴 것은 아닌가 해서 말이네.”

강건청이 엷은 미소를 지으며 말했다. 문초하는 듯 질문을 계속하면서도 적절히 긴장을 풀어줄 줄 안다. 멋진 화술이었다.

“그런 것은 아닐 겁니다. 광동에 발을 들인 지 이제 겨우 이십 일이나 될까 합니다. 게다가 그 절반은 정신도 못 차린 채 누워 있기만 했었지요.”

“그래서 이렇게 없었군. 보고받은 것이 겨우 이거 한 장이라서 말이지.”

강건청이 보고 있던 종이를 슬쩍 들어올리며 말했다. 한 장이라지만 쓰여진 글씨는 제법 빽빽하다. 고작 며칠 움직였는데 저만큼이나 될까 싶은 분량이었다.

“그래도 꽤 많이 쓰여 있습니다만.”

“대체로 쓸데없는 내용들이네. 정작 중요한 것은 거의 찾을 수가 없지. 입고 있는 옷은 녹의유삼, 겉감은 연녹색, 안감은 황색으로 유행이 조금 지난 명초식 옷벌임. 지난 사흐레 진시경 오문포목에서 구입했다 하였고, 마찬가지로 명초광동식 백의 문복도 같은 시간 같은 곳에서 구입했음. 경공이 뛰어나고, 권각을 주로 사용함, 고법. 이것이 좀 특이한데, 비슷한 유파는 알 수가 없다고 되어 있네.”

"충분히 상세하군요."

"정작 어느 문파, 어디 출신인지 전혀 나타나지 않고 있지. 지금 자네 말투를 들어보니 사천 쪽 억양을 쓰는 것 같은데, 그것도 완전한 사천식은 아니야. 한곳에 정착해 있었던 것이 아닌 모양일세."

"그렇습니다. 어릴 때는 사천에 살지 않았지요."

단운룡은 필요한 대답 이상은 하지 않았다. 강건청이 눈을 빛내며 탁자 쪽으로 몸을 숙였다. 팔꿈치를 탁자에 대고 두 손을 맞잡는다. 그가 좀 더 진지해진 목소리로 말했다.

"자네가 쓴 글씨를 보았네. 보통 솜씨가 아니더군."

"과찬이십니다."

"문무, 양면에서 그 정도는 흔치 않아. 자네 연배에. 하여 묻겠네. 자네, 어느 문파에서 수학했나?"

"…딱히 문파라 할 것은 없습니다만."

"문파에서 배운 것이 아니다? 일맥전승이란 말인가?"

"비슷합니다. 사부께 가르침을 받았지요."

"자네 사부의 존성대명을 가르쳐 줄 수 있겠나?"

"밝히기 어렵습니다."

"…강요는 할 수 없겠지. 그렇다면 이것만 묻겠네. 자네 사부가 '철' 자 성을 쓰시는가?"

단운룡은 그 순간 깨달을 수 있었다.

강건청이 왜 이걸 묻고 있는지 말이다.

'철위강……!'

강건청은 단운룡을 철위강의 또 다른 제자라 생각하고 있다. 왜인가. 단운룡은 그 이유까지도 짐작해 낼 수가 있었다.

'내가 펼친 무공에 대해 소상히 보고한 자가 있다. 거기에 있었던 무인들은 수십, 수백 명, 그들의 입을 모으자면 그 정도 정보는 얼마든지 모을 수 있었겠지. 그리고… 그 무공들은…….'

일성검호에게 죽을 뻔했을 때 강설영이 펼친 무공들을 떠올려 보았다.

강설영의 무공.

그것은 곧 철위강의 무공일 것이다.

단운룡의 무공을 본다면 분명 같은 무공이라 오해를 할 만도 하다. 보법과 타법, 흡사한 데가 많았기 때문이다. 특히나 고법에 이르러서는 어지간히 눈이 좋은 사람이 아니고서야 분간하지 못할 만큼 비슷한 데가 있었다. 같은 유파라 해도 할 말이 없을 것 같았다.

그러나 단운룡은 철위강의 제자가 아니다.

어째서 비슷한지, 그것만큼은 단운룡도 알 수가 없었지만 단운룡은 철위강의 진전을 잇지 않았다. 그의 사부는 오직 하나, 서패왕 협제 소연신이었을 따름이었다.

"아닙니다. 철 자 성을 쓰시진 않습니다."

"확실한가?"

“확실합니다.”

“자네 사부께서 가명을… 쓰고 계실 가능성은 없는가? 아니면, 자네 사부 위에 태사부가 있다거나.”

재차에 이어 삼차까지 물어본다. 그만큼 신경이 쓰이는 모양이었다. 단운룡이 고개를 굳게 내저으며 대답했다.

“가명을 쓰실 분이 아닙니다. 그리고 분명히 말씀드리건대… 제 사부님은 상주님께서 생각하시는 그 사람이 아닐 겁니다.”

“……!!”

강건청의 얼굴에 떠오른 것은 작지 않은 놀라움이었다.

강건청이 누굴 말하고 있는지 안다는 말투다. 직접적인 연관이 없어서야 절대로 알 수가 없는 사람임에도 말이다.

“따님의 무공을 봤습니다. 보고를 받아서 아시겠지만 제가 익힌 무공과 여러모로 비슷한 점이 많더군요. 하지만 결코 같은 무공은 아닙니다. 비슷한 만큼이나 다른 것도 많은 무공이었습니다.”

“정말로… 그러하다면 내 달리 할 말은 없겠군.”

강건청의 눈에는 미처 지우지 못한 의혹이 진하게 남아 있었다. 또한, 그 의혹 안쪽에 있는 것은 급격히 불어난 경계심이었다. 그가 굳어진 얼굴을 풀지 못한 채 고개를 끄덕인다. 그가 이전보다 낮게 깔리는 목소리로 말을 이었다.

“자네가 자네 일문에 대해 명쾌히 이야기해 주길 바랐다만 듣지 못해서 유감이라네. 하지만 그것이야 강호인으로서 얼마든지 있을 수 있는 일이니 자네 탓을 할 수는 없겠지. 자네가 진실로 내가 말한 그분이 누구인지 알고 있다면, 그것은 우리에게 있어 실로 보통 일이 아닐세. 함부로 발설하지 말기를 바라는 내 마음을 이해해 주리라 믿겠네.”

“물론 어디에서도 말하지 않을 겁니다. 또한 저는 이 강씨 금상에 구명지은을 입은 몸, 금상에 해가 될 어떤 일도 하지 않으리라 약속드리겠습니다.”

“자네의 지금 발언이 허언이 아니길 빌겠어.”

강건청과의 만남은 그렇게 끝났다.

돌아 나오는 단운룡이다.

단운룡의 머리 속을 가장 먼저 스친 생각은 다른 것이 아니었다. 강건청과 만난 것은 처음이 아니라는 사실, 그리고 강건청은 변하지 않았지만 자기 자신은 엄청나게 변했다는 사실이었다.

‘역시나 기억하지 못하는군.’

문을 열고 주렴을 걷으니 벽 저편에 걸린 동경이 보인다. 단운룡은 거기서 거울에 비친 자신의 얼굴을 보았다.

정신을 차리기 전부터 자라난 수염이 코와 턱을 거칠게 덮고 있었다. 이 얼굴, 이 눈매, 그리고 뺨에 난 상처까지 보자면, 기억하는 것이 도리어 이상할 것이다.

마차 위에 올라 당황한 강건청의 얼굴을 보았던 것이 엊그

제 같은데.
　긴 세월을 지나 마치 그때의 처음 만남처럼 경계받는 입장
이 되고 만 것이었다.

제17장 비밀(秘密)

비밀과 의문으로 점철되어 있는 곳이 곧 강호다.

그 해답을 찾아가는 길은 언제고 외길일 수 없다.

누구나 선택의 기로에 선다.

답을 찾기 위해, 숨겨진 무엇인가를 찾기 위해 나아가는 길.

알고 싶기에 달려가 보지만 깊이 발을 들여놓아서는 안 되는 길.

그 끝에 있는 것은 곁에 있는 사람일 수도 있고, 얻고자 하는 물건일 수도 있으며, 죽음일 수도 있다.

세상을 주유하며 스스로 수많은 전환점을 경험했고 또한 지켜보았다.

누구나 그것을 바꿀 수 있고, 누구나 그것을 무시할 수 있다.

천변만화하는 강호사, 그것은 그야말로 셀 수 없는 인간 군상들이 엮어내는 선택의 집합체라 할 것이다.

한백무림서 미완
한백의 일기 中에서.

"**저**건 누구지?"

강씨금상의 정원은 넓었다.

이곳저곳 아름다운 연못도 만들어져 있고 꽃향기 가득한 인공 동산에, 색깔 좋은 기와정자도 세워져 있었다. 사물과 자연이 놀라운 조화를 이룬다. 풍요로운 광동 문화의 결정체라 할 만했다.

"저 사람이요? 이군명이라고, 광동 이씨 가문의 차남이에요. 광동 이씨 가문이라 한다면 혜주(惠州)와 향항(香港)에 걸쳐서 어마어마한 땅을 소유하고 있는 가문인데, 치수(治水)와 수리(水理)에 능하고 상가(商家)로의 힘도 대단해서 광동 남부에서는 아무도 무시하지 못하는 곳이죠. 게다가 이 공자 본인도 뛰어난 무예 실력과 훌륭한 기품을 자랑하는지라, 광동 지역 전체에서 주목받는 인재라 할 수 있어요. 한마디로 엄청 잘나가는 집안에, 그만큼 잘나가는 아들이죠."

장황하게 이어지는 여은의 설명을 들으며 단운룡은 저 멀리 정원 한쪽 정자에 서 있는 두 사람을 보았다. 아름다움이 피어나기 시작하는 강설영의 모습과 그 옆에서 빼어난 기상을 자랑하는 청년의 모습이다. 담소를 나누는 모습에서 부족함없이 자라난 귀족적인 운치가 물씬 묻어 나온다. 굉장히 어울리는 한 쌍이었다.

"잘생겼군."

"그렇죠? 준마를 타고 광동대로를 거닐 적이면 이 공자를 보고 쓰러져 기절하는 여인네들이 한둘이 아니래요. 남자다운 기상이 실로 놀랍죠."

침이 마르도록 칭찬한다.

여은의 이야기는 바로 그 자체였다. 이군명, 이 공자를 보는 단운룡은 그 이야기를 귓전으로 흘려듣기가 어려웠다. 그 자신의 눈으로도 이군명이 지닌 기도를 분명하게 확인할 수 있었던 까닭이다.

'그뿐이 아니다. 저 남자, 고수다.'

느껴지는 힘이 만만치 않다. 여유롭게 행동하고 있으나, 바늘 하나 들어가지 못할 정도로 촘촘한 기의 벽이 둘러쳐져 있었다. 이처럼 평화롭고 한적한 정원에서도 언제 무슨 일에든 반응할 수 있도록 만반의 대비가 되어 있는 것이다. 굉장한 수련을 쌓았다는 증거, 단운룡이 여은 쪽으로 고개를 숙이며 작은 목소리로 물었다.

"광동이가는 무가(武家)인가?"

"처음부터 무가는 아니었죠. 하지만 현 광동 이씨 가주와 전대 이씨 가주께서는 본래부터 무공에 대한 욕심이 많은 분이셨다 해요. 막대한 자금을 들여 고수들을 초빙하면서 가전 비기를 확립하기 시작한 것도 벌써 몇십 년째. 지금은 어느 무가에 비교한다 해도 부족함이 없을 만한 무공을 보유하게 되었다죠. 게다가 저 이 공자께서는 무공을 익히는 이씨 가문 사람들 중에서도 발군의 재능을 지녔다 했어요."

돈으로 무공을 샀다는 말이다. 말은 쉬워도 그게 간단한 일 일까.

물론 불가능한 일은 아니다. 돈으로 하지 못할 일은 없으 니.

하지만 저 나이에 저 정도 기도를 지니려면, 단순하게 돈으로 산 무공만 익혀서는 안 된다. 타고난 재능이 아무리 뛰어나다 해도 가능할 법하지가 않았다.

'누구지? 누구한테 배웠지?'

전대의 고수, 그것도 굉장한 고수에게 체계적으로 전수받지 않고서는 저만한 무공을 지니기 힘들다. 정통무공, 몇 세

대 이상 다듬어진 깊이있는 무공을 익힌 것이 틀림없었다.

"혹시, 저자 사부가 누군지는 아나?"

"아니요. 모르죠. 이씨 가문에서는 가신(家臣)들의 무공을 좀처럼 공개하지 않아요. 듣기로는 꽤나 유명했던 사람도 있다고 해요. 일가의 가신으로 있을 만한 사람이 아닌 고수도 영입되어 있다죠. 우리 금상의 곽 노사처럼 말예요."

"곽 노사? 광동천노 곽경무?"

"예. 알고 있네요!"

늙은 뱀과 싸우던 곽경무.

이제 와 들으려니 괜시리 반가운 이름이다. 불굴의 기상을 지녔던 기운찬 노인의 얼굴을 어렵지 않게 떠올릴 수 있었다.

'그러고 보니 그 영감을 한 번도 못 봤군.'

"하하하하!"

"호호호호!"

오랜만에 들은 이름으로 상념에 빠져들 때다. 저편에서 들려오는 두 줄기 웃음소리에 고개를 돌려본다. 강설영과 이군명, 보기 좋은 한 쌍이 웃음을 터뜨리고 있었다.

'밝은 얼굴들이야.'

강설영은 물론이요, 이군명의 얼굴도 무척이나 밝았다.

무공도 강하고, 심성도 좋아 보인다. 출중한 외모에 그늘 한 점 없는 기도를 지녔다. 인기를 끈다는 이유를 충분히 알겠다. 짙은 눈썹에 잘 웃는 눈엔 누구라도 호감을 느낄 수밖에 없을 것 같다. 뭐 하나 부족할 것 없어 보이는 완벽한 남자였다.

"저 두 사람, 잘 어울리죠?"

"그렇군. 잘 어울려."

"아무렇지 않게 말하네요. 의왼데요?"

"의외라고?"

"질투나지 않아요?"

"질투?"

"자기보다 잘난 사람 보면 주는 것 없이 밉잖아요. 너무 완벽한 걸 보면 왠지 흐트러뜨리고 싶고, 그런 거요."

"별로 그렇지 않은데."

"정말요? 진짜예요?"

"잘생기고 강하다. 그뿐이야. 질투라니."

단운룡이 피식 웃으며 말했다.

자기보다 잘난 사람을 보면 밉다.

질투라는 것은 거기서부터일 것이다. 그러나 단운룡은 그 근본적인 이유에서부터 질투를 느낄 이유가 없었다.

이군명은 잘생겼지만, 그저 그게 전부다. 확 끌어당기는 그 어떤 매력도 없다.

단운룡은 많은 사람을 만났다. 어떤 분야에서든 일가를 이루었던 사람들은 항상 지닌바 외모 이상의 무엇인가를 가지고 있었다.

이군명의 경우에는 그것이 무공인지도 모른다. 하지만 그 무공도 그저 강하기만 할 뿐이다. 아무리 강해도, 단운룡 자신보다는 못하다는 느낌이다. 뇌신의 경지를 엿본 지금, 이군명이 제아무리 뛰어난 무공을 지녔다 한들 몇 합 안에 제압할 수 있을 것 같았다.

요는, 이군명의 그 어떤 것도 단운룡 본인보다 잘난 것이 없다는 뜻이다. 하나 그런 것을 있는 그대로 입 밖에 낼 이유는 어디에도 없을 따름이었다.

"처음 봤어요. 그 잘난 도 대주도 이 공자는 탐탁지 않게 생각하는 것 같았는데."

"또인가? 너는 나를 굉장히 여러 번 처음 보는군."

"그러게요."

단운룡과 여은 두 사람은 정원 한편에 한가롭게 서서 강설영과 이군명의 모습을 한참 동안 지켜보았다. 무슨 할 말이 그리도 많은지. 웃음이 끊이질 않고, 이야기가 끊이질 않는다. 다시 한 번 느끼건대, 확실히 어울리긴 어울리는 한 쌍이었다.

'그건 좀 마음에 안 드는군.'

이군명이 얼마나 잘난지는 잘 모르겠다. 다만, 강설영과 끝도 없이 이야기하는 것을 보고 있자니 뭔가 마음 한쪽이 뒤틀리는 것을 느낀다. 아직까지는 아주 작은 조각에 불과했지만, 동요는 틀림없는 동요였다.

연애의 감시자도 아니요, 둘만 놔둬서는 안 된다고 주장하는 여은에게 붙잡혀서 그렇게 하릴없는 오후를 보내고 있던 단운룡이다. 누군가 다가오는 기척에 뒤를 돌아본다. 넓고도 넓은 정원 저쪽으로부터 한 명의 시녀가 총총히 걸어오고 있었다.

"단 공자 되십니까?"

"그렇다만?"

처음 보는 시녀였다. 옆에 서 있던 여은이 황급하게 돌아서며 꾸벅 목례를 한다. 시녀임에도 불구하고 어딘지 모를 기품을 지닌 여인이었다.

"잠시 시간을 내주십사 합니다. 마님께서 좀 뵙고 싶다는 전언이십니다."

"나를? 지금?"

"예. 그렇습니다."

강씨금상의 마님이라면 한 명밖에 없다.

강건청의 처, 금련부인 정소교다. 현숙하기로 천하제일, 칭송이 자자한 여인의 명성은 광동을 벗어나 중원 남부 전체에 널리 알려진 바 있었다.

이미 구명지은을 입은 지금, 부르면 갈 수밖에 달리 도리가 없는 일이다. 단운룡은 곧바로 시녀를 따라나섰다. 걸으면서 옷매무새를 가다듬고 허리춤의 매듭을 단정하게 함은 물론이었다.

금련부인 정소교의 거처는 금련각, 아름다운 연꽃 무늬로 가득한 전각에 있었다. 시녀는 금련각 내실로 들어가지 않았다. 당연하다면 당연한 일, 지체 높은 부인의 내방에 단운룡과 같은 외인을 들일 수는 없는 법이다. 금련각 옆을 지나, 담장 옆 연꽃문을 지나가니 또 하나 아름다운 정원이 펼쳐진다. 오 년 전, 강건청이 정소교의 건강을 바란다며 선물했다는 그녀만의 개인 정원이었다.

"단 공자라구요. 나는 이곳 금상의 안주인인 정소교라 해요."

정소교는 미인이었다.

곱게 나이가 든 얼굴, 강설영이 누굴 닮았는지 알겠다.

이 정도 미태라면 왕후장상이 부럽지 않다. 대단한 기품, 놀라운 미모였다.

"금상의 정 부인을 뵙습니다."

단운룡은 공손하게 포권을 취하면서도 의아함을 감추지 못했다. 정소교의 첫 말투, 마치 이 만남을 기다렸다는 듯한 투다. 대체 왜인가. 이유가 없다. 측량키도 힘들 정도로 큰 가문에, 단운룡 하나쯤이야 우연히 흘러든 식객에 불과하다. 단운룡으로서도 이 만남을 시도한 정소교의 의중을 도무지 짐작할 수가 없었다.

"지낼 만은 한가요? 젊은 혈기에 몸도 성치 않아 이 안에만 있으려면 답답하기도 할 텐데요."

"괜찮습니다. 워낙에 좋은 곳이라."

"그렇다니 다행이네요. 듣자 하니, 지닌바 재주가 많다구요?"

"내세울 것은 못 됩니다."

"직접 쓰고 그렸다는 서화들을 봤어요. 감출 만한 재주가 아니더군요."

"그렇지 않습니다. 부족한 서화들에, 과한 평가십니다."

"어깨를 다쳤다 들었지요. 본 실력은 그보다 더 좋을 것이라 생각해요."

단운룡의 눈이 가볍게 흔들렸다.

정소교는 알고 있다. 서화에 미세한 문제가 있었다는 사실을. 정소교의 뛰어난 안목을 엿볼 수 있는 대목이었다.

"미천한 서화로 부인의 눈을 어지럽히고 말았군요."

"그렇지 않아요. 다친 몸으로 발하는 기예에는 또한 그것만의 흥취가 있는 법이죠. 안법에서의 고민이나 서순(書順)의 망설임, 그것도 예술의 한 부분이라 봐요."

흥미로운 발상이다.

예술에 조예가 깊은 사람, 정소교의 눈빛은 굉장했다. 일가를 이룬 사람, 이미 절정에 다다른 사람만이 발할 수 있는 눈빛이었다.

"그렇게는 생각해 보지 못했습니다. 팔이 잘려 나가도 같은 서화를 펼칠 수 있어야 한다고 배웠는지라."

"단 공자의 사부님께서는 필시 완벽에 근접한 분이셨겠군요. 궁극자(窮極者)의 그림자가 단 공자의 눈 속에 있어요."

"……!"

이거다.

일가를 이룬 자에겐 혜안이 있다. 마음속을 꿰뚫어 보는 느낌이 든다. 정소교가 문득 주변을 둘러보았다. 그녀가 손을 들더니 나지막한 목소리로 말했다.

"모두들 잠시 물러나 있거라. 긴히 할 말이 있구나."

말이 끝난 직후다.

정원 주변, 무언가 사라지는 느낌이 전해져 왔다. 암중에 그녀를 보호하던 무인들이 명령에 따라 자리를 벗어나고 있었던 것이다.

"좋아요. 이제 제대로 이야기를 할 수 있겠어요."

무인들이 사라졌다.

단운룡의 감각에도 걸려들지 않는다. 정소교의 명령 한마디에 목숨을 걸 수 있는 자들이다. 기척은 멀리 있으나, 이곳을 향하여 집중된 강렬한 시선들을 피부로 느낄 수 있었다.

"연왕이 제위를 얻고 하늘을 새롭게 했을 때. 영락 원년의 광주는 어수선하기 짝이 없었죠. 불안과 혼란이 계속되고 있었어요. 어느 상단인들 그런 곳이 없었겠냐마는, 금상 역시도 흔들림을 피할 수가 없었죠. 기반이 뿌리째 흔들리면서 어려운 상황이 끊이질 않았으니까요."

정소교의 목소리가 점점 더 작아지고 있었다. 바로 앞에 있는 단운룡으로서도 청력을 돋우어야만 들을 수 있을 정도다. 그러면서도 단운룡을 직시하는 안광만큼은 뚜렷하기 그지없었다.

"딸아이에겐 한 명의 사부가 있었어요. 딸아이의 사부는 강씨금상이 바다 위 돛단배처럼 흔들리고 있는 와중에도 이곳을 떠나지 않았죠. 깊은 바다 속에서 꿈쩍도 안 하는 바위처럼 강한 사람이었어요. 어떤 사람이 찾아온 것은 원년의 풍파가 지속되던 영락 이년, 석양이 내리깔리던 저녁 무렵이었지요. 딸아이의 사부를 찾아왔는데, 그 분위기가 실로 심상치 않았어요. 모든 것에 통달하여 모르는 것이 없는 사람 같았죠."

단운룡의 머리 속에 한 사람의 모습이 그려졌다.

정소교가 단운룡의 눈 안에서 본 바로 그 사람이다. 궁극자, 천하의 모든 재능에 찬사를 보내는 옹호자의 그림자였다.

"그 사람은 딸아이의 사부 앞에서 한 장의 종이와 한 자루의 붓을 꺼내 들었어요. 그리고 일필휘지 세 글자를 썼죠. 아직도 기억에 선해요. 그런 글씨는 일찍이 본 적이 없었으니까요. 바로, 어제까지는요."

"……!!"

"그 사람의 필법이 단 공자의 글씨 안에 있더군요. 같은 버릇, 같은 기상이요."

작은 목소리로 힘주어 말한다.

정소교의 기억 속에 있는 사람. 다른 사람일 리가 없다. 필법까지 같다는데 의심의 여지가 없는 일이다.

하지만 그때다. 정소교가 그 깊은 눈동자 속에 묘한 빛을 떠올리며 말을 이은 것은.

"그런데 이상하죠. 난 기억해요. 그때 그 남자가 그 글자를 쓴 후, 딸아이의 사부가 보였던 반응을요. 딸아이의 사부는 아무런 말도 하지 않았어요. 그저 그 남자를 바라볼 뿐이었죠. 그리고 정말 꿈에도 상상할 수 없었던 기이한 일이 일어났어요. 딸아이의 사부와 찾아온 그 남자가 서로 바뀌고 있었죠."

"바뀌었다니요?"

단운룡의 눈썹이 슬쩍 치켜 올라갔다. 정소교도 적절한 표현을 고르기가 힘든 듯 미간을 좁히고 있었다.

"그걸 뭐라고 할까요. 섞였다고 할까요. 아니, 한 사람이 다른 사람의 몸으로 옮겨가는 듯한 그런 느낌이었어요. 설명하기가 어려운, 마치 내가 본 것이 거짓말 같은 그런 광경이었죠."

"이해가 되지 않습니다만."

"저 역시도 그래요. 두 사람의 만남은 길지 않았어요. 딸아이의 사부가 남고 그 사람이 이곳을 나설 때, 난 떠나는 사람이 딸아이의 사부라 생각했어요. 딸아이의 사부가 이곳을 떠나고, 찾아온 사람이 이곳에 남은 느낌이었죠. 지금도 잘 모르겠어요. 그때 나갔던 사람이 딸아이의 사부였는지, 아니면 그 사람인지. 구분할 수가 없었죠."

“…….”

납득이 되지 않는 이야기다. 찾아온 사람이 있었고 원래 있었던 사람이 있는데, 두 사람이 바뀌어 버렸다는 뜻 같다.

도무지 알 수가 없다.

딸아이 강설영의 사부라면, 철위강이 틀림없다. 찾아온 자. 단운룡의 필법과 같은 것을 구사했다면, 그것은 사부 소연신이 분명하리라.

철위강과 소연신이 만났다. 그리고 바뀌었다?

정소교는 말했다.

남은 사람이 철위강인지 떠난 사람이 철위강인지 구분할 수가 없었다고.

기묘한 이야기다.

어떻게 두 눈을 다 뜨고 보고 있었는데 그걸 모를 수가 있을까. 단운룡이 얼굴을 굳힌 채 의아함이 가득한 목소리로 입을 열었다.

“그럼 마지막에 남은 사람은 누구였습니까. 따님의 사부는 여기에 없었던 겁니까?”

“아직도 전 모르겠어요. 딸아이의 사부는 과연 그 이전의 그 사부가 그였는지조차 모호해져 버렸죠. 남아서 무공을 가르치던 사부도 그래요. 그날 이전과 같은 사람인지 전 지금에 와서도 확신할 수가 없을 지경이니까요.”

대체 무슨 이야기일까.

그때 온 사람은 소연신이고, 나간 사람은 철위강이라는 말인가.

영락 원년이라면, 아직 단운룡이 소연신을 만나기 전이다.

그럼 단운룡에게 무공을 가르친 사람은 누군가.

소연신이 아니라 철위강이다?

그럴 리 없다. 사부는 소연신이다. 협제 소연신, 자신의 입으로 말했으며, 그를 알고 있는 사람도 그가 소연신임을 분명히 했었다.

그런데.

이곳에 와서. 단운룡은 보았다.

강설영의 무공을. 단운룡의 그것과 비슷한 무공을.

질문도 들었다.

사부가 철위강이 아니냐고.

그 이야기는 무엇인가. 단운룡은 철위강의 무공을 익힌 것일까. 아니면 애초에 소연신이 아니라 철위강이었던 것인가.

"부인의 말씀을 어떻게 받아들여야 될지 잘 모르겠습니다. 저를 찾은 것은… 이 이야기 때문입니까?"

"그래요. 직접 보면 뭔가 해답을 얻을 수 있을까 했죠. 하지만 얻지 못했네요. 그래도 여기엔 분명 뭔가 이상한 것이 있어요. 그렇죠?"

"예. 그렇습니다."

"언젠가는 모든 것을 알게 될 거예요. 그리고 내가 단 공자를 보고자 한 것은 그것 때문만이 아니에요. 다른 이유도 있었죠.”

“그것이 무엇입니까.”

“오늘 보았죠? 이군명이라고, 광동 이씨 가문의 인재 말이에요.”

“예. 봤습니다만?”

“어떻던가요?”

속삭이듯 작았던 정소교의 목소리가 원래대로 돌아오고 있었다.

뭐랄까.

꿈과 같은 환상 속에서 급격하게 현실 세계로 끌어올려진 느낌이라고 할 건인가.

사패, 소연신과 철위강에 대한 기묘하고도 기묘한 이야기를 하더니, 이제는 딸아이가 만나는 청년에 대해 물어보고 있다. 화제의 전환이 그 정도로 급격하기도 쉬운 일은 아니리라.

“어떻냐니… 물으시는 의도가…….”

“딸아이와 잘 어울리는가를 묻는 거예요.”

기묘하다? 이것이 더하다.

이런 것을 외인에게 묻는 것을 듣고 있으려면 정소교도 확실히 범상한 인물은 아니다. 어떤 대답을 기대하고 있는 것인지 짐작하기가 어려웠다.

“어울리긴 잘 어울리더랍니다만…….”

“단 공자 눈으로 보기에 괜찮은 남자 같았나요?”

"외모도 출중하고 무공도 뛰어난 듯하니, 드문 인재 같았습니다."

"무공은 얼마나 뛰어나 보였죠?"

"얼마나라고 하신다면 기준이 애매한지라⋯⋯."

"그럼 이렇게 묻죠. 단 공자는 그를 이길 수 있나요?"

이제 와 정소교의 눈에 담긴 것은 한줄기 웃음기다.

설마하니, 저 웃음에 깃든 것은 장난기가 맞는 건가. 아무래도 놀림받는 기분이 들었다.

"싸워보지 않으면 모르겠지요."

"말하는 것, 그대로 들리지 않는군요."

"무공이라는 것이 본디⋯⋯."

"됐어요. 이길 수 있다는 말로 들을게요. 그보다 단 공자 보기에 이 공자의 행동에서 뭔가 이상한 것은 없었나요? 위험해 보인다든지, 뭔가를 감추고 있다든지⋯ 하는 것 말이에요."

"딱히 그런 것은 없었습니다만."

"그렇다면 다행이고요."

"특별히 마음에 걸리시는 것이라도?"

"딸 가진 어미의 마음이 다 그런 것이겠죠. 다 큰 아이들끼리 가깝게 지내는 것을 보려니 괜한 노파심이 드네요."

"강씨금상의 정보력이라면 어지간히 출신이 분명하지 않은 이상 그처럼 출입을 허할 리도 없겠지요. 그렇지 않습니까?"

"맞아요. 단 공자는 확실히 총명하군요. 바깥양반이 단 공

자의 거취를 각별히 신경 쓰는 것도 바로 그런 이유 때문이
죠. 하지만 난 단 공자가 위험하다 생각하지 않아요. 단 공자
의 눈을 보면 알 수 있죠. 야심은 웅대하게 품었으나 또한 그
안에는 소박한 정(情)이 있으니, 단 공자의 권속에 들어 있는
사람들은 하루하루 생기 넘치는 삶을 살아가게 될 거예요.
철부지 같은 딸아이와도 좋은 친구가 되어주었으면 좋겠네
요. 행여 지루하지 않았다면, 종종 이곳에 들러 저와 함께 총
기 넘치는 이야기를 나누는 것도 나쁘지는 않을 것이고요.”
　“지루하다니, 당치 않는 말씀입니다.”
　“그렇게 생각해 주다니 고맙네요. 시간이 꽤 흘렀는데, 이
만 돌아가 보세요.”
　“그리하겠습니다. 한데… 마지막으로 한 가지 질문을 드려
도 되겠습니까?”
　“그러세요. 무엇이죠?”
　“영락 이년, 찾아왔다는 사람이 썼던 세 글자가 무엇이었습
니까?”
　“그 세 글자라면 잊을 수 없죠. 승부결(勝負結), 매듭을 짓자
는 이야기였어요.”
　‘승부결……!’
　해답이 나지 않는 의문과 밝은 세상의 이야기를 한꺼번에
들었다.
　소연신과 철위강.

결국, 그 중심에 있는 것은 단운룡이며 또한 강설영일 것이다. 모르는 사이에 얽혀진 인연의 끈들이 그곳 강씨금상에 있었다.

"어머니를 만났다구요?"

"만나뵈었지."

"아니, 어머니가 뭐래요? 무슨 이야기를 했죠?"

"이런저런 이야기."

"여하튼간에……! 어머니가 아무나 만나는 사람은 아닌데, 대체 왜 불려간 거예요?"

"수상쩍다 생각하셨겠지."

"누가요? 단 공자가요?"

"나도 그렇고. 다른 사람도 그렇고."

"다른 사람요? 또 누구요?"

"뭐 이런저런."

"이그, 진짜……!"

단운룡의 머리 속에 몇 개의 이름이 스쳐 지나갔다.

소연신, 철위강. 그리고 단운룡 본인. 거기에 더해서 이 공자, 이군명까지.

어느 누굴 말해도 몇십 개의 질문을 더 받아야 하리라. 그럴 바엔 대충 얼버무리는 편이 나았다.

"좋아요. 다른 것 없었나요? 뭐, 보의(寶衣)에 관한 것이라든지요."

"보의? 그건 뭐지?"

"이야기 안 했군요. 그럼 됐어요."

뭔가 안도하는 느낌이다. 마치, 자신의 작은 계략이 들통이 날까 봐 감추려는 듯한 아이의 모습이다. 무공을 펼칠 때엔 영락없는 승부사의 기질을 보여주는 듯하더니, 일상의 생활에서는 평범한 어린 소녀의 그것과 다를 바가 없는 듯했다.

"아직도 나에게 뭘 시킬지는 결정하지 못한 건가?"

"글쎄요. 또 무슨 재주가 있느냐에 따라 다르겠죠."

"이젠 밑천이 떨어졌는데."

"상인이 절대로 믿지 말아야 할 이야기가 바로 밑천이 떨어졌다는 말이라죠."

"그랬나……."

"악기나 뭐, 그런 건 없어요?"

"악기?"

"시서화 못하는 게 없는데 악곡이라고 예외일까, 하는 생각이 들었어요."

"뭐든지 다 할 줄 아는 것은 아니야."

단운룡은 이쯤에서 그만, 이라 마음을 정했다.

이제는 몸도 거의 다 회복이 되었다. 일단은 구명지은을 입은 몸, 그걸 갚기만 하면 곧바로 돌아갈 생각이다. 사부를 만나서 확인할 것도 있고, 그 다음을 위한 준비도 해야 한다. 문파를 이루어갈 인재, 일단 양무의와 백가화부터 찾아볼 요량이었다.

"거짓말 같은데, 속아주죠. 사실은 요 며칠 전부터 좋은 방법이 떠오른 참이었어요."

강설영의 눈이 반짝이는 빛을 품었다.

그것은 본 단운룡은 순간 가슴이 덜컥 내려앉는 느낌을 받았다. 이 느낌, 단운룡은 이 느낌을 알고 있다. 사부다. 사부가 엉뚱한 짓을 벌이기 직전의 예감과 똑같았다.

"뭘 떠올린 거지? 할 수 없는 일이라면 사양이야."

"사양이라니, 목숨을 얻은 사람이 할 말은 아니겠죠?"

강설영의 말투는 단운룡 못지않게 당돌했다. 단운룡은 목구멍까지 올라온 이야기를 억지로 삼켰다.

'이봐, 목숨을 구해준 것은 이쪽도 마찬가지야.'

오원에서의 일이다.

엄청나게 오래된 일이나 단운룡도 강설영을 구해준 적이 있는 것이다.

하지만 단운룡은 그것을 입 밖으로 꺼낼 수가 없었다. 구차하기도 구차하거니와, 그때의 은원에 대해서라면 사실 애초부터 계산이 끝난 문제였다. 강씨금상은 오원에 긴 시간 동안 정기적으로 갖가지 물자들을 보내왔었고, 오원의 모든 사람들은 그 물자들의 혜택을 과분할 정도로 누릴 수가 있었던 것이다. 더욱이 강씨금상을 습격했던 일 자체도 오원의 늙은 뱀 마건위의 농간이었던 만큼, 이제 와 그때 일을 들먹이는 것도 우습기 짝이 없는 일이라 할 수 있었다.

"대체 뭔데 그래?"

"좀 전에 말했던 보의(寶衣)에 관한 일이에요."

"보의?"

"이야기를 듣기 전에 먼저 약속해 줄 일이 있어요."

"약속은 또 뭐야?"

"듣고도 웃지 않는다고 맹세해요. 할 수 있죠?"

"좋아. 아무리 우스운 이야기라도 안 웃도록 있는 힘껏 참아보지."

"확실히 맹세했어요. 그럼 이쪽으로 따라와요."

단운룡은 순순히 고개를 끄덕였다.

소연신이 뭔가 사고를 치려고 할 때.

무조건 만류하고 봐야 한다. 그게 안 된다면, 비위를 맞춰주는 것도 한 방편이라 할 수 있었다. 강설영을 따라서 걸음을 옮기는 단운룡의 모습이 그럴 때와 똑같았다.

"여기예요."

강설영은 자신의 거처인 화선각을 지나쳐 그 뒤편의 후원으로 단운룡을 이끌었다. 후원에 만들어진 작은 정원 한 켠으로 작은 건물 하나가 세워져 있는 것이 보였다. 창고로 쓰는 듯 아무런 현판도 걸려 있지 않은 건물이었다.

끼이익!

누가 쓸까 싶었지만 건물 안은 생각보다 훨씬 깨끗했다.

내부에는 책장과 가구 몇 개뿐 분명 사람이 사는 공간은 아니다. 강설영은 그 안으로 더 들어가 내측 바닥에 있는 손잡이 하나를 잡아당겼다. 아래쪽으로 뚫린 계단, 지하로 통하는 통로가 그 밑에 있었다.

'이건 마치……'

계단을 내려가던 단운룡은 기이한 느낌을 감출 수가 없었다. 돌로 만든 계단과 석벽, 익숙한 전경이다. 묘하다고 아니 말할 수 없다. 소연신이 단운룡에게 마련해 준 지하 연공실과 거의 똑같은 구조를 보여주고 있었던 것이다.

"이 안쪽이에요."

'왼쪽에 연공실. 오른쪽에 서고(書庫). 똑같다……!'

당혹스럽다는 표현이 맞을 것이다. 철위강과 소연신, 그렇지 않아도 혼란을 느끼고 있는 마당에, 강설영의 지하 연공실은 단운룡이 지냈던 연공실과 흡사한 구조를 보여주고 있다. 마치 한 사부에게 무공을 배운 듯한 기분이 들었다.

"제 개인 서고인데요. 일단은 작업실로도 쓰고 있어요."

서고 안쪽으로 걸음을 옮긴 단운룡이다. 단운룡은 서고 내부의 전경이 사천성의 그것들과 완전히 다르다는 사실에 묘한 안도감을 느낄 수 있었다. 사면에 빽빽이 들어차 있는 서책 대신, 형형색색 옷감들과 화려한 옷가지들이 세 개의 벽면 전체에 하나 가득 걸려 있었던 것이다.

"이것 좀 봐줄래요?"

강설영이 건넨 것은 한눈에 보기에도 몇십 년은 족히 되어
보이는 고서였다. 표지에 쓰여진 기보전서(奇寶全書) 네 글자
가 원 제국기의 필법을 그대로 따르고 있었다.

"안쪽에 은필을 끼워놓은 면이에요."

꽂아놓은 은필이 없었더라도 그 면을 찾는 것은 어렵지 않
았을 일이리라. 노상 그 면만을 펴보았었던지, 펼치기 무섭게
은필 끼워진 면이 드러났던 까닭이다. 빽빽한 글자들 한쪽으
로 한 자루 고풍스러운 검의 그림이 커다랗게 실려 있는 것을
볼 수 있었다.

"사방신검 네 자루 중 하나, 백호검?"

"그거 말고, 그 바로 옆면이요."

강설영은 크지 않은 책장 한쪽에서 다른 책 하나를 더 꺼내
고 있었다. 뒤도 돌아보지 않고 말하는 강설영이다. 단운룡의
눈이 그림이 있는 바로 옆면을 향해 움직였다. 아무런 그림도
실리지 않은 면, 한쪽 아래에 보의(寶衣)라는 두 글자가 새겨
져 있었다.

"보의, 지고한 가치를 지닌 옷들… 이건가?"

"맞아요. 그거에서 세 줄 옆으로 가봐요."

강설영은 한쪽 탁자 위에 몇 권의 책을 더 꺼내놓는 중이었
다. 세 줄 옆에 글씨 한쪽에는 꾹 눌러 읽은 손톱자국까지 나
있다.

천잠보의(天蠶寶衣)라는 네 글자가 거기에 있었다.

“천잠보의. 도검불침의 보물로 악기(惡氣)와 수화를 막을
수 있는 옷이다. 입고 있는 자의 신체를 강건하게 보호해 준
다 하며, 그 무엇으로도 손상을 입힐 수 없다 알려져 있다.”

단운룡이 몇 줄을 쭉 내리 읽었다. 그러고는 짧게 물었다.

“이런 게 진짜로 있나?”

“이 책도 좀 봐요.”

이번에는 아예 펼쳐서 가져다준다. 대동소이한 내용이다.
천잠보의, 만든 사람도 알려져 있지 않고, 만든 방법에 대해
서도 알려져 있지 않다. 어떤 무기에도 손상되지 않으며 불과
물에 침습되지 않는다. 잡다한 귀신에 홀리거나 사이한 기운
에 침범되는 것을 막아주는, 일종의 법보로 쓰일 수도 있다.

쓰여진 대로라면 확실히 보물은 보물이다. 선계의 신선
의(神仙衣)가 그러할까. 도저히 인세에 있을 법한 물건 같지
가 않았다.

“이런 것이 있다면 실로 대단하겠는데……!”

“약속해서예요, 아니면 정말로 감탄한 거예요?”

“뭐가?”

“비웃지 않는 거요.”

“비웃을 이유가 어디에 있지?”

“없나요?”

“천하는 넓다. 이렇게 넓은 세상에 이런 물건 하나 없을라
고.”

단운룡의 말이다. 이를 들은 강설영의 얼굴에 더할 나위 없을 만큼 환한 빛이 깃들었다. 그녀가 눈부실 정도의 함박웃음을 지으며 되물었다.

"그렇죠? 어딘가에 있겠죠?"

이슬방울 반짝이며 아름답게 피어오르는 한 송이 꽃과 같다. 하지만 그 눈빛, 그 웃음을 보며, 단운룡은 다시 한 번 가슴이 덜컥 내려앉는 기분을 느낀다. 뭔가 단단히 얽혀 버리겠다는 강력한 예감 때문이었다.

"있기야 있겠지만……."

'이거… 설마…….'

"천잠보의, 그것이야말로 제 희망이자 꿈이죠. 전 금상에서 자랐고 세상에 퍼져 있는 모든 옷들을 구경했죠. 중원 구주의 옷들은 물론이요, 동방 효국(曉國)의 단아한 백의(白衣)부터 해도 왜국(倭國)의 착물(着物:기모노), 북방 초원의 마상복과 향항을 통해 들어오는 기기묘묘한 서방의 옷들까지 못 본 옷이 없을 거예요. 하지만 단 하나, 천잠보의와 같은 옷은 어디에서도 만나보지 못했어요. 강씨금상에는 천하의 만의(萬衣)가 있다고 했지만, 하나의 보의가 없죠. 난 말이에요. 그걸 찾고 싶은 거예요."

"그, 그랬군."

눈을 빛내며 열정적인 목소리로 말한다. 작은 얼굴, 아직도 소녀임에 저만한 정열을 가지고 있는 것이 그저 신기할 뿐이다. 단운룡은 그런 그녀의 앞에서 그 어떤 반박할 말조차 꺼내볼 수가 없었다.

"사실 이 천잠보의는 어떻게 만들어졌다는 그 어떠한 기록도 없어요. 누가 입었었는지, 어디에서 발견되었는지, 그것조차도 알 수가 없죠. 단서라는 것이 거의 전무하다시피 해요."

"존재하는지조차 확실치 않다는 이야기인가?"

"맞아요."

"그런 것을 어떻게?"

"재미있는 것이 있어요."

강설영이 단운룡을 잡아끌어 탁자 앞으로 발길을 옮겼다. 탁자 위에는 어느새 열 권이 넘는 책들이 꺼내져 있었다. 그녀가 그중 하나를 들어올려 단운룡의 눈앞에 내밀었다.

"당송의복총람(唐宋衣服總攬)이에요. 당송 시대에 백성들이 입었던 의복에 관한 책인데요, 장식이 화려하고 옷감이 특이한 의복들에 대하여 제법 상세하게 다루고 있죠. 기이한 보물에 대한 책이 전혀 아니란 말이에요. 한데 놀라운 일은, 이 책 안에도 천잠보의에 대한 것이 언급되어 있었다는 사실이죠. 바로 여기요."

"천신… 보의?"

"어떻게 불려도 마찬가지죠. 밑에 보세요. 수화불침, 백병불해(百兵不害), 천잠보의의 특징이에요. 심지어 그 모양까지 나와 있죠."

팔락, 하고 강설영이 그 다음 장을 넘겨준다. 한 장 가득 두 개의 그림이 섬세한 화법으로 세밀하게 그려져 있었다.

"두 개… 로군?"

"맞아요. 두 개죠."

왼쪽은 외풍을 막아주는 피풍의를 그려놓은 것 같다. 장식이 배제된 간단한 모양이다. 오른쪽에 있는 의복은 화려한 곤룡포(袞龍袍) 형식이다. 고관이 전쟁에 나설 때 입는 전포처럼 보였다.

"전 이 두 개 모두가 천잠보의라 봐요."

근거없는 믿음이나 이상하게 빨려드는 느낌이다.

강설영의 열정에 전염되어 버린 것일까. 허무맹랑한 흥미 이상의 무언가가 두 개의 그림 안에 있었다.

"하지만 이것은 그저……."

"그래요, 그냥 그림일 뿐이죠. 누군가가 상상해서 그린 걸 수도 있어요. 책을 만들던 저자가 재미 삼아서 덧붙인 장난일 수도 있죠. 하지만 또 주목할 만한 것이 있어요. 단 공자는 글씨와 그림에 대해 잘 알죠? 각 시대별 화풍이나 서법에 대해서요."

"어느 정도까지는 알고 있지."

"이 책에 있는 서필, 어느 시대에 쓰여진 것 같아요?"

그녀의 질문에 단운룡은 다시 한 번 책 위로 눈길을 주었다.

그림과 글씨, 세필을 쓰는 형태가 독특하다. 자유분방한 가운데, 마음 깊이 억눌린 느낌이 가득하다. 단운룡이 눈을 빛내며 말했다.

"이거… 당송 때의 저서가 아니로군."

"그래요. 의복총람이란 건 원래부터 시대가 좀 지난 후에 나오는 법이죠. 그렇다면 언제쯤일까요?"

"원제국 초기. 아직은 한족(漢族)의 냄새가 진할 때다."

"정확해요. 이 책이 나온 건 원제국 초예요. 혹시… 어느 지역 필체인지도 알겠어요?"

"남부는 아니야. 중원 남부에서는 좀처럼 이런 필법을 쓰지 않지. 완전 북방은 아니고, 내륙이야. 호광 정도가 아닐까."

"그것까지 알다니 굉장하군요! 전 이걸 알아보려고 통칭 일류라 칭하는 학사들을 다섯 명이나 초빙했었는데요."

"그건 그 친구들 실력이 별로였던 거겠지."

"아니에요. 정말 놀라워요. 역시… 단 공자가 있었으면 훨씬 빨랐겠어요."

자각하지 못하는 사이에.

차츰 불안감의 실체가 드러나고 있었다. 단운룡이 있었으면 더 빨리 알았을 것이라는 말, 그것이 곧 강설영이 원하는 것을 분명하게 암시하는 한 단편이라 할 수 있었다.

"뭐, 대단할 것도 없는 재주를……."

"충분히 대단하죠. 여하튼 이 책은 원 치하, 호광에서 만들어진 책이에요. 거기다가, 천잠보의의 그림이 실린 책은 또 하나가 더 있죠."

강설영이 밑에서 또 하나의 책을 꺼내 들었다. 조악해 보이는 책 표지에는 병기전설(兵器傳說)이라는 유치하기 짝이 없는 제목이 붙어 있었다.

"병기전설이라……."

"웃기죠? 이것만큼은 웃어도 참아줄게요."

웃기다기보다는 흥미롭다.

이런 책도 나오는구나 싶을 뿐. 책장을 넘기자 엉망인 글씨가 두 눈을 찔러왔다. 서필 공부를 체계적으로 하지 못한 전형적인 악필이었다.

'그래도… 그림은 제법…….'

악필로 가득한 종이였으나 중간중간에 들어가 있는 그림 솜씨는 충분히 봐줄 만한 것들이었다. 그 글씨처럼 체계적으로 가르침을 받지 못한 그림이었으나, 재능 자체는 쓸 만한 수준으로 보였다. 엄격한 스승이 없었던 사람만이 펼칠 수 있는 재기발랄한 화법이었다.

"여기요. 이쪽이에요."

한참 뒤쪽으로 책장을 넘긴다. 그러면서 단운룡은 느낄 수 있었다. 이 책의 저자, 그림 솜씨가 늘고 있다. 몇 개의 창, 몇 개의 검 그림은 실물을 보는 듯 세밀하다. 그녀가 찾아준 일면, 단운룡은 그 직전에 있는 바로 전 장을 넘겼다. 하나 작품이라 할 만한 그림이 거기에 있었다.

"이것은……."

“거기가 아니라 그 다음 장이에요.”

“잠깐만.”

세 개의 날이 달린 바퀴형 병장기였다. 륜(輪)이다.

천상천하 무적신병 금마광륜.

광오하다시피 한 열두 자가 과장된 필치로 바로 밑에 새겨져 있었다.

“금마광륜, 무적신병. 무지막지한 수식어로군. 한데 이 그림… 직접 보고 그린 거다.”

독백처럼 중얼거리는 단운룡이다.

불길하면서도 신비로운 무엇이다. 무서운 힘, 마성의 유혹. 그림을 그린 자가 느낀 감정이 붓을 놀리는 움직임에 한가득 담겨 있었다. 그림에서 눈을 떼지 못하는 단운룡을 보고 강설영이 입술을 삐죽 내밀며 다시 한 번 그를 재촉했다.

“그 다음 장이라니까요. 어서 넘겨봐요.”

마지못해 책장을 넘기는 단운룡이다.

그 다음 장. 단운룡의 눈에 기광이 번뜩였다. 여기에도 있는 것이다. 또 하나의 그림. 바로 전 장의 그림보다는 못하지만 실력에 물이 오른 듯 세밀한 묘사가 돋보이는 그림이었다.

“총람의 그림과 같군……!”

게다가.

이미 본 그림이다. 단운룡의 눈이 탁자 위에 놓인 당송의복 총람 쪽으로 돌아갔다.

곤룡포. 옷 아래쪽의 불길 무늬, 방금 본 당송의복총람의 옷과 똑같은 옷이었다.

"맞아요. 하지만 여기엔 하나뿐이죠. 피풍의는 없어요."

정열에 전염된 것만은 아니다.

단운룡은 무엇에 홀리기라도 한 듯 스스로의 의지로 손을 뻗어 당송의복총람을 펴 들었다. 방금 보았던 그림, 천신보의 의 장이 단운룡의 눈앞에 모습을 드러냈다.

"각도가 달라……!"

일부러 펴본 것은 그래서였다. 당송의복총람의 그림은 정면을 보여주고 있으나, 병기전설의 그림은 약간 기울어진 측면을 보여주고 있다. 게다가 병기전설에 표기된 이름은 천신보의가 아니다. 금마광륜의 그것처럼, 공포마황(恐怖魔皇) 마왕신의(魔王神衣) 염마전포(閻魔戰袍)라는 열두 글자가 그림 하단에 무지막지한 필체로 새겨져 있었다.

"다른 사람이 한참 걸려서 알아채는 것을 정말 한순간에 알아보네요. 맞아요, 두 그림은 보여주는 각도가 달라요. 그것은 말이죠. 달리 말해서……."

"실물을 보고 그렸다는 이야기다."

"그래요. 그러지 않고서는 설명하기 힘들죠."

"그리고 이것. 이 얼굴은… 가면이겠지?"

염마전포라 써 있는 그림.

옷만 있는 것이 아니라, 얼굴까지 그려져 있다. 험상궂게 생긴 가면은 당장이라도 호통을 칠 것 같은 표정을 짓고 있었다.

"최고로 유명한 가면이죠. 염라대왕의 가면이니까요."

"염라대왕이라……."

마음에 걸리는 부분이다. 물론 곤룡포의 이름을 강조하기 위해서 얼굴만 그렇게 그려놓은 것일 수도 있다. 가면의 괴인들과 싸웠던 일이 없었더라면 아무렇지 않게 넘어갔을 부분이었을 것이다.

'연관이 있을 리가 없지.'

그저 그림일 뿐이다. 이 가면과 그 가면들을 연관시키기엔 시대의 차이도, 공간의 차이도 너무나 심하다. 치솟는 의문을 일단 눌러두기로 한 단운룡이다. 그 대신 당송의복총람에 시선을 돌린다. 단운룡이 두 개의 그림을 자세히 들여다보고는 확신에 찬 어조로 말했다,

"가면이야 그렇다 치고… 이 그림들, 서로의 그림을 보면서 베낀 것도 아니다. 너무나 달라. 특히나 병기전설의 이 그림……! 직접 보고 그리지 않고서는 절대 이런 느낌을 표현할 수 없을 거다."

확신에 찬 단운룡의 목소리에, 밝아지는 것은 강설영의 눈빛이다.

아무도 안 알아주던 것을 알아주는 지인이 여기에 있다. 강설영의 두 눈으로 전에 없던 기쁨이 떠오르고 있었다.

"더욱이 흥미로운 것은 또 있죠. 이 병기전설은 보다시피

필체나 화법만 가지고는 언제 어디서 그렸는지 알아보기가 힘들어요. 하지만 이 사람은 가장 뒷장에 자기 이름과 이 책을 완성한 시기를 새겨놓았죠. 집필한 장소까지 함께요. 어디 한번 물어보죠. 그것이 언제, 어디였을까요?"

"호광, 원제국 초였나……!"

"정확해요. 세조 십사년 적벽(赤壁). 한하서(韓霞曙). 적벽이면 호북이죠. 장소야 어디든 될 수 있겠지만, 아무래도 제 눈엔 우연의 일치로 보이지를 않아요."

말 그대로다. 무림에 떠도는 괴이한 병기들을 모아서 집필해 놓은 책이라면 어디를 돌아다니며 써도 문제될 것이 없다. 오히려 눈이 가는 쪽은 당송의복총람이다. 첫 장부터 끝 장까지 균일한 필체, 당송의복총람은 저자가 호광에 거점을 두고서 만든 책이 분명하다. 두 사람 모두가 실물을 보고 그린 것이라면, 결국 당송의복총람의 저자도 호광에서 천신보의를 접했다는 이야기가 된다. 병기전설도 그렇다. 책을 마무리 지은 것도 적벽이라 했으니 집필의 상당 부분을 호광에서 했던 것이라 추측해 볼 수 있다.

결국, 결론은 하나다.

천신보의, 또는 염마전포, 또는 천잠보의.

뭐가 되었든 보의라는 물건은 그 시대, 그 지역에서 나타났었다는 뜻이리라. 그것은 곧, 그 물건이 실재했었다는 가능성을 강하게 나타내 주는 것이기도 했다.

"다른 것은 없나?"

단운룡은 강설영에게 물으면서, 그러한 질문을 하는 스스로에게 한 번 더 놀랐다.

관심이 생겼다는 이야기다. 강설영이 두 눈을 크게 떴지만 이내 다소 누그러진 목소리로 대답했다.

"몇 가지 자료가 더 있지만, 사실 요 녀석들보다 눈에 띄는 것은 없다고 봐요. 게다가 이 밑에 있는 몇 권에 실린 내용들은 거의가 믿기 힘든 설화나 민담 수준이죠. 물론 읽다 보면 흥미롭고 재미있긴 하지만요."

믿기 힘든 전설.

관심이 쏠린 스스로에 놀랐다?

돌아보면 이상한 일도 아니다.

보지 못한 것을 보고 싶어하는 기질.

단운룡의 본성 속에 담긴 가장 큰 조각 중 하나는 미지에 대한 탐구다.

전쟁터 한가운데에서 그 처절하고도 치열한 광경에 더 많은 것을 보여달라 외치던 마음의 목소리가 곧 단운룡의 본성이다.

그 본성이 말하고 있다. 천잠보의는 흥미로운 물건이라고. 찾아보는 것이 이상하지 않을 놀랍고도 신비로운 물건이라고 말이다.

"이 책들은 확실히 재미있어. 그럼 이제 말해야지. 소상주가 원하는 것이 무엇인지."

"……!"

"망설일 이유가 있나? 대충 짐작이 가는데."

"글쎄요… 한참 생각해 온 건데 막상 말 꺼내기는 쉽지 않네요. 옛날이야기를 재미있게 듣는 것과 옛날이야기가 눈앞에 펼쳐지는 것은 분명 다르겠죠?"

"나에겐 그다지 다르지 않아."

"훗, 그럴 리가요."

신나게 이야기를 했던 강설영이었으나, 정작 결단의 시간에 직면하고 보니 쉽사리 입이 떨어지지 않는 모양이었다. 그런 그녀 앞에서 단운룡이 힘주어 말했다.

"난 믿지 못할 이야기라고 하여 허무맹랑하게만 생각하는 사람은 아냐."

"그래도 이건 좀 다를걸요?"

"여태까지 본 소상주의 모습이 아니로군. 나는 진심이다."

단운룡은 정말로 그리 생각했다.

이것은 천잠보의나 다른 기보와는 다른 문제다.

소연신의 제자, 단운룡.

그는 이미 살아 있는 전설에게 무공을 배웠다. 강호에 전해지는 인물서들을 훑다 보면 협제 소연신에 대한 언급은 거의가 말도 안 되는 괴이한 이야기들뿐이었다.

전설은 현실이 되었고, 그 현실은 벌써 몇 년 전부터 단운룡의 삶 속에 함께하고 있다. 소연신은 먼 미래를 보고, 하늘의 법도를 말하며, 인간 이상의 무공을 구사하는 사람이다. 믿지 못할 이야기가 단운룡의 옆에서 언제고 벌어지는 중이었다는 뜻이다.

그런 단운룡에게 있어 보의라는 물건은 단순한 허구가 아니었다. 망가지지 않고 찢어지지 않는 옷이라 한들 존재하지 못할 이유가 없다. 소연신이 곁에 있는 이상, 일생토록 접하는 것 중에 그것보다 심한 전설도 없을 것이리라.

"그럼 부탁할게요. 천잠보의를 찾는 것을 도와줘요."

"좋아. 도와주지."

단운룡은 흔쾌히 답했다.

망설임은 없다.

이것은 소연신이 마차를 부술 때와 같은 문제가 전혀 아니었지만, 오히려 그때보다도 홀가분한 마음이다. 강설영이 책을 펴들기 시작했을 때부터, 아니면 그전부터 앞으로 무엇을 해야 할지 결정을 내렸던 까닭이었다.

"정말 도와주는 건가요? 시늉만으로는 안 돼요."

"남아일언은 중천금이다. 나는 거짓말을 할 줄 아는 사람이지만, 약속을 함부로 하는 사람은 아니야. 게다가 구명지은, 보답을 하려면 그 정도 보물은 찾아줘야지."

"이야기는 바로 해야죠. 단 공자가 그걸 찾아주는 것이 아니에요. 그걸 찾아서 손에 드는 사람은 제가 되어야죠. 단 공자는 단지 조력자일 뿐이고요."

"그거 마음에 드는군. 못 찾아도 책임질 필요가 없으니."

단운룡이 주먹을 들어 강설영에게 내밀었다. 무슨 뜻이냐 눈을 뜨는 강설영에게 단운룡은 강설영의 오른손을 가리키며 주먹을 쥐라는 시늉을 했다.

"이게 뭐죠?"

"사천 악사들의 예법이다. 주먹을 한 번 마주치고 같은 악곡을 연주하는 것, 고관대작의 악사들은 평생 가도 모를 거다. 강호악사들 사이에 유행하는 인사법이니까."

같은 곡을 연주하는 예법.

강설영이 주먹을 쥐어 단운룡의 주먹에 부딪쳤다. 두 사람의 얼굴에 두 줄기 미소가 떠오른다. 새로운 국면, 새로운 운명으로의 길이 그들 앞에 있었다.

주고받은 약속. 떠나는 것은 어렵지 않았다.

다시 만나는 것은 한 달 뒤다.

단운룡은 천잠보의에 대한 이야기를 들은 지 사흘째 되는 날, 강씨금상을 나와 사천으로 향했다. 어차피 강설영도 한 달은 외유가 금지된 상태였으니 그 사이에 사부를 보고 오려는 생각이었다.

'천잠보의라……'

단운룡은 그곳을 나오면서 천잠보의에 대해 쓰여 있다는

서책 네 권을 받았다. 믿을 수 없는 이야기라도 한번 읽어보면서 다른 단서가 있는지 알아볼 요량이었다.

낮에는 말을 달리고, 밤에는 객잔에 들러 책을 펴본다. 기병총서, 신병도감, 갑주병장도해, 기문병병일람도, 네 권에 실린 흥미진진한 이야기들은 사천까지의 기나긴 여정에 좋은 벗이 되어주고 있었다. 천잠보의에 대한 것뿐 아니라, 천하백병 신기한 무기들이 하나 가득 실려 있었던 까닭이었다.

'이런 옷이 있다면 방어 초식이 따로 필요치 않겠어.'

기문병병일람도에 나온 이야기는 천잠보의에 대한 전설 중에서도 백미라 할 수 있었다. 흑암이라 일컬어지는 명부지왕 명왕검과 천잠보의가 만났을 때의 이야기였다. 무엇이든 꿰뚫을 수 있는 창과 무엇이든 막을 수 있는 방패, 모순의 설화처럼 눈길을 끌 수밖에 없는 만남이었다.

누가 이길 것인가 궁금할 수밖에 없는 대결이다. 기문병병일람도에서는 그것을 마치 강호를 떠도는 이야기꾼의 소문들처럼 신기하게 서술하고 있었는데, 그 내용은 이와 같았다.

……대적할 수 없는 무서운 마병에 무엇이든 막을 수 있다는 천상의 보의가 마주쳤으니 운명과도 같은 부딪침일진저! 누구도 그 결과를 예측할 수 없었음이니라! 무섭게 몰아치는 흑암의 마병은 천상의 보의에 흠집을 내고 말았으니, 천상의 보의는 그 명성에 오점을 남기고 말았더라. 하지만 보의의 능력은 무궁무진

하야, 찢어진 구멍이 스스로 꿰매어져 원래대로 돌아가더니! 보의를 입고 있던 자, 검에 맞은 상처마저 단숨에 아물어 버렸음이다…… 아아, 마물과 신물의 싸움은 그처럼 우열을 가리기가 힘들었도다!

찢어진 구멍이 스스로 꿰매어져 원래대로 돌아간다. 마치 옷 자체가 살아 있는 것이라 말하는 것 같다. 가장 납득할 수 없는 대목은 입고 있는 자의 상처까지 아물었다는 부분이었다. 그거야말로 기담이다. 세상에 불가사의한 일이 아무리 많다 해도, 또한 그런 것을 줄곧 보아왔던 단운룡일지라도 그것만큼은 쉽사리 받아들이기가 힘들었다.

'그쯤 되면 무적의 갑옷이라 해도 과언이 아니겠지.'

단운룡은 그러면서 하나의 영감(靈感)과도 같은 것을 느낄 수 있었다.

오직 단운룡만을 비추면서 하늘에서 떨어지는 한줄기 광망처럼, 머리 속을 스쳐 가는 것이 있다. 천잠보의의 특성, 입고 있는 자를 철벽처럼 보호하는 그 놀라운 공능에 관한 것이었다.

'문파를 만들어 같은 곳을 바라본다. 문주와 동료들은 서로에게 있어 이와 같은 천잠보의가 되어주는 것이 좋겠구나!'

그 어떤 위험도 막아줄 수 있다.

한없이 매력적인 특성이다.

단운룡이 추구해야 할 문파의 특성, 그 본질이 천잠보의의 특질 안에 뚜렷이 존재하고 있었다.

'보의와도 같은 문파. 그 누구에게도 침습당하지 않는. 오직 우리가 가는 길에 절대적인 방벽이 되어줄……'

단운룡의 귀로는 어느 순간부터, 그저 광동에서 사천까지 움직이는 단순한 여정이라 부를 수가 없게 되었다.

그것은 하나의 기점이었다.

그동안 단운룡이 느꼈던 것.

각성과 각성의 총체적인 발현이다.

생존, 우정, 무공, 문파, 단운룡의 생각이 하나로 묶여서 뻗어나가는 또 하나 깨달음의 장이 되고 있었던 것이다.

*　　　　　*　　　　　*

"뭘 하겠다고?"

단운룡은 소연신을 만나며 일찍이 느끼지 못한 강한 안도감을 느낄 수 있었다.

사천에서 불산까지. 불산에서 강씨금상으로. 강씨금상에서 다시 사천까지. 한 달 남짓의 시간이 흘렀다. 길다면 길고 짧다면 짧은 시간이다. 그동안 단운룡은 무수한 사람을 보았고, 격한 싸움을 했으며, 사부에 대한 의혹을 갖게 되었다.

괜한 생각이다.

사부는 여기에 그대로 있었다. 그가 보아왔던 모습 그대로, 여전히 신비롭고 무시무시한 힘을 간직한 채.

"천잠보의 말입니다. 그걸 찾으려고요."

"천잠보의? 무슨 개소리야."

"개소리까진 아니죠. 칼도 막아주고, 불에도 타지 않는답니다. 쓸 만한 물건이죠."

"쓸 만하긴! 너, 이젠 그런 거 필요없을 텐데?"

어투가 심상치 않다. 역시나 뭔가 깃들어 있는 소연신의 말에 단운룡이 눈썹을 치켜 올리며 반문했다.

"필요없다고요?"

"너 말이다. 이번에 그거 썼지?"

"그거요?"

"뇌신."

"예. 썼었지요."

단운룡은 소연신의 대답에도 놀라지 않았다. 태연하게 대꾸한 단운룡의 앞에서 이번에는 소연신이 두 눈썹을 치켜 올렸다.

"그걸 써봤는데, 천잠보의 이야기를 왜 해?"

"그걸 써봤으니 그런 소릴 하는 겁니다."

"그건 또 뭔 소리야. 그거에 맞상대할 놈이 있었던 거냐?"

"아뇨. 그렇지는 않았죠."

"그런데? 뇌신을 제대로 발동했으면 못 이길 놈이 없었을 텐데?"

"글쎄요. 장담 못할 자가 있긴 했었죠."

"장담 못할 놈이 있었다고? 뇌신으로?"

"예."

"그게 누구야?"

"남위요."

"누구? 남위? 위원홍?"

"예. 위원홍이 거기 왔었습니다. 알고 계신 줄 알았는데요."

"몰랐다. 거기까진 신경 쓰질 않았거든."

"믿기 어렵습니다."

"진짜다. 그동안 다른 데 눈을 빼앗겨서 말이지."

"다른 곳이요?"

"그런 일이 있었다. 그보다 위원홍 그놈은 거길 왜 왔대냐?"

"달리 이유가 있겠습니까. 양무의 때문이었겠지요."

"직접 왔으면서 놓쳤단 말이렷다. 위원홍 그놈, 쪽팔린 것
도 모르나?"

여전하다.

남위 위원홍을 옆집 아이처럼 말한다. 이런 사람에게 무슨
의혹이고 의문인가. 그저 두고 보면서 쫓아가면 그만인 것을.

"여하튼, 뇌신으로도 남위에겐 얼마나 통할지 모르겠더군
요. 기껏해야 반 다경입니다. 설사 직접 부딪쳐 보았다고 한
들, 남위가 작정하고 반 다경만 버텼으면 그 다음은 끝이었겠

죠. 이 뇌신이란 것이… 몸 전체에 보통 부담을 주는 것이 아니었습니다.”

“처음이니까 어쩔 수 없지. 그 정도 대가는 당연한 거야.”

“그래서 생각했습니다. 광신마체는 너무 위험합니다. 마음 놓고 쓰기가 힘든 무공이에요.”

직시하며 말한다. 그 무공을 가르쳐 준 사부의 눈을.

너무도 위험해서 마음껏 펼치기가 힘든 무공이다.

이 무공을 가르친 저의가 무엇인가. 그렇게 묻는 것만 같았다.

“이 녀석이 어디서 눈을 부라리고 앉았냐. 무공을 감당 못하겠으면 몸을 거기에 맞게 끌어올리면 그만이다.”

“누가 그렇게 안 하겠답니까. 다만 펼친 다음에 그 뒤가 감당이 안 되니 다른 것이 필요하겠다는 말입니다.”

“어이쿠, 이제는 조목조목 따진다 이거냐? 한 번 더 정신을 차리게 해주랴?”

“이야기나 끝까지 들어보십쇼.”

“갈수록 가관이다. 사별삼일이면 괄목상대라더니, 네놈이 딱 그 꼴이구나!”

“괄목상대라면… 아마도 좀 더 좋은 의미에 쓰는 말이었었죠.”

“심하게 건방져졌을 때 쓰는 말이기도 하다.”

“어찌 되었든, 광신마체를 버릴 수도 없는 이상 다른 돌파구가 필요합니다. 천잠보의라는 것은 그 돌파구로 들어가는 문턱이라 할 수 있지요.”

“그건 또 무슨 말이냐? 천잠보의를 입어서 뭘 어쩐다고?”

“천잠보의를 입겠다는 말이 아닙니다. 사실 천잠보의를 찾는 것도 제가 아니죠.”

“입지 않겠다? 네가 아니다?”

“천잠보의는 하나의 상징입니다. 제가 필요한 것은 천잠보의처럼 저를 지켜줄 수 있는 다른 무언가입니다.”

“말을 하려면 제대로 해. 헷갈리게 하지 말고.”

“천잠보의라는 것은 결국 육신과 정신의 위험을 막아주는 울타리라 하더군요. 저는 그 울타리를 만들고자 합니다. 아주 강하고 튼튼한 것으로요.”

“뭔 말을 그따위로 꼬아서 하는 게야.”

“사부한테 배운 겁니다.”

“웃기는군. 그래서 뭘 하겠다고?”

“동료를 얻으렵니다.”

“동료?”

“오랜만에 등을 맡겨보았습니다. 기운없는 제 몸을 통째로 내맡겨 보기도 했지요. 혼자 모든 것을 다 할 수 있을 줄 알았는데, 또 그래야만 한다고 생각했었는데 오산이었나 봅니다. 혼자보다는 두 사람, 두 사람보다는 여럿, 튼튼한 울타리라면 그런 것이 좋겠더군요.”

"그렇게 패거리를 지어서 어쩌겠다는 거냐."

"당연히 그 다음을 생각해야지요."

"그 다음?"

"문파를 세울 겁니다."

"문… 파?"

단운룡의 목소리엔 힘이 있었다. 소연신의 눈썹이 꿈틀 위로 올라갔다.

"기억나십니까? 언젠가 제가 금모전도 안빈에게 말실수를 했을 때, 사부가 하셨던 이야기요."

"그때? 그때 한 말은 한두 마디가 아니었을 텐데?"

"사부는 그때 말씀하셨습니다. 무공을 왜 익히느냐고요. 시대의 흐름 속에서 인간에게 주어진 힘이 절정으로 치달아가는 지금, 언젠가는 무공이란 힘도 내리막길에 직면하리라 이야기하셨지요."

"그래. 그런 말을 했었지."

"몇백 년의 세월, 우리의 무공은 언제고 사라질 것이나, 다른 무수한 재능들은 그 이후에도 빛을 발하며 인간의 머리 위를 비출 것이라고 하셨습니다. 마치 무공이란 것이 결국 언제 스러질지 모르는 허무한 재주라 말씀하시는 것 같았습니다."

"허무하다라. 제대로 들었구만. 언제고 사라질 것에 목숨을 거는 것도 우습지."

소연신이 피식 웃으며 말했다.

모든 것을 초월한 자. 그 모습 그대로의 얼굴이다.

그리고 그 앞에.

초월을 향해 나아가는 자. 그 도전의 눈빛 아래 강력한 의지가 목소리를 내고 있었다.

"제 생각은 조금 다릅니다. 하늘의 뜻에 따라 인간에게 주어진 힘이 극점에 오르고 있다면, 우리 옆에서 빛을 내는 무공이라는 재주가 그 빛의 정점에 이르고 있다면……."

주먹을 쥔다.

그 빛을 잡는 것처럼.

단운룡이 말을 이었다.

"그것을 마음껏 휘둘러 주는 것도 인간이 해야 할 지당한 천명이겠지요."

그것은 사부 앞에 내던지는 하나의 선언과도 같았다.

흘러간 시대에서 모든 것을 겪어버린 남자.

소연신.

새 시대를 열어젖히며 인간에게 주어진 힘을 마음껏 휘둘러 보겠다는 남자.

단운룡.

천명이 엇갈리는 순간이자 천도가 열리는 순간이다.

그 소연신이, 그 소연신이 할 말을 잊은 채 단운룡을 본다.

아무런 의문도. 아무런 의심도 없이.

단운룡이 말했다.

"줄곧 생각해 왔습니다. 천잠보의를 찾아 천하를 한 바퀴 휙 돌다 보면, 세상 모든 위협을 막아줄 수 있는 문파마저도, 얼마든지 세울 수가 있을 것 같습니다. 그렇게 문파가 세워지는 날에, 그때 저는 그 어떠한 힘이라도 마음껏 휘둘러 볼 수가 있을 겁니다."

사천에서 열흘.

석실에 들어선 단운룡은 아무도 없는 곳에서 다시 한 번 뇌신을 발동해 보았다.

정신이 아득해지는 순간이다. 단운룡은 그 자신이 그 누구도 따라오지 못할 것 같은 시간과 공간 속에 진입해 있음을 알 수가 있었다.

아주 잠깐이다.

발을 들여놓았다 곧바로 뺀다. 뇌신의 영역은 아직 함부로 발을 들여놓을 세계가 아닌 까닭이었다.

"헉, 헉, 헉……!"

뇌신을 발동한 것은 권각을 한 번 내칠 시간에 불과했다. 고작 그만큼에 바닥을 치는 내력이다. 정신을 잃지 않은 것이 다행이랄까. 내공의 깊이가 크게 부족했던 것이다.

'그래도 이 정도라면.'

적어도 뇌신의 감각만큼은 기억할 수 있다.

위기 때에.

누군가 뒤를 봐줄 수만 있다면.

그 누구와도 상대할 수 있다. 남해검제라는 위원홍과 싸워도 발동한 동안만큼은 밀릴 것 같지가 않았다.

'순간의 승부다. 결국 거기에 걸어야 하는 것인가.'

반 각 동안 위원홍 수준.

아니, 어쩌면 남위보다도 못할지 모른다.

뇌신을 쓴다 해도 위원홍을 단숨에 쓰러뜨릴 수는 없다. 위원홍을 보고 그 영역에 들어가 본 바, 그것만큼은 분명한 사실이었다.

구파 장문인의 수준.

오직 반 각의 시간. 그 이후엔 전투 불능이다.

그것은 달리 말해 절대적인 힘의 열세를 뜻한다.

뇌신으로 반 각 안에 이길 수 없는 자.

반 각 이후에도 같은 무위를 유지할 수 있다는 것을 의미한다. 위원홍, 구파일방의 장문인이란 언제고 뇌신의 영역에, 그것도 언제든지 들어설 수 있으며 그 영역을 언제까지고 유지할 수 있음을 뜻하는 것이었다.

'더 강해져야 한다.'

단운룡은 아직 젊다. 이 나이에, 그것도 무공을 제대로 익힌 지 십 년도 안 되는 이때에 위원홍의 경지를 넘본다는 것은 말도 안 되는 억지다. 그런 식으로 강해질 수 있다면 이는 진정으로 천도를 벗어난 일이라 할 것이다. 이만큼 강해진 것도 온 천하를 통틀어 드문 일, 오직 사부가 소연신이었기에, 그리고 그 제자가 단운룡이었기에 가능했던 일이라 할 수 있었다.

'더 있어. 나는 강해진다. 그 이상으로.'

뇌신에 얽매일 것이 아니다.

뇌신, 그 위도 있다. 그것도 셋이나.

네 번째만 해도 지금으로서는 발동 자체가 불가능한 무신(武神)의 경지다. 자칫 잘못 발동했다가는 온몸의 근육이 다 날아가 버릴 것이리라.

"너, 이리 와봐."

뒤에서 한줄기 목소리가 들려온 것은 바로 그때였다.

볼 것도 없다.

당연한 일. 그 목소리의 주인은 소연신이다. 단운룡이 고개를 돌려 소연신을 바라보았다. 잔뜩 찌푸린 얼굴, 못마땅한 눈빛의 소연신이 바로 그 뒤, 연공실 입구에 서 있었다. 단운룡이 그를 향해 걸음을 옮겼다. 바로 앞에 선 소연신. 소연신의 입에서 표정만큼 비틀린 목소리가 나직한 울림을 품고 흘러나왔다.

"문파라는 것. 그것이 뭔지는 충분히 생각해 두었겠지?"

"길이 보이는데 망설일 겨를이 없지요."

"사람은 어떻게 구할 거냐?"

"천하를 돌아보며 구해야지요."

"아무나 닥치는 대로?"

"누군들 못 써먹겠습니까. 능력이 있는 자는 누구라도 괜찮습니다. 아, 물론 무공만을 보지는 않을 겁니다."

"잘도 나셨군."

"누구 제자인데요."

"어디부터 갈 생각이냐?"

"아마도 호광… 이 되지 않을까 싶습니다."

"호광이라. 호광에 쓸 만한 놈이 누가 있더라……."

"괜찮습니다. 제가 찾아보죠."

"웃기는 소리 하지 말아라. 그런 허세는 만능자의 이름을 제대로 물려받은 후에 부려도 늦지 않아."

"만능자의 이름을……."

"문주라는 자는 모든 것에 능해야 한다. 그것이 내 지론이다. 물론 그렇지 않은 문주들도 있다. 그런 문주들은 결국 모든 것에 능한 척을 해야 하지. 파국의 씨앗이라는 것은 그렇게 없는 것을 있는 듯 꾸며내는 것에서부터 시작되는 법이다. 그럴 바엔 모든 것이 능통해진 상태에서 출발하는 것이 훨씬 더 좋다."

"하지만 대부분의 문파들은 그렇지 못할 겁니다."

"너는 지금, 내 제자로 문파를 세우겠다 말하면서 그저 대부분의 문파, 대부분의 문주 중 하나가 되겠다는 이야기렷다?"

험악했던 눈빛이 더욱더 험하게 변한다.

드러나는 것은 확연한 분노다. 좀처럼 나타나지 않았던 협제의 긍지가 그 안에 있었다.

"네가 네 자신을 문주로 옹립한 이상, 너 이외의 모든 것들은 네가 움직여야 할 장기판의 말이나 다름없다. 그렇다면 네 사부라는 말도 써먹을 줄 알아야지. 그 정도까지는 그릇이 안 닿는 것인가?"

"그릇이 안 닿아서가 아닙니다. 이미 알고 있습니다. 사부의 힘을 빌려 쓸 기회가 여러 번 오지 않을 것이라는 사실을요. 그렇다면 아껴두는 것이 옳습니다. 진정 필요한 때 사부에게 도움을 청하려면요."

그 어떤 말에도 단운룡은 더 이상 놀라지 않았다. 당당하게 대답하는 단운룡이다. 사부의 힘을 아껴두기 위해서 쓰지 않는다는 말까지도 서슴지 않고 있었다.

그 앞에 선 소연신의 표정.

소연신은 오히려 조금 전보다 밝아진 얼굴을 하고 있었다. 잔뜩 찌푸렸던 얼굴이 조금이나마 풀어져 있었던 것이다.

"말은 잘하는구나. 하산하는 제자의 태도도 이렇지는 않을 거다. 일단 좋다. 너는 아껴 쓰겠다 했지만 그것은 네 생각일 뿐, 장기판의 모든 말들이 네 뜻대로 움직여 주라는 법은 없다. 두 달 후, 호광 의창의 삼유루에 들러라. 인명부(人名簿)를 보내놓겠다."

"인명부……?"

"중원천하, 쓸 만한 놈들을 추려주마. 그중에서 골라잡아라. 다섯 명, 제대로 된 놈들 다섯 명이면 문파 하나 주춧돌 정도는 세울 수 있을 거다."

“그 정도까지 해주실 필요는…….”

“닥치고 말 들어라. 여기에 대해서는 이견을 용납하지 않겠다.”

소연신은 막무가내였다. 이런 경우에 할 수 있는 말은 하나밖에 없었다.

“그렇다면 그 인명부, 잘 쓰겠습니다.”

“찍어놓은 놈을 놓쳐 봐라. 박살을 내줄 테니.”

“쪽팔리게, 그런 일은 없어야지요.”

“그건 그렇고, 네놈. 생각해 보니 나에게 말하지 않은 것이 있었다.”

“어떤 것 말씀이십니까.”

“네놈은 불산에서 뇌신을 사용했다. 네가 지닌 내공의 변화에서 그걸 느낄 수 있었지. 한데 네 녀석 그걸 누구에게 쓴 거냐? 위원홍이 아니라면 누가 있어 그걸 써야 했지?”

“누구라고 한다면… 모르겠습니다. 정체를 알 수 없는 놈들이었습니다.”

“정체를 알 수 없었다?”

“가면을 쓴 자들이었지요. 오십 명은 족히 되었을 겁니다. 백면과 견면, 괴이한 자들이었습니다.”

“백면이라니! 설마 아무 무늬도 없고, 이렇게 생긴, 코와 입도 제대로 안 달린 흰색 가면을 말하는 것이냐?”

소연신의 오른손이 얼굴 위를 미끄러지듯 움직였다.

딱 그 느낌이다. 얼굴이 없는 느낌. 단운룡이 굳게 고개를
끄덕이며 대답했다.

"예. 맞습니다."

"이럴 수가! 백면뢰가……!"

처음이다. 소연신의 눈이 가볍게 흔들리고 있었다.

이런 모습, 본 적이 없다. 소연신이 미간을 좁히며 두 눈에
긴 세월의 흔적을 담았다. 그가 전과 달리 경직된 목소리로
말을 이었다.

"견면이라면, 견랑단이었을 터. 견랑단은 우두머리 없이는
엔간해서 움직이지 않는다. 거기에 다른 놈은 없었나?"

"있었습니다. 눈이 세 개 달린 장수의 가면에, 머리 위에는
흑견의 투구를 쓰고 있었습니다. 무기는……."

"삼첨양인도였겠지."

"예, 맞습니다."

"네 녀석, 이랑진군을 만났군."

이랑진군.

단운룡은 이랑진군의 이름을 말하는 사부로부터 깊고도
깊은 마음의 동요를 느낄 수가 있었다. 소연신이라는 인물에
게서 이만큼이나 뚜렷한 감정의 파문을 불러올 수 있는 이름
이 몇이나 될 것인가. 이랑진군이란 이름이 단운룡의 머리 속
에 뚜렷한 흔적으로 새겨지는 순간이었다.

"대체 이랑진군이 누구이기에……?"

"뇌신은… 이랑진군에게 쓴 건가?"

"아닙니다. 그자는 수하들에게 공격 명령을 내린 직후, 순식간에 사라져 버렸습니다."

"사라졌다고? 제 상대를 앞에 두고서?"

"예, 그렇습니다."

"그렇다면 그놈… 그때 그놈이 아니야. 제자를 키운 것인가……!"

소연신의 눈이 머물러 있는 곳은 머나먼 과거의 어느 때다.

그가 이 시대의 정점에 있었을 때. 격전을 반복하던 시절의 어느 때였다.

"묘한 술수도 부렸습니다. 적들에 포위당할 때까지도 눈치채기가 어려웠지요."

"그게 바로 비흑주다. 이랑진군 고유의 주술이지."

"주술……!"

"자신이 이끄는 병대들의 기척을 감추는 요사한 술법이다. 의협살문의 오살수(五殺手), 안산(安뺑)도 거기에 말려서 당했어. 예측 못한 곳에서 튀어나오는, 당하는 입장에서는 상당히 난감한 술법이지. 그러나… 광극진기라면 알아챌 수 있었을 텐데?"

"느낌은 있었지만 뚜렷하지 않아서 대처가 늦었습니다. 그런… 술법이 있었군요."

"기척을 감추는 것뿐이 아니다. 제천대성 같은 놈은 그 반대로 기척을 열 배 늘리는 술법까지 알고 있지. 무공와 술법의 융화라는 말이다. 상대하기가 까다로운 이유가 바로 거기에 있다."

"그놈들은 그러면……."

"그렇다. 그놈들이 천마맹, 신마맹이다. 넌 내가 맞서 싸웠던 대적을 벌써부터 그렇게 우연히 만나게 된 것이다."

우연. 그게 과연 우연일까.

그것은 이제 와 필연이라 해도 과언이 아니다.

아무도 모를 일이었다. 소연신이 아무리 놀란 얼굴을 하고 있다 해도, 단운룡이 불산에서 신마맹을 만날 것을 소연신은 예전부터 알고 있었을지도 모르는 것이었다.

"결국 저 역시 사부가 갔던 길을 똑같이 밟는 겁니까?"

"똑같이 밟는다? 그렇지 않아. 그렇게는 안 될 거다."

"이미 전 그들과 싸웠고 뇌신을 썼습니다. 뇌신을 발동한 제 손에 죽은 자가… 삼십은 족히 넘을 겁니다."

"네 녀석이 만난 이랑진군은 내가 싸웠던 이랑진군이 아니다. 진짜 이랑진군은 실로 강하지. 네가 그때 그놈을 만났더라면 지금 내 앞에 서 있지도 못했을 거다. 이랑진군은 물론이요, 네 녀석이 만난 백면뢰와 견면뢰들도 완성된 것이 아니라는 말이다. 그들이 강호에 나설 만한 완벽한 전력을 갖추기 전까지는 아마도 네 녀석과 부딪칠 일이 없을 것이야."

"하지만 제가 쓴 무공은……."

"무공을 보고서 추적해 오지 않겠냐는 것이냐?"

"예. 그럴 가능성이……."

"괜찮다. 그놈들은 네 무공이 뭔지 모른다."

그들은 단운룡의 무공을 모른다.

단운룡의 두 눈에 기광이 스쳐 지나갔다.

묘한 일이었다.

소연신이 싸웠던 문파라는 데도 소연신에게 배워서 쓰는 무공을 알아보지 못한다 말한다. 다시금 솟구치는 의문이다.

강씨금상에서 금상의 안주인인 정소교에게 들었던 이야기가 머리 속을 스쳐 지나갔다. 소연신과 철위강이 바뀌었다는, 또는 섞여 버렸다는 기묘한 이야기가 떠올랐다 사라지고, 철위강의 제자라는 강설영이 단운룡의 무공과 비슷한 무공을 펼쳤던 일이 마음속을 맴돌다 가라앉았다.

단운룡은 그 이상 알려고 하지 않았다.

의문을 가지지 말자.

소연신이 그렇다면 그런 거다. 그 이상 파고들어서는 안 될 것 같은 기분이었다.

"신마맹과의 싸움은… 접어두어도 된다는 이야기겠지요?"

"언젠가 부딪치게 될지는 모르지만, 그렇다 해도 빠른 시일 내는 아닐 거다. 내가 싸웠던 대적이라 해서 네 녀석에게도 똑같은 적수가 되라는 법은 어디에도 없다는 뜻이다."

"그렇다면 그것은 그리 알겠습니다."

"걷다가 막 뛰기 시작한 주제에, 창공을 날아갈 용(龍)이 되려면 할 일이 많다. 순속조차 완벽하게 운용하지 못하는 네 내공으로 도약은 한참이나 이르다. 아무래도 조금 더 시간을 앞당겨야 할 것 같다."

"시간을 앞당긴다고요?"

"그렇다. 억지로 끌어올리는 것이지만, 지금은 이 방법밖에 없을 거다."

소연신의 말이 끝났다.

끝났다고 생각했다.

끝나고 이어지는 침묵.

그대로 서 있는 소연신임에, 단운룡의 눈이 소연신의 얼굴로 향했다.

위험하게 빛나는 소연신의 눈이다.

단운룡은 한순간 생명의 위협을 느끼고 두 눈을 커다랗게 떴다.

찰나에 찰나를 쪼갠 그 시간 속에서.

소연신의 손이 짓쳐들어온 것은 그야말로 순식간에 벌어진 일이었다.

퍼억! 하고, 단운룡의 가슴이 꿰뚫렸다. 아니, 꿰뚫린 것처럼 보였다.

명치를 통과했다?

단운룡은 가슴에 박힌, 박혀 있는 듯한 소연신의 손목을 보왔다.

거기까지다.

단운룡의 의식은 거기서 끊겼다.

광대하고도 두려운, 무시무시한 진기가 해일처럼 밀려들어 오는 것을 느끼면서다.

단운룡의 눈앞에 깊고도 깊은 암흑이 드리워졌다.

*　　　　*　　　　*

사천 땅, 도강언에 봄날의 바람이 찾아들 때다.

한산한 오후, 입가에 가느다란 주름이 생긴 소연신은 청련각 귀빈실에서 두 명의 기녀를 옆에 끼고 미주의 향긋함에 취한 듯 두 눈을 감고 있었다.

"주아야. 오늘 그 곡조는 특히나 마음에 드는구나."

"어머, 웬일이세요. 궁상맞다고 싫어하시던 곡이 아니었나요?"

"내가 그랬었나?"

"항상 그러셨지요. 불려지는 노래마다 하는 말이 고작 세월의 무상함이냐고요."

"세월은 무상하지. 원래 그런 거다."

"안 하시던 말씀이네요. 저번에 오셨을 때와 많이 달라 보여요."

"달라 보인다?"

"예. 안 보이던 주름이 있어요. 눈 옆이랑 입가에요. 원래
는 굉장히 고운 피부였잖아요."

"고운 피부였다니, 할 말이 아니로군 그래."

"어때서요? 저희들이 얼마나들 부러워했었는데요. 남자가
어찌 그리 백옥 같은 피부를 지녔냐고요."

"부러워할 것이 무에 있을까. 천년만년 그대로일 리도 없
을 일인데."

소연신의 눈이 술잔에 이르렀다.

술잔 가득히. 천년만년 그대로일 것만 같았던, 이제 와 그
대로와 같지 않은 그의 얼굴이 비쳐들었다.

술잔에 일렁이는 그림자가 서서히 다른 얼굴로 변한다. 그
것은 그를 닮은 누군가다. 그렇게도 마음에 들지 않았던, 그
토록 강했던 동쪽의 누군가와 비슷해 보였다.

'제대로 써먹을 수 있을까.'

소연신은 생각했다.

써먹을 수 있을지.

모른다. 제대로만 된다면 못다 한 승부도 끝내볼 수 있을
것이다.

술잔에 비친 얼굴이 점차 다른 얼굴로 변한다. 그를 닮은,
그러나 그와 다른 젊은 누군가의 얼굴이었다.

"어머나, 풍 대야께서 웬일이시랍! 이런 표정을 지으시다니!"

"그러게요! 하루살이 같은 삶이라도 화려하게 살아보는 것이 사람의 도리라고 하셨잖아요. 그게 저희들에게 얼마나 멋진 말로 들렸는데요."

"그런 날도 있고, 저런 날도 있는 법이야. 쓸데없는 말일랑은 휘어드는 곡조에 풀어서 멀리멀리 흘려보내자꾸나. 아이야. 술이나 따르거라."

소연신이 잔을 내미니, 붉은 입술 가인은 미주의 옥루를 흘려준다. 고급스러운 청삼, 풍류를 즐기는 화사한 복식 위에 변모한 소연신의 얼굴이 있었다.

입가에 가져가 목으로 넘기는 미주 끝에 씁쓸한 맛이 감돈다. 탕, 하고 잔을 내려놓는 소연신의 손가락은 예전만큼 곱지 않았다.

"이런, 이런… 불청객이 오는구나. 아이야, 악곡을 멈추고 이쪽으로 오너라. 큰 소리 난다고 겁내지 말고 두려워하지도 말거라."

소연신의 말에 비파를 타던 기녀가 악기를 놓고 총총히 소연신의 곁으로 발을 옮겼다. 자리에 앉아 술잔을 정리하는 기녀들임에, 문 저편 아래쪽으로부터 시끄러운 소음이 들려온다. 실랑이를 벌이는 소리, 들어가길 만류하는 점소이들의 고함 소리였다.

"거, 거긴 안 됩니다!"

우당탕!

　문짝을 부술 듯이 밀고 들어오는 남자가 있다. 먼 곳의 바람을 한꺼번에 몰고 들어온 자, 급하게 달려온 기색이 그 전신에 역력했다.

　"주루난입. 그게 자네 특기였나 보군."

　소연신은 그쪽으로 눈길조차 주지 않았다.

　거친 숨을 몰아쉰다? 절정의 내가고수에게 그런 것은 없다. 하지만 그 외관에 거친 숨을 몰아쉬는 것처럼 어울리는 것도 없을 것이다. 밀고 들어온 남자의 표정, 두 눈을 부릅뜬 얼굴은 숨을 몰아쉬는 장한과 하나도 다를 바가 없었다.

　"대체 어떻게 된 일이오!!"

　다짜고짜 소리를 친다.

　쩌렁하고 울리는 목소리는 예전보다 배는 더 강렬하다. 지난 시간 동안 위를 향해 달려온 자, 끊임없는 연련의 성과가 그 목소리에 함께하고 있었다. 소연신이 고개를 까닥 기울이며 술잔에 술을 따른다. 그가 영문을 모르겠다는 목소리로 되물었다.

　"무엇이 어떻게 되었단 말인가?"

　"내가 무엇을 이야기하는지 진심으로 모른단 말이오?"

　"귀 터지겠어. 목소리를 좀 줄이도록 해."

　소연신은 태연하게 술잔을 비웠다.

　손등으로 입가를 가볍게 닦아내더니 그제야 나타난 자에게 눈길을 준다. 주먹을 쥐고 기세등등하게 서 있는 남자.

　참룡방주, 불패신룡 오기룡이 거기에 있었다.

위아래 훑어본 소연신이 흥미롭다는 목소리로 물었다.

"어럽쇼? 못 보던 새 많이 변했군. 얼굴에 그 상처는 웬 거지?"

"그게 문제가 아니오, 지금!"

소연신의 말마따나, 오기룡의 얼굴 한쪽에는 긴 흉터가 새겨져 있었다. 아문 지 얼마 안 되는 듯, 붉은 기운이 돌고 있다. 소연신이 조롱하는 듯한 어조로 말했다.

"어디서 당한 거야. 그것도 얼굴에."

"어디서 당했든지 그게 무슨 상관이오!"

"얼굴을 허용했을 정도면 상당한 고수였겠는데?"

"위원홍에게 당했소! 이제 되었소? 사람 말을 좀 들으시오!!"

오기룡이 분통을 터뜨리며 말했다. 소연신이 술잔을 매만지며 흥미롭다는 표정을 지었다.

"호오… 위원홍과 싸웠나? 용케 안 죽었군."

"그 정도로 죽을 것 같소? 이보시오! 나는 내 이야기를 하러 온 것이 아니오! 나는 당신에게 물어볼 것이 있어서 온 것이외다!"

오기룡이 성큼 앞으로 나서며 말했다. 소연신의 앞에 놓인 주안상부터 엎어놓을 기세였다. 소연신이 눈살을 찌푸리며 고개를 저었다.

"난 해줄 말이 없는데?"

"없을 리가 없소!"

“다른 데 가서 알아봐. 난 아무 질문에나 대답해 주는 만통
자가 아니야.”

“당신이 아니고서는 대답해 줄 수 없는 질문이오!”

빈정대는 듯한 소연신의 말투에 오기륭의 눈이 화등잔만
하게 커졌다. 그가 이를 악물며 주먹을 부르르 떨더니, 가슴
깊이 숨을 들이쉬고는 마음을 가라앉혔다. 숨을 고른 그가 위
협적인 목소리로 천천히 입을 열었다.

“불산에서 운룡을 보았소. 대단한 성취를 이루었음을 알
수 있었소! 하지만, 하지만 말이오! 운룡이 펼치던 무공은, 그
녀석이 배운 무공은……!”

“무공이 어쨌단 말이냐.”

“말해보시오! 운룡이 왜! 협제의 무공을 쓰지 않는 것인지
말해보란 말이오!”

“협제의 무공이라… 본 적이나 있나?”

“당신이 무공을 펼치는 것을 나는 지금껏 본 적이 없소. 그
러나 나는 알고 있었소. 협제의 무공은 그런 것이 아니라는
것을! 당장 운룡을 보았을 때엔 그럴 겨를이 없어 미처 생각
지 못했지만, 시간이 지나고 보니 무언가 이상했다는 것을 깨
달을 수 있었소! 운룡의 무공은 당신의 무공이 아니오!”

“자네는 지금 다른 누구도 아닌 이 내 앞에서, 그 정도 짐작
만으로 고함을 치고 있는 것인가?”

“짐작만으로 이러는 것이라 생각하시오? 뭔가 잘못되었다

는 느낌에 나는 추군마를 보냈소. 그리고 찾아냈지. 입정의협 살문 십이살수 은편(銀鞭) 장기홍, 당신이 싸우는 것을 직접 보고도 살아 있는 몇 안 되는 사람 중 하나를 말이오!"

별반 반응을 보이지 않던 소연신의 안색이 가볍게 굳어졌다. 여기서 십이살수 은편의 이름을 듣게 되리라고는 예상하지 못했던 모양이다. 오기륭의 눈이 날카로운 빛을 띠었다. 그가 오랜 비밀을 폭로하는 사람처럼 격정적인 어조로 말을 이었다.

"나는 들었소. 협제의 신법은 변화무쌍하기가 흑천에 몰아치는 폭풍과도 같다 하였으며, 협제의 무공은 정명하면서도 정직하여 그 자체로 대협의 기질이 명확하다 하였소. 그리고 그는 말했소. 협제가 지닌 최강의 무기란, 거대하게 만개하는 한 송이의 꽃, 천지를 아우르는 무적절기 만천화우라 했소!"

"괜한 수고를 했군. 만천화우는 본디 당문의 절기였다. 다른 사람에게 함부로 전할 수 있는 무공이 아니야."

"그 속사정 따위는 내 알 바가 아니오. 만천화우는 그렇다 쳐도, 협제검(俠帝劍)은 어찌 된 것이오? 운룡은 맨손의 백타(白打)를 구사하고 있었소. 놀라운 각법과 추법을 펼치고 있었지. 하지만 당신의 진신무공은 권각을 사용하는 산타가 아니라, 보석 박힌 패검(佩劍)으로 펼치는 협제신검이라 하였소! 고법을 쓴다고 이야기했을 때, 은편 장기홍이 뭐라 그랬는지 아시오? 그는 단호하게 결론을 내리더이다. 그건 협제 소연신의 무공이 아니라고! 그는 결코 그런 무공을 쓰지 않는다고 말이오!"

"……."

소연신은 대답이 없었다. 굳어진 얼굴에 가볍게 흔들리는 눈빛이다. 미세하게 떨리는 눈매, 오기룡은 소연신의 동요를 놓치지 않았다.

"나는 설명을 들어야겠소! 대체 무슨 속셈이오! 어째서 운룡은 당신의 진신무공을 배우지 못한 것인지! 어째서 당신은 운룡에게 당신의 무공을 가르쳐 주지 않은 것인지! 어디 한번 해명해 보시오!"

"…그것을 내가 설명해야 할 이유가 있는가?"

"당연히 있소! 나는 운룡에게 필생의 인연으로서의 사부를 이어주려 했었소. 하나 이게 어찌 된 일이오! 당신은 운룡에게 협제가 지닌 진정한 무공은 전수하지 않고, 전혀 다른 무공을 가르쳐 놓았소. 협제의 무공을 익히지 않은 이상, 협제의 후계자라 할 수도 없는 법! 대체 어쩌자는 수작이오!"

"협제의 후계자라… 누가 그런 걸 키운다고 했지? 나에게 그런 걸 기대했었나?"

소연신의 반문.

오기룡의 눈에서 불꽃이 튀었다. 오기룡이 격한 목소리로 소리쳤다.

"후계자가 아니라면 운룡은 대체 당신에게 무엇인 게요?

설마, 설마… 나의 누이처럼, 또 하나 쓰고 버리는 당신의 도구였다는 것이오?"

"……."

"말해주시오! 친구로서, 이것은 결코 좌시할 수 없는 문제요!"

"우습군."

침묵 끝에 나온 소연신의 대답은 그와 같았다.

입가에 지어내는 웃음 속에.

세상에 대한 비웃음과 오기륭에 대한 조롱이 한꺼번에 깃들어 있었다. 그리고 오기륭은 깨닫는다.

단운룡을 소연신에게 이끌어 소연신의 후예로 그 모든 것을 배울 수 있기를 바랐던 것이… 결국은 오기륭 혼자만의 생각이었음을.

그 얼마나 우매한 상상이었던가.

뜻대로 되었다고, 성공했다고 기뻐했던 것은 그저 그만의 착각이었을 뿐이다. 놀라움과 당혹감, 분노와 격정이 한데 모이니, 남는 것은 망연자실한 허탈감이다. 오기륭이 창백하게 변한 얼굴로 분절되는 단어들을 나지막하게 중얼거렸다.

"당신은 운룡마저도… 누이처럼, 그렇게……."

"그렇게 생각하고 싶다면 마음대로 해라. 협제의 후계자? 우습고도 우스운 상상이다. 그런 것은 세상에 없다. 협제는 오직 나, 이 소연신 하나일 뿐. 누구도 그 이름은 이어받지 못한다. 협제의 무공은 그 누구에게도 물려주지 않아!"

"그런… 것이었소? 그저 홀로 정점에 선 채 제자에게든, 후인에게든 아무것도 주지 않는 사람이었을 줄이야……."

"더 이상은 듣고 싶지 않군. 술맛을 어지럽히지 말고 이만 꺼져 주게."

소연신이 술잔을 들고 손을 내저었다.

악문 이빨에 오기륭의 뺨에서 경련이 인다. 오기륭이 배신감에 가득 찬 목소리로 마지막 말을 남겼다.

"…진즉에 알았어야 했소. 당신에겐 이 세상의 모든 생명들이 그저 마음대로 갖고 놀 수 있는 장난감처럼 보일 테지. 진짜 무공은 아무에게도 물려주지 않은 채, 단지 넘쳐나는 힘을 주체하지 못하여 소일거리를 찾고 있었을 뿐……! 결국 나는 당신에게 그 소일거리를 던져 주고 만 거요. 당신이 그 녀석을 어디까지 키워서 어떤 자들과 싸움을 붙일지 모르는 일이나, 어디 한번 두고 보시오. 당신 생각처럼은 되지 않을 거요. 당신이 운룡을 어디에 보낸다 해도 운룡은 죽지 않아. 희생양은 되지 않을 것이오. 내가 그리되지 않도록 막겠소이다."

오기륭은 그대로 몸을 돌렸다.

부서진 문짝, 문 앞까지 몰려든 점소이들을 거칠게 밀쳐 내고 아래로 내려간다.

소연신의 진의.

수수께끼만을 잔뜩 남겨놓은 채 청련각을 나섰다. 성큼성큼 발을 옮기는 참룡방주의 뒷모습은 그저 친구에 대한 걱정으로 가득 차 있을 따름이었다.

『천잠비룡포』 5권 끝

한백무림서 여담(餘談) 편

— 한백무림서에서의 승부

가장 많이 받았던 질문 중에 이런 것이 있었다.

명경과 청풍은 대체 누가 더 강한 것인가.

이 질문은 결국, '누가 누구보다 얼마나 강한가'란 질문을 구체화한 것이라 할 수 있다.

또한 이 질문이야말로 무협 소설의 근간이자 핵심이라 할 수 있을 것이다.

주인공이 상대를 이기지 못한다면 이야기를 꾸려갈 수 없다. 항상 지는 주인공을 내세워 독자 여러분께 재미있는 이야기를 선보이기란 하늘의 별 따기만큼 어려운 일이라 하겠다.

결론부터 말하자면.

본 저자는 이 한백무림서의 승부라는 것에 '절대'라는 단어를 결부시키고 싶지 않다.

어느 상황에서도 절대는 없다는 것. 그것이 한백무림서를 쓰는 가장 큰 이유이며, 한백무림서를 밑에서부터 받치고 선 뿌리라고 하겠다.

한백무림서를 기획하기 이전부터 항상 생각해 왔던 의문이 있다.

운이 정말 좋은 사람과 실력이 정말 좋은 사람이 싸우면 누가 이길까.

본 저자가 내기를 한다면, 본인은 단연코 운이 좋은 사람에게 걸 것이다. 개인적인 생각이나, 본인의 입장은 확고하다.

무공이 강한 사람과 운이 강한 사람이 싸우면 운이 강한 사람이 이긴다는 것.

실력 차이는 상관이 없다. 운이 강한 사람에게 '기적' 수준의 운이 따르고 있다면, 실력 차이가 얼마가 되어도 운이 강한 사람이 이긴다. 그것이 곧 기적이기 때문이다.

말하고 싶은 요지는 다른 것이 아니다.

싸움을 결정짓는 것은 반드시 실력만은 아니라는 것.

실력. 싸움에는 한 가지 요소만 작용하는 것이 아니다. 다른 수많은 요소가 있을 수 있다. 실력 이외의 다른 요소가 싸움의 결과에 큰 영향을 미친다는 사실은 누구나 상식적으로 생각할 수 있는 바다. 무공이 강하다고 해서 무조건 상대에게 이기라는 법은 없다는 뜻이다.

인터넷상을 통해서나 독자 분들과의 직접적인 만남에서나 본인은 줄곧 이렇게 이야기해 왔다. 실력에 압도적인 차이가 없다면, 상황에 따라 승부가 달라질 수 있다고 말이다.

이 대답에 대해 혹자는 말한다.

무책임한 태도라고. 직접적인 대답을 회피하는 것에 불과하다고.

본인이 느끼기에도 굉장히 설득력있는 의견이라 본다. 혹자는 이 이야기와 함께 이렇게 이야기했다.

"상황에 따라 달라질 수 있는 말은 누구라도 할 수 있다. 명경이 청풍보다 강하냐고 묻는 것은 다른 모든 요소를 배제한 상황에서 완벽하게 동등한 조건으로 싸웠을 때를 묻는 것이다. 질문한 사람을 바보로 생각하는가. 그런 식이라면 누가 대답을 못하겠는가."

본인에게 있어 이 이야기가 주는 의미는 결코 작은 것이 아니었다. 한백무림서의 핵심에 맞닿아 있으면서도 그것을 부정하는 의미가 강하게 담긴 이야기였기 때문이다.

이에 대한 대답은 다음과 같다.

완벽하게 동등한 조건이라는 것은 실제 싸움에서 존재할 수 없다. 두 사람 모두 컨디션이 최고일 때, 어제 오늘의 상황이 완전히 같을 때, 똑같은 음식만 먹어왔을 때, 같은 시간 동안 같은 시간만큼만 수련 시간을 가졌을 때. 이 모든 조건을 완벽하게 맞추는 것이 가능할 것인가. 완전히 동등한 조건의 기준이 무엇인지, 본인은 상상하기가 힘들다. 어떤 싸움에서도 변수라는 것은 존재하기 마련이며, 그 변수를 배제하는 이상, 그것은 이미 싸움이 아니라고 생각하기 때문이다.

누가 더 강한가. 그것을 명확히 하고 싶다면, 무엇보다 이 '강하다'라는 말의 의미부터 확실히 해야 한다. 누가 더 위기에 강한가. 누가 더 공격에 강한가. 누가 더 방어에 강한가. 또는… 누가 더 운이 강한가.

본인은 그 각각의 질문에 대해서는 어느 정도 분명한 대답을 해드릴 수가 있을 것이다. 경공에 있어서는 청풍이 뛰어나겠지만, 육신의 강건함에 있어서는 명경이 더 강할 것이다. 내공 수위는 명경이 더 우위라고 보지만, 내공의 섬세한 컨트롤에 있어서는 청풍이 더 훌륭할 것으로 본다.

하지만 강함이라는 단어가 그것이 전부 다 섞여서 발생하는 마지막 결과를 의미한다고 볼 때, 본인은 누가 더 강한지 정확한 대답을 해드릴 수가 없다. 다만 확률적인 답변만을 드릴 수 있을 뿐이다. 누구와 누가 싸우면 누가 이길까? 열 번 싸우면 이쪽이 일곱 번 정도는 이길 수 있을 것 같다. 열 번에 다섯 번 정도는 이길 것 같다. 여기까지가 본인이 여러분께 드릴 수 있는 최대한의 대답일 것이다.

싸움이라는 것은 결국 확률 게임이라는 말이다(물론, 어디까지나 개인적인 견해다).

본인이 즐겨 쓰는 예는 축구 시합에서의 승부다. 브라질과 프랑스, 어느 쪽이 강했던가. 비록 2006년 월드컵에서는 프랑스가 이겼다지만, 본인은 아직까지도 브라질이 프랑스보다 강하다 보고 있다. 무협도 그와 같다. 작중에서 명경이 청풍을 이겼든, 청풍이 명경을 이겼든 그것은 그저 그 싸움이 빚어낸 현상으로서의 결과일 뿐이다. 명경이 이길 가능성이 확률적으로 높다고 할 때, 그것을 '강함'의 척도로 본다면, 분명 명경이 청풍보다 강한 것이 맞다. 하지만 청풍이 명경을 이길 수 있는 가능성이 전무한 것은 아니다. 언제든 청풍은 명경을 넘어설 수 있고, 언젠가는 그 승부의 확률까지도 역전시킬 수 있을지 모른다. 그것이 한백무림서에서의 승부인 것이다.

— 한백무림서에서의 무공 상성

무공의 상성이라는 이야기를 한 적이 있다.

가위바위보 놀이를 연상하면 이해가 쉽다.

천잠비룡포 5권까지 진행한 지금. 단운룡의 무공 특성은 어느 정도 뚜렷하게 나타난 상태다. 단운룡의 무공은 그 자체로 뛰어나며, 순간적인 강화가 가능하지만 시간 제한이 있다. 시간 제한이 있는 동안은 본신 실력보다 훨씬 더 강해지나, 그 유지 시간은 결코 길지가 못하다.

본문에서도 언급된 내용으로 다음과 같은 것이 있다.

단운룡이 뇌신을 써서 승부를 건다고 해도, 상대방이 방어에 치중해 유지 시간 동안을 버티기만 하면 단운룡의 패배라는 부분을 말함이다.

단운룡이 가장 어려움을 느끼게 될 상대는 방어에 능한 자라는 뜻일 것이다. 상대가 방어를 도외시하고 공격에 치중하는 타입이라면, 단운룡의 승률이 압도적으로 높아질 수 있다. 단, 상대가 방어에 굉장히 강한 타입이라면 단운룡의 승률은 상당 부분 줄어들게 될 것이다.

이것이 상성이다. 단운룡과 명경이 싸울 경우, 단운룡의 승률이 더 높을 것이라 했던 이유가 바로 여기에 있다. 명경이 지닌 무공의 특성 자체가 방어보다는 공격에 치중한 것이기 때문이다. 칼과 칼이 맞부딪치면, 더 날카로운 칼이 이긴다. 그런 이치다. 단, 명경이 한순간 공세를 방어로 전환하여 버티기 승부로 간다면, 싸움의 향방은 알 수 없는 국면으로 접어들게 될 것이다. 그런 것이야말로 싸움의 변수이며, 또한 운이라고 할 수 있겠다.

— 한백무림서상에서의 무림 인구

무림인의 숫자는 대충 어느 정도인가.

이런 질문을 받은 적이 있다. 더불어, 질문하셨던 분은 친절하게도 단서조항까지 붙여주셨다. 시시껄렁한 파락호나 약장수 등을 빼고서 사람들이 '음, 저 정도면 무림인이라고 할 수 있겠군'이라고 할 만한 무림인의 숫자는 어느 정도인가? 라고 말이다.

무림인의 숫자에 대해서는 한백무림서 기획 초기 단계부터 상당히 오랫동안 고민해 왔던 부분이었다. 정답을 내리는 것 자체가 불가능한 문제였기 때문이다.

　　일단 시작은 명나라 인구를 얼마로 잡는가부터였다. 그리고는 시작부터 벽에 부딪치고 말았다. 명 초, 인구는 지금까지도 명확하지 않다. 이때의 인구에 대해서는 사학자들 사이에서도 이견이 분분한데, 실제 대명 관제상의 공식 기록으로는 8천만에서 1억 4천만까지로 되어 있다. 기록상의 오차만도 자그마치 6천만이라는 이야기다.

　　인구 조사 방법의 열악성과 관가의 힘이 미치지 못하는 소수민족들, 조세를 피해가기 위한 백성들의 의도적인 호구미등록까지 감안하자면, 실제 기록과 몇천만 이상의 인구 차이가 있으리라는 것이 학계의 정설이다. 따라서 본 저자는 최대 기록인 1억 4천만에 더해, 기록상에 드러나지 않은 몇천만의 인구수를 합쳐 약 2억에 이르는 숫자를 한백무림서 당시 명나라의 전체 인구로 설정하였다(아주 납득이 가지 않는 숫자는 아니라고 본다).

　　다음은 인구 중에서 무림인이 차지하는 비율이다. 무림인이라고 할 수 있는 인구수를 추리고 또 추려서, 100명 중 한 명 정도가 무술을 익힌 사람이라고 볼 때, 2억의 인구 중 100만 명에서 200만 명 정도의 무인이 있었다는 계산이 나온다. 어디까지나 개인적인 기준에 따른 추산일 뿐, 실제 숫자는 그보다 적었을 것이라 생각하고 있는 바다.

　　— 한백무림서상에서 연령과 무공의 상관관계

한백무림서의 세계에서는 나이는 별로 상관이 없던 것으로 보이던데, 나이가 먹어도 실력은 퇴보하지 않고 오히려 계속 성장할 수 있는 것인가? 이와 같은 질문이 있었다.

일단 결론부터 말하자면 나이를 먹어도 계속 성장할 수는 있지만, 그것은 익힌 무공의 특성에 따라 다를 수 있다고 설정하였다. 단적인 예로는 곽경무에 관한 사항이 있겠다. 글 중에서 곽경무는 자신의 입으로도 '나이가 드니 예전만 못하다'란 이야기를 한다. 속가의 무공을 익혔기 때문이다. 하지만 산속에서 선도를 추구하는 이들의 무공은 다소 다를 수가 있다. 나이가 들어도 기량이 줄지 않는다고 봐야 할 것이다.

물론 노화로 인한 육체의 한계는 그 누구도 무시할 수 없는 까닭에, 제아무리 산속에서 선도의 무공을 익혔을지라도 분명한 벽에 부딪치게 될 것이다. 자신의 최대 기량을 근근이 유지하는 수준에서 그치게 될 것이다(십중팔구는 기량이 줄어들 것이리라).

다만, 몇몇 그 벽을 넘어선 초인들의 경우엔 조금 다르다고 하겠다. 무당마검에서 등장하고, 천잠비룡포에서 언급이 된 허공이나 옥허와 같은 인물들이 그 범주에 들겠다. 이들의 무공 수위는 그야말로 발달한 현대의학으로도 풀 수 없는 엄청난 수수께끼일 것이다.

　— 한백무림서상의 주술, 술법

　주술과 술법에 대한 것을 언급하자면, 이전 글인 무당마검에서의 이야기를 빼놓을 수 없다. 귀물들이 등장하는 무당마검의 4권은 사실, 무당마검만의 스토리 상에서 보자면 굉장히 중요한 부분은 아니라고 할 수 있겠다. 더 냉정하게 말하자면, 일관되었던 스토리 중에 돌출되어 통일성을 해친 부분이라는 평가를 내릴 수도 있을 것이다.

　그럼에도 불구하고 그 이야기에 한 권이라는 분량을 할애한 데에는 한백무림서 전체의 세계관을 보여주고자 한 의도가 거의 90% 이상이라 해도 과언이 아니다. '한백림이 그리는 세계관에는 주술과 귀물에 대한 것도 나온다'라는 것을 알려주기 위함이었다는 뜻이다.

　화산질풍검에서의 사방신검의 존재가 설득력을 얻을 수 있었던 것은 무당마검에서 시도했던 그와 같은 작업 덕분이라 생각한다. 또한 이러한 것을 이전부터 계획해 왔기 때문에, 천잠비룡포 내에서도 술법과 주술의 이야기가 들어갈 수 있다고 할 것이다. 나아가 환신전(가제)에서 수많은 선인요괴가 나오는 것까지도 풀어갈 수 있을 테니, 그 초석만큼은 확실하게 다진 것이라고 본다. 다만 환신전의 경우, 주술이 주가 되는 기환무협은 아직 주류에 들어가기에 한참 어려운 실정이기 때문에 시간이 조금 더 지난 후에(최소 5년 후)야 쓸 수 있으리라 생각된다.

　무당마검과 화산질풍검에 나왔던 귀물들, 앞으로 천잠비룡포에서 선보이게 될 주술적인 부분들은 거의 대부분이 중국 고대

설화에 흔하게 등장했던 소재들로서, 산해경이나 포박자, 신선
전, 봉신방, 서유기 등에서도 간간이 보여졌던 것들이라 밝혀둔
다. 또한 덧붙여, 그 묘사에 있어서도 단순한 창작물이 아니요,
옛 전설에서 언급되는 각 요괴들, 요술들의 특징을 그대로 가져
온 것이니, 관심이 있으신 분들은 서점에서 흔하게 접할 수 있는
산해경이나 포박자를 통하여 그것들이 나타나 있는 문구들을 찾
아보실 수도 있을 것이다.